JAMES GUNN

Der Spielzeugsammler

Buch

Die Kindheit war für James Gunn eine Zeit der Freiheit und ein Ort ungestörter Spielfreude. Mit seinem Bruder Tar und ihren Freunden Nancy und Gary schuf er sich in einem öden Vorort von St. Louis eine Fantasiewelt, in der Roboter und Actionfiguren dramatische Abenteuer erlebten, die sie die Realität vergessen ließen. Bis eines Tages ein traumatisches Ereignis diese Idylle zerstört und die Weichen für James' weiteres Leben stellt: Er weigert sich einfach, jemals ganz erwachsen zu werden. Noch mit Mitte zwanzig fasziniert James nichts so sehr wie das Spielzeug seiner Kindertage. Wie ein Besessener sammelt er die längst rar gewordenen Exemplare mutierender Saurier und tapferer Kämpfer. Doch dieses Hobby ist teuer. Er kann es nur finanzieren, weil er in dem Krankenhaus, in dem er als Pfleger arbeitet, Medikamente stiehlt, die er illegal weiterverkauft. Und auch sonst verläuft sein Alltag nicht gerade in geregelten Bahnen. Denn im Gegensatz zu seinem Bruder Tar hat James im Leben nie richtig Fuß gefasst. Er hat Probleme mit Alkohol und Drogen und wechselt die Freundinnen wie andere das Hemd. Bis er Evelyn trifft und sich in die junge Frau verliebt. Aber wenn er sie halten will, muss er sich endlich dem Erwachsenwerden stellen …

Autor

James Gunn ist Schriftsteller, Schauspieler und Filmemacher. Auf sein Konto gehen zahlreiche Kultfilme wie »Tromeo and Juliet« oder »The Specials« und die Drehbücher für die Warner-Brothers-Filme »Spy vs. Spy« und »Scooby Doo«. James Gunn lebt und arbeitet in Los Angeles.

James Gunn

Der Spielzeugsammler

Roman

Aus dem Amerikanischen
von Thomas Mohr

GOLDMANN

Die Originalausgabe erschien 2000 unter dem Titel
»The Toy Collector«
bei Bloomsbury Publishing, New York and London

Umwelthinweis:
Alle bedruckten Materialien dieses Taschenbuches
sind chlorfrei und umweltschonend.

1. Auflage
Taschenbuchausgabe Februar 2004

Umschlaggestaltung: Design Team München
Umschlagfoto: Wolf Huber
Satz: deutsch-türkischer fotosatz, Berlin
Druck: GGP Media, Pößneck
Titelnummer: 45221
Redaktion: Ilse Bezzenberger
AB · Herstellung: Sebastian Strohmaier
Made in Germany
ISBN 3-442-45221-X
www.goldmann-verlag.de

Für meinen Bruder Patrick

Inhalt

Das Beste Spielzeug der Welt

1. Wir bekommen das Spielzeug

Eigentlich hieß er Trevor Forrester, aber die Kinder aus der Siedlung nannten ihn nur Monster, weil er erstens ein Fiesling, zweitens hässlich und drittens zurückgeblieben war. »Ihr seid doch wohl intelligent genug, um mit diesem Rotzbengel fertig zu werden«, sagte mein Vater zu meinem Bruder und mir. Doch ein hoher IQ war leider wenig hilfreich, wenn Monster sich uns auf die Brust setzte und uns die Hoden quetschte, bis wir schrien. Nachts klemmten wir uns Kältepacks zwischen die Beine, damit die Schwellung zurückging. Wir erzählten unserer Mutter nichts davon, weil wir nicht wollten, dass sie an uns herumfummelte. Unserem Alten erzählten wir ohnehin so gut wie nichts.

Zum Glück war Monster wählerisch. Sein Vater war Proktologe, verdiente jede Menge Geld und überhäufte seinen Sohn alle Jahre wieder mit Weihnachtsgeschenken. Monster suchte sich ein oder zwei Spielsachen aus, die er besonders mochte, und ließ den Rest links liegen. Er war ganz vernarrt in die Actionfigur vom Sechs-Millionen-Dollar-Mann, die er Steve nannte und wie seinen besten Freund behandelte. Dazu gibt es eine komische Geschichte: Als Mr. Forrester eines Tages betrunken auf dem Sofa lag, ließ Monster seinen geliebten Steve über den schlafenden Körper seines Vaters wandern. Mr. Forrester wachte stinksauer auf und zertrümmerte Steve an einer Ebenholzstatue der Jungfrau Maria. Monster stand daneben und schrie: »Steve, nein! Nein, Steve! Steve!«

Wenn seine Mutter in der Garage alten Plunder verkaufte, kam Monsters erlesener Geschmack meinem Bruder und mir sehr zugute. Und da sie einsam war, verkaufte sie ständig alten Plunder.

Die Frauen schoben sich durch die Garage und ignorierten einander. Sie umkreisten die Reihen langer, mit altem Kochgeschirr und afghanischen Teppichen beladenen Tische. Und wenn überhaupt eine sprach, dann zumeist mit komischer Fistelstimme; die Leute aus dem Hinterland des Saint Louis County sprachen alle so. Viele der Frauen rochen schlecht, weil sie stundenlang in Autos ohne Klimaanlage gesessen hatten. »Kann ich die Bluse billiger haben?«, fragten sie Mrs. Forrester. »Nein«, sagte Mrs. Forrester, »der Preis steht dran.« Sie konnte die Frauen vom Land nicht leiden.

Tar setzte vorsichtig einen Fuß vor den anderen. Er hatte Schiss, dass Monster auftauchen und uns piesacken könnte.

»Keine Angst, der kommt schon nicht«, erklärte ich meinem Bruder. »Seine Mom will sich mit ihm nicht blamieren.«

Tar machte sein *Puh!*-Gesicht, blies die Backen auf und ließ die Luft entweichen. Das hatte er aus dem Fernsehen. Er war drei.

Abgesehen von einer Staubschicht sahen die meisten Spielsachen aus wie neu.

»Ein Pterodaktylus«, sagte Tar und zeigte auf eine Schachtel zwischen Stratego und Monopoly. Auf dem Deckel waren Vulkane und prähistorische Tiere abgebildet, und daneben stand der Name: Knack den Dino! Back den Dino! Ich zerrte sie zwischen den anderen hervor. Tar packte die Schachtel, auf die jemand mit Leuchtmarker $ 1.50 gekritzelt hatte. Meine Mutter hatte uns je einen Dollar gegeben, was – wie ich zu wissen glaubte – zusammen ungleich mehr ergab als einen Dollar fünfzig.

Schiebe die WÜRFEL in die ENERGIEKAPSEL, und schon verwandeln sie sich in echte DINOSAURIER! Dann steckst du sie in die DINOSAURIER-BOX, und das Ganze geht von vorne LOS! Spiel und Spaß OHNE ENDE!!!

Auf einer Zeichnung sah man, wie ein Dinosaurier erst in eine Maschine gequetscht wurde und dann unter einer durchsichtigen Energiekuppel zu neuem Leben erwachte.

Für Tar und mich gab es nichts Faszinierenderes als Dinosaurier, Metamorphosen und Maschinen. Dieses Spielzeug in Händen zu halten, erfüllte uns mit einem so erhebenden Gefühl, als hätte es der liebe Gott eigens für uns erschaffen. Wir hatten es noch nie zuvor gesehen, weder in einem Spielwarengeschäft noch in der Fernsehwerbung (später erfuhren wir, dass die zuständige Behörde es gleich nach Erscheinen aus dem Verkehr gezogen hatte). Wir brauchten gar nicht weiter zu suchen, wir wollten nichts anderes als dieses Spielzeug. Wir gingen zu Mrs. Forrester, die an ihrem Geldtisch saß und Pennys stapelte.

Plötzlich legte sich die Pranke einer alten Frau auf die Spielzeugschachtel und schlug sie mir fast aus der Hand. An ihrem Zeigefinger steckte ein Diamantring von der Größe einer Murmel. Dicke Adern schlangen sich um ihre Knochen.

»Tut mir Leid, Jungs, aber das habe ich gerade gekauft«, sagte die alte Frau, zu der die Pranke gehörte. Sie hatte orangefarbenes, zu einer Hawai-fünf-null-Welle toupiertes Haar und Falten um den Mund. Die dichte Parfümwolke, die sie umhüllte, raubte mir fast den Atem. »Tut mir Leid, aber das ist meins«, sagte sie. »Ich habe es eben bezahlt und möchte es jetzt mitnehmen.«

»Nh-nh«, machte Tar.

»Wir haben es uns aber gerade erst geholt«, erklärte ich.

»Das mag schon sein, aber es ist meins. Ich habe es nämlich schon bezahlt. Wie es sich gehört: zuerst das Geld, dann die Ware.« Sie lachte kurz. Ich fragte mich, wie es in ihrem Kopf wohl aussah.

»Nh-nh«, machte Tar.

»Wir wollen das Spielzeug aber unbedingt haben«, sagte ich. »Und außerdem haben wir viel mehr als wie einen Dollar fünfzig.«

Die Frau packte die Schachtel mit beiden Händen.

»Heulen«, flüsterte ich meinem Bruder zu.

Tar brach in Tränen aus. Er war berühmt dafür, auf Kommando losflennen zu können. Die Frauen in der Garage starrten ihn an.

»Mein Bruder möchte das Spielzeug aber unbedingt haben. Siehst du? Er weint.«

»Ich mag Pterodaktylusser«, wimmerte Tar.

»Bitte, Kleiner, lass die Schachtel los.«

»Nh-nh!«, machte er. Ich klammerte mich noch fester an den Karton, doch die alte Frau war zu stark, und ihr Parfüm machte mich schwach. Sie riss mir das Spielzeug aus der Hand und presste es sich keuchend an die Brust.

»Da liegen haufenweise andere Spielsachen. Sucht euch was aus.« Mit diesen Worten drehte sie sich um und stakste aus der Garage.

Ich starrte angsterfüllt auf den Betonfußboden. Als ich den Kopf hob, sah ich, wie sie mit unserem Spielzeug die Auffahrt hinunter watschelte. Ich jagte ihr nach. Tar hinterdrein. Er weinte immer noch; sein Kummer wurde von Sekunde zu Sekunde echter.

»Wir hatten das Spielzeug aber zuerst, Lady«, sagte ich.

»Komm mir nicht mit ›Lady‹, junger Mann. Ich habe es zuerst *gesehen*.«

»Du bist viel zu alt für so ein Spielzeug.«

»Es ist ja auch für meinen Enkel.«

Wir folgten ihr zu einem olivgrünen Buick vor dem Haus. Sie legte die Schachtel auf den Rücksitz und verriegelte die Wagentür. Dann ging sie die Auffahrt ohne uns eines Blickes zu würdigen wieder hinauf in die Garage. Tar und ich drückten uns die Nase am Fahrerfenster platt. Das Spielzeug lag auf dem Kopf. Es wimmelte nur so von Brontosauriern, Pterodaktyli, Kältesteppenmammuts und so weiter.

Dinosaurier. Metamorphosen. Maschinen.

»Die Alte nervt«, flüsterte Tar. Das war einer der Ausdrücke, die wir von unserem Vater gelernt hatten. Es machte Spaß, sie zu benutzen. Obwohl manche, wie zum Beispiel das F-Wort, Mom noch nicht einmal den Anflug eines Lächelns entlockten.

»Ja.«

Die Fahrertür war abgeschlossen. Aber auf der Beifahrerseite ragte das Knöpfchen in die Höhe. Ich schielte zum Garageneingang. Eine Frau untersuchte ein kariertes Hemd auf Löcher oder Flecken. Eine zweite schnüffelte an einem Paar Ballerinas. Die Alte machte sich an einem Fahrrad zu schaffen, das an der Mauer lehnte und gar nicht zum Verkauf stand.

»Los«, sagte ich zu Tar. Heimlich, still und leise schlichen wir um den Buick herum. Ich stemmte eine Hand gegen das heiße Metall der Karosserie und zerrte mit der anderen am Griff der Beifahrertür. Sie sprang auf. Ein triumphierendes »Iiik!« drang aus der Kehle meines Bruders. Ich streckte den Arm aus. Tar krallte die Finger in mein T-Shirt. Ich schloss die Hände um die Schachtel.

Der blöden Fotze erteilen wir eine Lektion, die sie ihr Lebtag nicht vergessen wird: Das ließ mein Herz höher schlagen.

Wir flitzten im Affenzahn den Hügel hinunter, auf schnellstem Weg nach Hause. Die Luft pfiff uns in den Ohren. Wir prusteten und kicherten vor lauter Angst und Aufregung. Die Schachtel in meinen Armen wurde immer schwerer. Ich drückte sie mir an die Brust, und wir rannten den Taylor Drive entlang. Die Sonne brannte; ihre Fühler bohrten sich tief in unsere Haut. Wir bogen links ab, in die Arblay. Ich wischte mir an der Schulter den Schweiß von der Wange. Dann rechts ab in unsere Straße, Troll Court. Unser gelbes, zweistöckiges Haus stand oben auf dem Hügel, und wir jagten darauf zu. Mein Puls raste.

An der Haustür klappten wir erschöpft zusammen, und Tar stieß sie auf. Kreischend fielen wir in den klimatisierten Flur. Dort sackten wir keuchend vornüber, rangen japsend nach Luft und versuchten neue Kraft zu schöpfen, als die Stimme unserer Mutter die Treppe herunterschroll: »Na, habt ihr was gekauft?«

»Nein, es gab nichts Gescheites«, brüllte ich.

Eine faustdicke Lüge! Wir mussten uns den Mund zuhalten, um nicht in schallendes Gelächter auszubrechen.

Wir machten die Kellertür auf und stolperten hastig die Treppe hinunter. Unten stand das Schaukelpferd mit dem traurigen Gesicht, weil es bestimmt lieber echt gewesen wäre statt aus Plastik. Im Vorbeigehen gab ich ihm einen Klaps auf die Nase. Es wippte.

Ich ließ die Schachtel auf den Boden fallen. Tar nahm den Deckel ab. Darin eine Maschine, Dinosaurier, die Spielanleitung, Würfel: ein kleines Stück gestohlenes Paradies.

Der Polizist hatte Ähnlichkeit mit einer Birne. Sein Mund sah aus, als würde er sich die Wangen mit den Handflächen nach hinten ziehen und eine Grimasse schneiden. Sein Kollege war älter als er und trug keine Mütze. Sie standen in der Tür am Ende unseres Flurs. Der Flur war vom Wohnzimmer durch eine Reihe dicker Holzbalken getrennt, hinter denen die Birne halb verschwand. Tar und ich saßen im Wohnzimmer auf dem Fußboden. Im Fernsehen lief unsere Lieblingsserie, *Ultraman*.

Die Polizisten sprachen mit meiner Mutter; wir konnten zwar nicht hören, worüber, sahen aber, dass sie höflich waren. Logisch; mein Vater war Anwalt, und die meisten Bullen kannten ihn.

Tar sah mich an, mit halb offenem Mund. »Lügen«, flüsterte ich. Im Fernsehen schlug Ultraman einen als Rieseninsekt verkleideten Schauspieler nieder, und zwei Papphäuser stürzten unter ihm zusammen.

»Ein Eidechsenspiel?«, fragte meine Mutter.

Der Polizist nickte. Sie sprachen weiter, aber es drangen nur ein paar Fetzen zu uns herüber: das Wort *Beschwerde*, das Wort *Auseinandersetzung* und irgendetwas über das Auto der alten Frau.

Meine Mutter starrte sie fassungslos an. Die meisten Mütter verteidigen ihre Kinder bis aufs Blut, doch unsere wusste, dass wir ein Sonderfall waren. Mit ihren Eierstöcken war etwas nicht in Ordnung. Wir waren aus der Art geschlagen. Meine Mutter sagte den Polizisten, sie wolle sich im Keller nach dem Eidechsenspiel umsehen. Auf dem Weg nach unten blickte sie uns aus verkniffenen Augen an. Wir waren ihre Feinde.

Ich stand in der Tür und spielte mit dem Kordelzug meiner Shorts. Der jüngere Polizist ging vor mir in die Hocke und balancierte ein offenes Notizbuch auf dem Knie. Der andere blieb stehen und machte ein böses Gesicht. Hinter ihnen kämpften zwei Eichhörnchen auf einem Ast. Das Dunklere hatte etwas Braunes im Maul.

»Jimmy. Wir möchten dir bloß ein paar Fragen stellen. Erste Frage: Habt ihr das Eidechsenspiel aus Mrs. Tolkensteins Auto genommen?«

»Nein.«

»Aber ihr habt euch mit ihr um das Spiel gestritten?«

Ich nickte. »Wir haben es zuerst gehabt.« Ich starrte ihn an. »Außerdem ist es gar kein Spiel.«

»Und es ist auch nicht mit Eidechsen«, setzte Tar hinzu. »Sondern mit Dinosauriern.«

Der Cop schrieb etwas in sein Notizbuch. Ich senkte den Blick. *Dinosaurier.* Er setzte einen Punkt dahinter und steckte seinen Kugelschreiber ein.

»Sie hat es in ihr Auto gelegt«, sagte ich.

Der Cop zog seinen Kuli wieder hervor.

»Wir wissen, dass ihr es genommen habt«, sagte der stehende Polizist. Er seufzte. Wir strapazierten seine Geduld. »Jemand hat gesehen, wie ihr es genommen habt.«

Jahre später sollte ich die guter Bulle/böser Bulle-Nummer genauer kennen lernen.

»Nein. Ich schwör's. Beim Grab meiner toten Mutter.«

»Wie alt bist du, Jimmy?«, fragte der jüngere Polizist. »Oder Jim? Möchtest du lieber Jim genannt werden?«

»Nein. Vier.«

Der Polizist wandte sich an meinen Bruder.

»Tar, ich möchte dich was fragen. Wie alt bist du?«

»Drei Jahre.«

»Hast du oder hat dein Bruder die Schachtel mit den Dinosauriern aus dem Auto genommen? Du musst mir die Wahrheit sagen.«

»Monster war's.«

Die Polizisten lächelten. Sie dachten, mein kleiner Bruder hätte sich verplappert.

»Ach, ein Monster hat die Dinosaurier genommen? Und wie sah dieses Monster aus?«

Von hinten näherten sich die Schritte meiner Mutter.

»Monster ist der Spitzname von Trevor Forrester«, erklärte sie. »Er geht auf die Sonderschule. Er schikaniert die anderen Kinder.«

Das Lächeln des jüngeren Polizisten verflog. Er wechselte einen Blick mit seinem Kollegen.

»Und im Keller war kein Eidechsenspiel«, setzte meine Mutter hinzu.

»Monster hat das Auto aufgemacht«, sagte Tar. »Er hat es genommen. Monster hat es genommen. Und dann ist er ganz schnell weggerannt.«

Tar absolvierte die Schule im Schnelldurchlauf. Kein Wunder, er wusste schließlich schon mit drei, dass es keinen besseren Sündenbock gab als einen zurückgebliebenen Schläger.

Die Eichhörnchen hinter den beiden Polizisten bekriegten sich noch immer. Schließlich stieß das eine das andere vom Ast. Es landete in unserem Vorgarten. Später gingen mein Bruder und ich nach draußen, um nachzusehen, ob es tot war.

Unsere Kellerdecke war mit Korkplatten getäfelt. Man brauchte bloß auf eine Leiter zu steigen, die Platten beiseite zu schieben, und schon hatte man ein prima Versteck. Im Lauf der Jahre barg dieses Versteck Kaugummi (mein Vater verabscheute unser Geschmatze), Feuerwerkskörper, Rauchbomben, Zigaretten, Liebesbriefe von Angie Pinkerton, Sexheftchen, okkultistische Traktate, Pornovideos, anarchistische Flugblätter, Kondome, Handschellen, Alkohol aller Art, Pillen, Gras, Koks, einen Graphix-Bong, eine Latexmöse, einen 38er Revolver sowie diverse andere nützliche Dinge, die im Hause Gunn strengstens verpönt waren. Am längsten jedoch beherbergte es

Knack den Dino! Back den Dino!, das behördlicherseits nur als Das Eidechsenspiel firmierte. Anfang der Siebzigerjahre hätte unsere Mutter uns vermutlich angezeigt, wenn wir sie nicht überlistet hätten, indem wir unsere Diebesbeute in der Kellerdecke versteckten. Obwohl sie auf den ersten Blick einen patenten Eindruck machte, war mir nach vierjährigem Zusammenleben klar, dass sie uns bei der erstbesten Gelegenheit verpfiffen hätte. Inzwischen ist unser Haus renoviert und das Versteck verschwunden. Weder mein Bruder noch ich haben die leiseste Ahnung, was aus dem Spielzeug geworden ist.

2. Die Regeln

Knack den Dino! Back den Dino! besteht aus zwei Grundkomponenten:

1. einer viereckigen Maschine aus robustem rotem Metall und 2. kleinen bunten Würfeln. Diese Würfel sehen zwar genauso aus wie Starburst-Kaubonbons, sind jedoch nicht zum Verzehr geeignet.

Um die rote Maschine spannt sich ein Drahtnetz von etwa zehn Zentimeter Durchmesser; dieses Netz ist das eigentliche Herzstück von Knack den Dino! Back den Dino! Es ist im Grunde ein kleiner Ofen. Wenn man den Netzstecker der Maschine in die Steckdose steckt, wird es heiß, wobei es sich erst hellgrau, dann zartrosa und schließlich hellrot verfärbt. Zwar muss das Netz nicht unbedingt rot sein, wenn man aus einem Würfel einen Dinosaurier machen will. Aber so geht es erheblich schneller. Eine durchsichtige Plastikkuppel mit Schiebetür umschließt den Ofen. Diese dient lediglich der Sicherheit und nicht der Beschleunigung des Verwandlungsvorgangs. Während allenfalls zwei oder drei Erwachsenenfinger durch das Türchen passen, könnte ein Kind die ganze Hand hineinstecken. Darüber hinaus lässt sich die Plastikkuppel mühelos entfernen.

Wenn man einen Würfel ins Innere der Kuppel legt und die Maschine *ein*schaltet, verändert der Würfel langsam die Form, wachsen ihm nach und nach Extremitäten, bis schließlich ein richtiger Dinosaurier daraus geworden ist! Wie die Metamorphose einer Raupe in einen Schmetterling oder einer Knospe in eine blühende Rose; es ist wunderschön anzuschauen.

Wenn der Dinosaurier fertig ist, muss man die Maschine *aus*schalten und warten, bis sie abgekühlt ist, bevor man ihn aus der Kuppel holt. Andernfalls sind Brandblasen die zwangsläufige Folge.

Die Schachtel enthält eine reiche Auswahl an Figuren, die sich keineswegs auf einen Brontosaurus, einen Ankylosaurus, einen Triceratops, ein Kältesteppenmammut sowie den allseits beliebten Pterodaktylus beschränkt. Nach einer Weile erkennst du schon an der Farbe, aus welchem Würfel welcher Dinosaurier wird. Lege die Würfel NIE in einen herkömmlichen Ofen; dadurch würde der betreffende Dinosaurier unwiederbringlich zerstört.

Der kleine Behälter und der Knopf an der rechten Seite der Maschine werden gemeinhin (und zusammengenommen) als *Quetsche* bezeichnet. Ist ein Dinosaurier so weit erhitzt, dass er die nötige breiige Konsistenz erreicht hat, stecke ihn in den Behälter, schließe den Deckel und drehe an dem Knopf. Der Knopf setzt die Metallpresse in Gang, die den Dinosaurier wieder in Würfelform bringt. Die Quetsche ist der entscheidende Vorteil von Knack den Dino! Back den Dino! gegenüber allen anderen Metamorphosemaschinen, denn: Ist es Mutter Natur in ihrer Pracht vielleicht vergönnt, den Schmetterling in eine Raupe oder die blühende Rose in eine Knospe zurück zu verwandeln?

3. Bob und Oscar

Obwohl er eigentlich gar kein Cowboy war, sondern ein Revolverheld und ehemaliger Deputy, gehörte Bob doch zu den Cowboys. Den Revolver stets im Anschlag, war er immer schussbereit. Sein schroffes Gesicht war wettergegerbt und von tiefen Furchen durchzogen, Gräben für die Tränen, die ihm über die Wangen liefen. Gräben, die wahrscheinlich erst entstanden waren, nachdem die Indianer und ihre Komplizen von der Army seine Frau und seine kleine Tochter ermordet hatten.

Bob gehörte mir.

Oscar gehörte Tar. Oscar schwang ständig ein Lasso über dem Kopf. Sein Gesicht ähnelte dem Bobs – viele hielten die beiden sogar für Brüder. Oscar war weder verheiratet gewesen, noch hatte er seine Familie verloren, dafür hatte er sehr an seinem Pferd Ernie gehangen. Der irre Bazooka Man hatte es abgeknallt wie einen Hund. Obwohl Ernie in einem fairen Kampf bestehen konnte, war er machtlos, wenn ihm jemand lächelnd eine Möhre anbot – und ihm stattdessen eine Bazooka zwischen die Zähne schob.

Das Knirschen von Kies unter samtweichen Mokassins ließ Bob aufhorchen. Er drehte sich in seinem Schlafsack herum und erspähte eine Pfeilspitze zwischen den Blättern einer Pflanze. Rechts davon, hinter dem Sitzsack, erschien eine Hand mit einer Granate. Die Indianer hatten das Camp umstellt; die anderen Cowboys schnarchten. Das merkte er gerade noch, bevor die Explosion die Hälfte seiner Männer in Stücke riss. Dann flogen Pfeile.

Die Schlacht war lang und blutig. Bob und Oscar überlebten sie nach der üblichen Methode – Bob ballerte sie ab wie Schießbudenfiguren; Oscar brach hundert Mann mit seinem Lasso das Genick. Die meisten anderen Jungs bissen ins Gras. Die Seite mit den Todesanzeigen las sich wie die Gästeliste einer Cocktailparty bei Bob und Oscar: Linus, Pete, Bert, Mojo, Sylvester, Handsome Dan, Gordon, Batman jr., Willie … Manchmal fragte man sich, ob es das tatsächlich wert war, dieser Triumph, im Angesicht des Todes überlebt zu haben.

Die meisten Rothäute wurden lebendig gefasst. Bob und Oscar banden ihnen die Hände auf den Rücken und stellten sie vor dem Tonka-Traktor auf. Bazooka Man streckte Oscar seine hässliche grüne Visage entgegen.

»Zum Glück hab ich deinen Gaul erschossen, du mieser kleiner Cowboy.«

Bob hatte Mühe, Oscar davon abzuhalten, Bazooka Man auf der Stelle umzulegen.

Der O-beinige Cowboy ohne Pferd erhielt die Aufsicht über die Gefangenen.

»Okay, Leute, mir nach«, sagte er. Er führte den Treck von Indianern und Army-Soldaten durch den Wald. Sie jammerten und klagten, weil ihnen Ameisen die Beine hochkrabbelten und sie in der kühlen Nachtluft erbärmlich froren. »Das hättet ihr euch überlegen sollen, bevor ihr meine Amigos ermordet habt.«

Sie marschierten über die endlosen Weiten des Teppichs, begleitet vom Geschrei der Eulen und Zirpen der Grillen. Der Cowboy trieb sie die Hot-Wheels-Schiene hinauf, geradewegs in die durchsichtige Kuppel der roten Maschine. Mit lautem Krachen schob der o-beinige Cowboy die Tür hinter ihnen zu.

»Dazu hast du kein Recht!«, rief der Häuptling.

»Dann nehme ich es mir eben, du Arschloch«, erwiderte Bob. Er schloss die Hände um das dicke Kabel und stopfte den riesigen Stecker in die Steckdose.

»*Sie verbrennen uns bei lebendigem Leib!*«, kreischte Bazooka Man, und bald schrien sie alle im grauenhaftesten Todeskampf. Bob weinte heiße Tränen. Er dachte daran, wie er seine kleine Tochter in den Armen gehalten hatte, und hoffte inständig, dass sie jetzt voller Freude vom Himmel zu ihrem Vater herabblickte.

Bazooka Man versuchte vergeblich, sein Bein vom Rücken des Indianerhäuptlings zu lösen, bis die beiden miteinander verschmolzen. Orange und Grün zerliefen zu missfarbigem Braun. Nicht lange, und sie alle waren zu einem einzigen großen Ungeheuer verklumpt (das von einem verrückten Wissenschaftler später zum Leben erweckt wurde und sich fürchterlich an Bob und Oscar rächte). Der Gestank des verbrannten Fleisches seiner Spießgesellen übermannte Bazooka Man, und er würgte und kotzte, bis sein Stündlein geschlagen hatte und er endgültig zur Hölle fuhr.

Die Orgel plärrte durch den Saal, in dem die Cowboys sich versammelt hatten. Die kleine Kirche war ein ehemaliges Farmhaus; der Name des Farmers – Fisher-Price – stand nach wie vor über der Tür. Bob und Oscar knieten in der Bank und dankten Gott, weil sie ihre Feinde besiegt und ihre Lieben gerächt hatten und die rote Maschine noch immer funktionierte.

»Lamm Gottes, erlöse die Welt von ihren Sünden und erbarme Dich unser«, rezitierte der Priester am Altar und stemmte Hostie und Messwein in die Höhe. »Lamm Gottes, erlöse die Welt von ihren Sünden. Schenke uns Frieden.«

Bob tippte Oscar auf den Schenkel.

»He, ich glaub, der Priester ist ein verkleideter Indianer. Er hat gerade das Indianergeheimzeichen gemacht.«

»Die Indianer haben ein Geheimzeichen?«, fragte Oscar.

Die beiden Cowboys stießen den randvollen Weinkelch um und legten den Priester quer über den Altar. Sie zerrten den alten Mann zu der durchsichtigen Plastikkuppel, wo sie ihm das Gesicht wegsengten. Ein verkleideter Indianer nach dem anderen gab sich durch geheime Zeichen und Andeutungen zu erkennen. Die Cowboys schmolzen sie alle ein, machten sie zu Krüppeln oder amputierten ihnen Arme und Beine.

Tar und ich flitzten die Treppe hinauf. Obwohl es ein kalter Herbsttag war, rissen wir sämtliche Fenster und Türen auf. Der Wind fegte durch die Zimmer und vertrieb den Geruch von verbranntem Plastik, bevor unsere Mutter nach Hause kam.

4. Wir verraten das Geheimnis des Spielzeugs

Ich habe Garys Kopf einmal von hinten mit dem Lineal vermessen. Er war mehr oder weniger genauso groß, wie er aussah. Meine Mutter hatte mir einzureden versucht, das läge einzig und allein an seiner Körperhaltung.

»Mom, Garys Kopf ist fünf Zentimeter und acht Striche größer als meiner. Dabei bin ich viel größer als er.«

»Tja, Gary braucht eben viel Platz für seine originellen Ideen.«

Und davon hatte Gary Bauer jede Menge. Eine seiner originellsten Ideen bestand darin, sich so oft wie möglich die Hände zu waschen. Da er obendrein Verdauungsbeschwerden hatte, verbrachte er einen Großteil des Tages auf dem Klo. Außerdem sprach er eine Sprache, die er als Französisch ausgab.

»*Abriga!*«, sagte er, als Tar und ich ihn unten an der Ecke trafen.

Wir starrten ihn fragend an. Er war unser bester Freund, was unseren Verdacht nährte, dass mit uns etwas nicht stimmte.

»Das heißt: ›Hallo, James und Tar!‹ *Auf Französisch.*«

»Quatsch mit Soße«, sagte Tar.

»›Quatsch mit Soße‹ heißt übersetzt *blik e naba.*« Gary hatte einen Piratenhut auf, den er sich aus Zeitungspapier gefaltet hatte. Er war zu groß für seinen Kopf. Die Krempe ruhte auf dem Rand seiner schwarzen Hornbrille. Er war der einzige Vorschüler in unserem Viertel, der eine Brille trug, und wir beneideten ihn ein wenig, weil er sie auf Rezept bekam.

»Wir müssen dir was zeigen, Gary«, sagte ich.

»Was denn?«

Tar nahm Garys Hand und zerrte ihn hinter sich her, den Troll Court hinauf zu unserem Haus.

»Nancy!«, rief Gary. »Jimmy und Tar wollen uns was *ganz Wichtiges* zeigen.«

Nancy Zoomis versuchte verzweifelt, GI Joe in Barbies Haus unterzubringen. Ihr glattes braunes Haar hing ihr ins Gesicht. Weil sie immerzu darauf herumkaute, waren die Spitzen völlig zerfranst. Obwohl sie erst vor kurzem hergezogen war, gehörte auch sie zu Gary Bauers besten Freunden.

Wir hockten hinter dem Gebüsch der Delgesses. Hier sollten Nancy und ich später Doktor spielen. Einer von uns sagte: Wenn du mir deins zeigst, zeig ich dir meins. Wir konnten uns die Kleider gar nicht schnell genug vom Leibe reißen.

»Keine Lust«, sagte sie. »Ich spiele.«

»Wie du willst«, meinte ich. »Dann eben nicht.«

Ich vergrub die Hände in den Hosentaschen und ging weiter. Tar und Gary folgten mir.

»Das wird ihr noch Leid tun!«, sagte Gary. »Oder wie wir in Frankreich sagen: *Ordbökon!*«

Wir kamen am Haus der Benningtons vorbei. Am Haus der Smiths. Als wir bei den Fitzgeralds angekommen waren, hörten wir Nancys Turnschuhe hinter uns über den Asphalt schlurfen.

Nancy lachte. »Echt irre!«, rief sie den Zwillingen Steve und Corey zu. Gary pulte an einem Schorf an seinem Ellbogen herum. Steve und Corey sahen ihn an.

»Wieso? Was ist es denn?«, fragte Corey.

»Du darfst es aber keinem weitersagen«, sagte Gary.

Auch Robert und sein kleiner Bruder Brendan hatten davon Wind bekommen. Anfangs wollten wir sie nicht einweihen: Brendan hatte eine große Klappe. Aber er hat bis heute dicht gehalten.

Wir Kinder aus der Siedlung hielten ein Geheimtreffen in unserem Keller ab: Gary, Nancy, Robert, Steve, Corey, Brendan, Tar und ich. Ich stieg auf die Leiter und schob das Deckenpaneel beiseite. Ich reichte das Beste Spielzeug der Welt nach unten, und es wanderte von einem Kind zum anderen. Schließlich stellte Tar es auf den Fußboden, und wir hockten uns im Kreis drum herum. Grashalme streiften die rechteckigen Fenster unter der Kellerdecke. Über uns klapperte meine Mutter in Sandalen durch die Küche.

Wir beugten uns vor und inspizierten die Maschine aus der Nähe. Wir ließen die Finger über die Konturen der kleinen Tierchen gleiten. Ich schob die Tür der durchsichtigen Kuppel auf. Steve steckte einen grünen Würfel hinein. Wir krochen noch näher heran, und Nancys nacktes Knie stieß gegen meins. Brendan steckte den Kopf zwischen Corey und Steve hindurch. Gary stand, zappelte in einer Tour und klopfte mit einem Löffel rhythmisch gegen einen hohlen Eisenträger. Robert summte selbst ausgedachte Lieder. Tars braune Augen waren wie verzaubert. Ein langer Hals und ein Kopf ploppten aus dem grünen Würfel hervor. Und wir alle waren ein Herz und eine Seele, während wir etwas erschufen, zerstörten, erschufen, zerstörten, erschufen.

Und darum fing ich zwanzig Jahre später mit dem Spielzeugsammeln an.

William Sinewski III

Bill Sinewski hatte die Nachtschicht am Saint Dominic's Hospital in der Nähe des Times Square. Im Sommer 95 wurde ich dort als Pfleger eingestellt, und Bill sollte mich einarbeiten. Er zeigte mir, wie man Sauerstoff verabreichte und sich mit nur zwei Vierteldollarmünzen eine Fresca aus dem Getränkeautomaten zog. Davon abgesehen hatte er keinen blassen Schimmer. Er arbeitete schon seit zwei Jahren am Saint Dominic's. Er und ich wanderten zusammen durch die Gänge und probierten einige der sonderbaren Apparate aus, die in Krankenhäusern so herumstehen. Dabei lernten wir allerhand: Ein Defibrillator haut einen auch dann von den Socken, wenn man ihn sich nur an die Schulter hält. Elektrokardiografen geben beschissene Lügendetektoren ab. Katheter tun höllisch weh, auch wenn die Schwester Ihnen tausendmal das Gegenteil verspricht. Und versuchen Sie um Gottes willen nicht, das Ultraschallgerät ohne Benutzerkarte anzuwerfen. Das Mistding fängt laut an zu piepen, und Sie müssen schleunigst verschwinden.

Wegen der Sache mit dem CT wären Bill und ich beinahe sogar rausgeflogen, und das in einem Krankenhaus, wo normalerweise niemand rausfliegt. Ich erklärte dem Techniker, ich wüsste, was ich tue. Ich hätte zugesehen. Ich hätte mir jeden seiner Handgriffe genau eingeprägt. Außerdem habe Bill im Stirnlappenbereich einen ominösen schwarzen Fleck.

»Das könnte was Ernstes sein«, erklärte ich dem Techniker. »Vielleicht ein Tumor.«

Bill hatte eine Heidenangst. Wahrscheinlich dachte er: Gott sei Dank haben wir an dem Computertomografen rumgefummelt. James hat den Fleck vielleicht gerade noch rechtzeitig entdeckt.

Der CT-Heini gab uns zu verstehen, dass wir uns gefälligst verpissen und unsere Arbeit machen sollten.

»Aber der Fleck!«, protestierte ich.

»Das liegt am Rechner. Und jetzt raus.«

So ging es fast jeden Tag.

Bill Sinewski stammte wer weiß woher, vor allem aber aus Long Island, Cincinnati und Los Angeles. Nur sein Surferdialekt stammte eindeutig aus L.A. Und seine Klamotten stammten zwar von Kmart, doch Bill besaß das einzigartige Talent, noch die billigsten Klamotten zu einem hippen, coolen Outfit zusammenzustellen. Ich trug ausschließlich klassische Anzüge aus den Fünfziger- und Sechzigerjahren, und wir waren nur deshalb Freunde, weil wir ein interessantes Paar abgaben.

Bill war genauso groß wie ich, hatte aber mehr Muskeln. Er verwandte beträchtliche Mühe auf sein Haar, dichte schwarze Locken, die ihm seitlich in die Stirn fielen. Er hatte eine perfekte Männernase mit breiten Flügeln, die vor unterdrückter Leidenschaft zu beben schienen. Sein einziger körperlicher Makel war seine schlechte Haut. Mit der Pubertät war sie erblüht und auch jetzt noch, mit vierundzwanzig – ein Jahr jünger als ich –, hatte er Unmengen von Pickeln. Bill schmierte sich jeden Abend Salbe ins Gesicht. Manchmal ertappte ich ihn dabei, wie er mit trauriger Miene in den Badezimmerspiegel starrte und die Fingerspitzen langsam über die Beulen auf seinen Wangen gleiten ließ. Doch meistens war der Spiegel Bills bester Freund – trotz seiner Akne sah er gut aus, und dessen war er sich durchaus bewusst.

Selbst die intelligentesten Frauen schmolzen beim Anblick von Bill, seinen Muskeln und seinen bebenden Nasenflügeln buchstäblich dahin. Dies widerlegte eines der Prinzipien, mit denen ich aufgewachsen war, nämlich dass Frauen, insbesondere bei der Wahl ihrer Geschlechtspartner, per se nüchterner vorgehen als Männer. Wenn Bill mit einer Frau sprach, kam sein zweites Gesicht zum Vorschein. Er grinste blöd, bekam glasige Augen und wackelte leicht mit dem Kopf. Sein kritisches Urteilsvermögen war mit einem Mal wie weggeblasen. Was ich schlicht dämlich fand, hielten die Schwestern für einen Ausdruck seiner Naivität und Offenheit.

»Wo ist Bill?«, erkundigten sie sich jedes Mal, wenn sie mich allein antrafen.

»Entlassen«, sagte ich dann.

»*Entlassen?*«, kreischten die Schwestern mit panischem Entsetzen in den Augen, die Finger an der Unterlippe.

»Der Stationsarzt hat ihn auf dem Klo erwischt«, sagte ich, »wo er sich auf ein Foto von Fabio einen runtergeholt hat.«

Ich war bei den Schwestern nicht ganz so beliebt wie Bill.

Christmas Trees. Purple Hearts. Black Beauties. Yellow Jackets, Bennis, Dexis, Pinks, Cartwheels, Blues, Jellybeans, Rainbows, Reds, White Crosses. Bill mochte alle Pillen, besonders Amphetamine.

»Wieso Amphetamine?«, fragte ich ihn.

»Weil Upper schöner sind als Downer. Die Designer haben sich echt Mühe gegeben.«

Bill hatte normalerweise einen Ziploc-Beutel voll Pillen in seinem Matchsack oder in der Hosentasche.

»Da«, sagte Bill.

Es war ein Uhr morgens, und ich wartete in der Radiologie auf einen alten Spanier. Bill hielt mir zwei Dextroamphetaminkapseln hin, in der hohlen Hand.

»Danke.« Ich sah. Ich nahm. Ich warf sie.

Bill setzte sich neben mich auf die Couch im Wartezimmer.

Ich erzählte ihm eine Geschichte: »Auf der High School klauten mein Bruder Tar und ich mal die Darvon-Kapseln meines Vaters aus dem Arzneischränkchen. Er hatte jede Menge davon. Er nahm sie gegen seine Rückenschmerzen. Mein Vater ist unglaublich dick und kriegt ständig Rückenschmerzen, weil er ja seinen Fettwanst durch die Gegend schleppen muss – erstaunlich, ich weiß, wenn man sich meinen athletischen Astralkörper so ansieht, aber wahr. Tar und ich leerten erst die Darvon-Kapseln, dann ein paar normale Tylenol-Kapseln. Wir füllten das Pulver aus den Darvons in die Tylenols und umgekehrt. Dann stellten wir die falschen Darvons ins Arzneischränkchen zurück. Mein Vater hat nichts davon gemerkt.«

»Plat-*seh*-bo«, sagte Bill.

»Wir nahmen die falschen Tylenols mit in die Schule. Wir waren so breit, dass wir auf die Bänke sabberten. Und wenn ein Mädchen auf einer Party Kopfschmerzen kriegte: Da hast du ein Tylenol.«

»Barbarisch!«, meinte Bill und lachte.

»Wir waren Genies.«

Bill kriegte sich gar nicht mehr ein. Die Story war so eine Art Bezahlung für die Pillen, die er mir gegeben hatte.

Äpfel und Evian-Wasser waren Bills Manna. Er aß täglich mindestens sieben Äpfel und trank drei Liter Evian. Er pinkelte in einer Tour. »Wenn deine Pisse gelb ist, heißt das, du bist dehydriert«, war einer seiner Lieblingssprüche.

Äpfel und Evian-Wasser lagen – unter anderem – auf Eis neben der Salatbar in der Krankenhaus-Cafeteria. Sie zu klauen war kein Problem. Bills Motto lautete angeblich: *Ein gesunder Geist in einem gesunden Körper*, in Wahrheit allerdings wohl eher: *Wenn es was umsonst gibt, greif zu.*

Bitte diesen kleinen Fragebogen ausfüllen

1. Ausbildung

Meine ersten siebzehn Jahre litt ich unter dem katholischen Schulsystem in Saint Louis, Missouri. Mit achtzehn kam ich mit Hilfe eines Stipendiums auf die Columbia University in New York City. Anderthalb Jahre später marschierte ich erst zum Hörsaal, dann am Hörsaal vorbei und schließlich in eine Kneipe, wo ich mir einen Drink genehmigte und dachte: »Ich bin schon genau wie mein Vater.« Ich sah die Uni nie wieder von innen.

Um meine Ausbildung zu einem gnädigen Abschluss zu bringen machten Bill und ich später einen Boxkurs in dem Fitnessstudio um die Ecke, doch schon nach vierzehn Tagen flog ich raus, weil ich einen schweren Gegenstand in meinem Handschuh versteckt hatte.

2. Charakterschwächen

Gleichbleibend hoher Alkohol- und Drogenspiegel im Blut; die Unfähigkeit, sich auf irgendjemanden oder irgendetwas einzulassen; grenzenlose Reue; Größenwahn; die felsenfeste Überzeugung, dass Menschen jämmerliche Kreaturen sind und das Leben traurig, hart und einsam ist; daraus resultierende Melancholie; kindisches Benehmen; aufbrausendes Temperament; laxe Sexualmoral; Sentimentalität; ich trauere meiner

Vergangenheit nach; mit anderen Worten: stinknormale, ja banale Charakterschwächen.

3. Charakterstärken

Die Fähigkeit, Punkt 2 zum Vergnügen von Freunden und Bekannten zu verklären; bedingungslose Hingabe an die sich aus Punkt 2 ergebenden Irrungen und Wirrungen; die Fähigkeit, die schwachen Seiten eines Menschen auf Anhieb zu erkennen und sie zur Freude anderer ans Licht zu zerren; und ich weiß nicht, ob man das als Charakterstärke werten kann, aber ich habe noch nie ein Loch im Zahn gehabt.

4. Beschreiben Sie Ihr Äußeres

Obwohl ich gemeinhin auf ein gepflegtes Äußeres achte, wache ich morgens manchmal mit dunklen Ringen unter den Augen auf. Ich besprenge sie mit kaltem Wasser, damit die Schwellung zurückgeht, was allerdings nur wenig hilft.

Ich habe blaue Augen. Ich bin ein Meter achtzig groß, dünn, drahtig. Mein Kopf ist buchstäblich mit Wirbeln übersät, weshalb mein Haar sich sämtlichen Bändigungsversuchen beharrlich widersetzt und wild nach allen Seiten sprießt. Ich habe zwei Tattoos.

5. Beschreiben Sie Ihren Schwanz

Mein Schwanz ist länger als der der meisten weißen Männer, auch wenn ich nicht genau weiß, wie viel länger, weil ich nicht sicher bin, ob man ihn von oben oder unten misst. Er ist nicht besonders dick. Meine Eichelöffnung ist ausgesprochen groß, und ich stecke zum Ergötzen bzw. Entsetzen von allerlei Freundinnen bisweilen diverse Gegenstände hinein: einen Penny, eine brennende Zigarettenkippe, das erste Glied des kleinen Fingers einer zierlichen Frau.

Himmlischer Luxus

Ich war überrascht, als Bill mich zu Hause anrief. Ich wohnte am Südende von Harlem. Bill und ich kannten uns noch nicht sehr lange, und ich wusste nicht, woher er meine Nummer hatte. Ich stand nicht im Telefonbuch. So konnte ich meiner Mutter vorgaukeln, ich hätte kein Telefon.

»Was treibst du so?«, fragte er.

»Zum Fenster rausgucken. Unten auf der Straße jagen ein paar Kinder mit Stöcken eine Ratte. Ich drücke der Ratte die Daumen.«

»He. Ich dachte, du hättest vielleicht Lust rüberzukommen, ein bisschen abhängen.«

»Wo?«

»Bei mir.«

»Was machen?«

»Saufen.«

Ich überlegte.

»Du willst mich doch nicht etwa in den Arsch ficken, oder?«, fragte ich schließlich.

»Du bist vielleicht ein paranoides Arschloch. Hast du den Arsch offen, oder was?«

»Wo hast du überhaupt meine Nummer her?!«

»Ich hab mich in die Personalabteilung geschlichen und mir ein paar Akten angesehen. Interessanter Stoff. Da hab ich deine Nummer her.«

»Tut mir Leid, aber ich bin völlig pleite.« Dieser Lüge hatte ich mich schon häufiger bedient, um gratis trinken zu können.

»Macht nichts«, meinte Bill. »Wie ich nämlich heute Morgen, nichts Böses ahnend, so für mich hin latsche, da sehe ich, wie ein paar Typen Kisten in einen Schnapsladen schleppen. Und als sie einen Moment nicht hinschauen, fällt mein Blick auf eine Kiste. Und was für eine! Ich hab sie mir kurzerhand geschnappt und mich verpisst, so schnell ich konnte. Und die beiden kleinen Pakistanis rannten hinter mir her und schrien: ›Nein, nein! Arschloch!‹ Es war zum Totlachen. Die Typen haben ja dermaßen komische Stimmen, auch wenn sie nicht auf hundertachtzig sind. Jedenfalls hab ich's bis nach Hause geschafft. Eine ganze Kiste Stoli.«

Zwanzig Minuten später stand ich vor Bills Tür in der West 50th Street.

Sein so genanntes Studio-Apartment war ziemlich klein. Ich setzte mich auf die Kante einer seiner Matratzen. Es war angenehm, ausnahmsweise einmal nicht in der eigenen Bude rumzuhocken. Bill ging in die Küche.

»Willst du Five Alive in deinen Wodka?«, fragte er.

»Hast du keinen Orangensaft?«

»Five Alive *ist* Orangensaft.«

»Nein. Five Alive ist Five Alive. Hi-C ist schließlich auch kein Tomatensaft.«

Ich hörte Bill in der Küche lachen, als sei das die absurdeste Feststellung der Welt.

»Ich trink ihn pur.«

Er brachte mir ein großes, kalkfleckiges Glas, randvoll mit Wodka. Als ich es entgegennahm, schielte ich an ihm vorbei und bemerkte hinter ihm an der Wand ein seltsames Regal. Darin standen, ordentlich aufgereiht, Actionfiguren aus den Siebzigern, in verschiedenen Posen.

»Ich glaub, ich spinne. Was ist denn das?« Ich sprang auf und ging darauf zu.

»Das ist meine Spielzeugsammlung. Sie ist nicht besonders groß, noch nicht. Aber sobald ich richtig flüssig bin ...«

»Stark.« Ich entdeckte eine Puppe von Fonzie aus *Happy Days*. »He, der Fonz.«

»Mit acht hatte ich eine kleine braune Lederjacke und schmierte mir jeden Morgen vor der Schule Pomade in die Haare«, sagte Bill.

»Und da haben dich die anderen Kinder nicht verarscht?«

»Von wegen, Alter. Alle wollten rumlaufen wie der Fonz, aber ihre Eltern haben es ihnen verboten. Ich kam aus einem kaputten Elternhaus, da konnte ich tun und lassen, was ich wollte. Wenn meine Mom mich dabei erwischt hätte, wie ich unserem Köter einen blase, hätte sie wahrscheinlich gesagt: ›He, Bill, nimm gefälligst den Hundepimmel aus dem Mund, setz dich an den Tisch, und iss dein Hacksteak.‹«

Bill trat neben mich, und wir bewunderten seine Sachen.

»Jeder Spielzeugsammler hat ein bestimmtes *Ding*«, erklärte Bill. »Die einen sammeln ausschließlich Blechspielzeug aus der Nachkriegszeit, die anderen stehen auf Pez-Spender, wieder andere auf Japsenkram. Mein Ding sind TV-Spielsachen. Ich fange mit der Zeit an, als die besten Fernsehserien gedreht wurden, den Siebzigern. Inzwischen habe ich fast die gesamte Kollektion der fantastischen, unschlagbaren ABC-Dienstagabendschiene zusammen. Siehst du: Hier sind der Fonz, Potsie und Pinky Tuscadaro. Da stehen Laverne, Shirley, Jack und Chrissy. Aber meine Lieblingsfigur ist die von Laura Ingalls Wilder. 1-a-Zustand. Als kleiner Junge war ich in Melissa Gilbert verknallt. Auf ein Foto von ihr in *People* hab ich mir das erste Mal einen runtergeholt.«

»*Unsere kleine Farm* lief aber montags«, gab ich zu bedenken.

»Ja. Ausnahmen bestätigen die Regel.«

Bills Sammlung schien förmlich zu leuchten. Ich berührte die grobe Kleidung der Actionfiguren. Meine Eltern hatten mich katholisch erzogen, aber meine wahre Religion war der Fernsehsender ABC gewesen. Diese Spielsachen kamen Reliquien gleich. Tar, Gary Bauer, Nancy Zoomis und ich hatten jeden Dienstagabend zusammen ABC geguckt: *Happy Days*, *Laverne & Shirley* und *Herzbube mit zwei Damen*.

Come and knock on your door
We've been waiting for you.

Als ich Jack Tripper einen Nasenstüber versetzte, hätte ich schwören können, dass ich Gary Bauers Gesicht berührte. Schwarze Magie bemächtigte sich meiner, und ich kriegte eine Gänsehaut. Sinewskis Wohnung füllte sich mit derselben feuchten, klimatisierten Luft wie seinerzeit das Haus der Bauers. Perry Comos Stimme wehte aus dem ersten Stock herab, wo Mrs. Bauer eine Patchwork-Decke nähte. In der Garage, hinter der Wand, fauchte ein Schweißgerät. Mr. Bauer bastelte an dem Wagen eines Freundes herum. Tar wälzte sich kichernd auf dem Fußboden, weil Nancy ihn kitzelte. Gary sang einen schweinischen Text zu der Titelmelodie von *Laverne & Shirley*. Der Vorspann lief; Pointen am laufenden Band. Tar, Gary und Nancy waren bei mir, die drei Menschen, die ich liebte, lange bevor ich dieser Liebe beraubt wurde. Meine Unterlippe begann zu zittern. Herrgott nochmal! Ich fange gleich an zu heulen!

Ich versuchte, meine Rührung mit einem Schluck Wodka hinunterzuspülen. Ich starrte zu Boden und hielt den Atem an.

»Mensch. Alter, die Teile sind echt wunderschön!«, murmelte ich, als ich meine Fassung wiedergewonnen hatte.

»Ich bin auch immer ziemlich ergriffen, wenn ich so davorstehe«, sagte Bill.

Er trank einen Schluck aus seinem Glas. Ich einen aus meinem.

Bill hatte mit einem Neger zusammengewohnt, der ebenfalls Bill hieß. Eines Tages war Bill (schwarz) auf rätselhafte Weise verschwunden und hatte aus ebenso rätselhaften Gründen Bills (weiß) Stereoanlage mitgehen lassen. Der gut aussehende, Spielzeug sammelnde Pillenschlucker rief mich zu Hause in Harlem an und fragte mich, ob ich vielleicht eine billige Bleibe brauche. Da ich nichts weiter hatte als eine Matratze und einen Karton Klamotten, war der Umzug rasch erledigt. Ich schob den Karton unter einen Klapptisch an der Wand.

»Den Klapptisch kannst du haben«, sagte Bill. »Der hat mal Bill gehört. Vielleicht hat er ihn zum Tausch für meine Anlage hier gelassen.«

»Das ist aber kein besonders guter Tausch.«

»Er war eigentlich ein netter Typ. Ich weiß auch nicht, wieso er das getan hat.«

Das Studio war zwar klein, hatte im Unterschied zu meiner Harlemer Bude aber ein Bad und eine Küche. Und obwohl die Küche kaum einen Quadratmeter groß war und ich keine Ahnung hatte, wie der Ofen funktionierte, war es angenehm, eine zu haben, und sei es als Statussymbol. Bill schlief, wie ich, auf einer Matratze auf dem Boden. Das Bettgestell hatte er vor einiger Zeit für dreißig Scheine verkauft, als ihm Geld und Amphetamine ausgegangen waren.

»Das ist ein eindeutiges Suchtsymptom«, sagte er. »Na ja, was soll's.«

Ich legte meine Matratze unters Fenster. Das Fenster war vergittert und ging auf den Müllcontainer. Jeden Nachmittag, wenn ich zu schlafen versuchte, weckten mich die Müllmänner, weil sie laut mit leeren Flaschen und anderem Abfall hantierten. Da ich einen leichten Schlaf hatte, bat ich Bill, mit mir zu tauschen. Er willigte ohne Zögern ein. Als Bill seine Matratze über den Boden schleifte, stellte ich zu meinem Erstaunen fest, dass ich gerührt war. Er rückte sie sorgfältig unter dem Fenster zurecht, während die Müllmänner draußen einen Heidenlärm veranstalteten. Ich streckte die Hand aus, knuffte ihn in die Seite und verzog das Gesicht zu so etwas wie einem Lächeln.

Barlow's Fun Antiques

Bill und ich gingen fast jeden Tag in Clancy's Tavern einen trinken. Zwei Türen weiter gab es einen Laden namens Barlow's Fun Antiques, in dem Bill seine Actionfiguren kaufte. Ich war tausendmal daran vorbeigelaufen, ohne ihn auch nur zu bemerken, geschweige denn einen Blick hineinzuwerfen.

»Den sehen wir uns demnächst mal an«, hatte Bill gesagt. »Ich kenne den Besitzer. Er heißt Charlie Barlow. Er hat den Laden nach sich selbst genannt.« Bill konnte sich kaum halten vor Begeisterung darüber, dass ich seine Leidenschaft tatsächlich teilte.

Eines Nachmittags auf dem Heimweg von Clancy's Tavern blieben wir vor Barlow's Fun Antiques stehen. Ich sah ins Schaufenster. Siebzigerjahre-Spielzeug, zu einer Pyramide aufgeschichtet. Da fiel mein Blick auf eine grünviolette Schachtel.

»Mensch«, sagte ich. »Knack den Dino! Back den Dino!«

Bill presste den Zeigefinger gegen die Scheibe. »Ich seh's. Was ist denn das?«

»Mann. Das geilste Spielzeug aller Zeiten. Kennst du das noch?«

»Nein. Ach du Scheiße! Guck mal da! Das *Unsere-kleine-Farm*-Brettspiel! Mist, verfluchter. Ich hab kein Geld.«

»Ich auch nicht. Aber an Knack den Dino! Back den Dino! geht kein Weg vorbei.«

Einmal, in einem seltenen Anfall von Eloquenz, nannte Bill sein Hobby die Rekonstruktion einer besseren Welt.

Der Laden war blitzblank. Ein langer, schmaler Raum mit Glasvitrinen an den Wänden. In, auf und neben den Vitrinen nichts als Spielzeug.

»Mensch, das ist ja ein richtiges kleines Museum«, sagte ich.

»Wahnsinn, eine Paul-Michael-Glaser-Figur!«, rief Bill. »Die muss ich haben. Höchste Zeit, den Dienstag hinter sich zu lassen und sich dem Samstagabend und *Starsky und Hutch* zuzuwenden.«

Einige Spielsachen waren verrostet, andere kaputt oder zerbeult. Die meisten waren alt, und alle waren sie wunderschön. Hinter dem Tresen stand ein fetter Typ, der aussah, als ob er hier das Sagen hätte. Sein langes braunes Haar war zu einem Pferdeschwanz gebunden, er hatte einen Fu-Manchu-Schnurrbart und trug ein rotes T-Shirt.

»Hallöchen, Billy!« Einer von der fröhlichen Sorte.

»Hi, Charlie. Das hier ist mein Freund James. Er wollte sich den Laden mal anschauen.«

»Herzlich willkommen, James!«

Ich zeigte mit dem Daumen in Richtung Schaufenster.

»Wie viel willst du denn für Knack den Dino! Back den Dino!?«

»Tut mir Leid, Sportsfreund, aber das hab ich gerade verkauft.«

»Scheiße. Ich hätte es sofort genommen. Das war das Lieblingsspielzeug von mir und meinem Bruder, als ich klein war. Seit damals hab ich es nie wieder gesehen.«

»Ja. Außer dem Exemplar im Fenster habe ich es auch noch nie gesehen. Mist, wenn ich gewusst hätte, dass es noch einen Interessenten gibt, hätte ich es meistbietend versteigert.« Der Mann hatte einen unverkennbaren Queens-Akzent.

Ich beugte mich zu der Vitrine neben mir. Roboter. Fünf Regale mit an die hundert Robotern. Ich war wie elektrisiert. Vielleicht waren sie ja mein Ding, und ich brauchte sie wie Bill seine TV-Figuren und andere Leute Pez-Spender oder Blechspielzeug. Einige der Roboter hatte ich als Kind besessen. An einen davon erinnerte ich mich besonders gut.

»He, was soll denn der Rom Spaceknight hier kosten?«

»Da steht ein Rom?«, fragte Bill.

»Ja. Wie viel?«

»Hmmm.« Der Fettwanst strich sich den Schnurrbart. Seine Arme waren mit blauen Tattoos übersät. »Für einen Hunderter kannst du ihn haben.«

»Hundert Dollar?«

»Der läuft wie eine Eins.«

»Hundert Dollar für ein *Spielzeug*?«

»Kannst du mir erklären, was ein Rom bei den Robotern verloren hat, Charlie?«, fragte Bill. »Unter dem Kostüm steckt doch ein Mensch.«

»Tja, Cyborgs hin, Roboter her. Manchmal sind die Grenzen zwischen den Vitrinen eben fließend.«

»So ein Quatsch«, meinte Bill. »Er gehört eindeutig zu den Superhelden.«

»Im Ernst«, sagte ich. »*Hundert Dollar*?«

Der Mann lachte.

»Im Village knöpfen sie dir dafür locker hundertfuffzig ab. Hab ich jedenfalls gehört. Ich hab bei den Knaben praktisch Hausverbot. Jedesmal wenn ich in ihren Laden komme, brüllen sie: ›*Verpiss dich, Charlie!*‹« Der Mann bekam kaum Luft vor Lachen. »Sie sind bloß neidisch, weil mein Laden viel besser ist als ihrer.« Er zog ein Taschentuch aus seiner Gesäßtasche und wischte sich damit die Stirn. Dabei war es hier drin eiskalt.

»Was soll der Paul Michael Glaser kosten?«, fragte Bill.

»Äh, fünfundachtzig«, antwortete Charlie.

»Ich muss diese Roboter haben«, sagte ich.

»*Fünfundachtzig?*«, rief Bill. »Komm, Charlie, mach mich nicht schwach. Ich hab noch nicht mal fünfundzwanzig.«

»Hast du denn nichts Billigeres?«, fragte ich.

»An welche Preislage dachtest du denn so?«

»Zwei Scheine«, sagte ich.

»Ich hab drei Dollar«, setzte Bill hinzu.

»Huuu-huu ha-ha! Drei Dollar!«

In einem anderen Regal standen nichts als GI Joes und Barbies. Am Ende des Ganges sah ich eine große Vitrine voller Puppen.

»Das ist der geilste Laden, in dem ich je gewesen bin«, sagte ich.

»Oooo-ha!«, machte Charlie. Er packte den ausgestopften Blechmann aus dem Zauberer von Oz, der auf dem Tresen stand, bei den Schultern und schüttelte ihn. »Hast du das gehört, Blechmann? Der geilste Laden aller Zeiten!« Charlie sah mich an. Er strahlte stolz über alle vier Backen.

»Der Blechmann dankt!«

Mit seinem Fu-Manchu-Schnurrbart, den Tattoos und so weiter sah Charlie auf den ersten Blick aus wie ein ziemlich tougher Typ. Aber schauen Sie ihn sich mal genauer an. Das Ganze ist nichts weiter als Tarnung, ein ewiges Halloween-Kostüm. An unserer Schule gab es einen pummeligen, mädchenhaften Jungen, den wir in der achten Klasse dabei erwischten, wie er mit Star-Wars-Figuren spielte. In einem anderen Staat, an einer anderen Schule, in einer anderen Zeit war Charlie dieser Junge gewesen.

Bill hielt zwei kleine Godzillas hoch, in jeder Hand einen. Einer rot, der andere grün. Sie waren jeweils knapp fünf Zentimeter groß.

»Guck mal hier«, sagte er.

»Wie viel?«

»Fünf Scheine.«

»Die nehmen wir.«

Bill nickte. Charlie spottete, wir hätten wohl die Spendierhosen an, und schüttelte mir zum Abschied die Hand. Dann steuerten wir den nächsten Schnapsladen an und liebkosten die Godzillas in unserer Hosentasche. Sie waren das geheime Band, das uns zusammenschweißte.

Rom/Mom

Rom Spaceknight war die erhabenste aller Actionfiguren. In der Werbung stand er mit leicht gespreizten Beinen und der Sonne im Rücken auf einem Hügel im Garten eines kleinen Jungen. Sein Körper war von einem Glorienschein umgeben. Der Messias war zur Erde zurückgekehrt. Und diesmal war er aus Plastik.

»Aber Mom, sonst sind bestimmt bald alle ausverkauft!« Ich folgte ihr und ihrem Einkaufswagen durch die Spielzeugabteilung von Kmart.

Wieder sagte sie Nein, und Tar fing an zu weinen.

»Och, komm, Mom! Bitte! Das ist gemein!«

Der Kampf war nur von kurzer Dauer; unsere Mutter war eine schwache Gegnerin.

Eine dreißig unglaubliche Zentimeter hohe Figur aus stahlgrauem, geprägtem Polypropylen. Rom trug einen Brustpanzer, und seine Augen blinkten rot. Sein Kopf war viereckig und sah aus wie ein hochkant stehender Toaster. Er hatte keinen Mund. Den brauchte er auch nicht. Er war knallhart. Seine Waffe ähnelte einem Staubsaugeraufsatz, hatte aber mehr als einen Sound: *sirr*, *huiii*, *tschit-tschit-tschit*, *kaplong kaplong* und *zweiiik*. Roms Hand ballte sich wie eine Faust um die Waffe. Es war nicht schwer, sich vorzustellen, wie er jemandem damit die Birne einschlug; ihm war alles scheißegal.

Rom.

Er war der Held einer Marvel-Comicreihe, die ich gelesen hatte. Hier ein paar interessante Informationen über Rom:

- Er war ursprünglich ein Mensch gewesen.
- Er kam von einem Planeten namens Galador.
- Widerliche Monster, die so genannten Dire Wraiths, überfielen Galador. Sie sahen aus wie eine Kreuzung aus Kröte und Insekt, wenn nicht Schlimmeres. Sie konnten sich verwandeln und jede gewünschte Gestalt annehmen. Das ermöglichte es ihnen, Planeten zu infiltrieren und platt zu machen.
- Eines Nachts träumte ich, meine Eltern hätten mich zu meinen Großeltern gebracht, die sich daraufhin in Dire Wraiths verwandelten und meinen Hund gegen mich aufzuhetzen versuchten.
- Auf Galador gab es so etwas wie einen Präsidenten, den man den Prime Director nannte. Als er von den Dire Wraiths erfuhr, stellte er ein Heer von Sternenrittern auf.
- Sternenritter zu werden war ziemlich ätzend, weil die Sternenritterrüstung mit dem Körper verschweißt wurde. Zur Rettung des Planeten musste man seine Menschlichkeit opfern.
- Rom war der erste Sternenritter, der sich freiwillig meldete. Daher bedeutet sein Name im Galadorischen »vor allen anderen« (interessanterweise nennt man den islamischen Propheten Mohammed auch den »ersten unter vielen« – obwohl Rom Spaceknight meines Wissens nichts mit Mohammed zu tun hat).
- Roms Waffe war eine komplizierte Apparatur mit zahlreichen Funktionen. Er brauchte sie nur auf einen Verdächtigen zu richten, um festzustellen, ob es sich um einen Menschen oder einen verkappten Dire Wraith handelte. Er

konnte ihn auch töten. Oder ihn, wenn er als Dire Wraith enttarnt war, ins Zwischenreich schicken. Das Zwischenreich war nichts weiter als ein leerer schwarzer Raum, in dem undefinierbare, grellbunte Gegenstände schwebten. Die Dire Wraiths schrien, wenn sie ins Zwischenreich verbannt wurden. Sie hätten vermutlich auch geschrien. Denn: Was soll man im Zwischenreich schon anfangen?

- Rom kam zur Erde, um sie vor den Dire Wraiths zu beschützen.
- Rom liebte Landra, eine Sternenritterin. Obwohl sie eine Stahlrüstung trug, hatte Landra, wie alle Superheldinnen von Marvel Comics, dicke Titten. Doch sie und Rom sollten niemals zueinander finden.

Lynea Chylnek hatte sich von Kindesbeinen an auf ihre Mutterrolle vorbereitet. Als kleines Mädchen spielte sie mit Puppen. Sie wickelte sie. Sie spritzte sie mit dem Gartenschlauch ab. Sie brachte ihnen das Krabbeln bei, indem sie ihnen eine Schnur um die Hüften band und sie hinter sich her zog. Ihre hausfraulichen Fähigkeiten erwarb sie beim Vater-Mutter-Kind-Spiel. Sie bearbeitete die Puppenstube der Nachbarskinder regelmäßig mit dem Flederwisch und kochte erlesene Köstlichkeiten aus Gras, Ton, Erde und Narzissen. Auf der Sacred Word High School belegte Lynea einen Kurs in Kindererziehung, wo sie lernte, wie man den Kleinen durch »Ausschluss« Disziplin beibrachte. Während ihres Psychologiestudiums am Excelsior College entdeckte sie Dr. Benjamin Spocks *Säuglings- und Kinderpflege*, einen Ratgeber zum Thema: Wie mache ich aus Kindern lebenstüchtige Erwachsene? Der führte ihr die Bedeutung von geistiger Stimulation und körperlicher Nähe vor Augen. Sie dankte dem lieben Gott auf Knien, weil er ihr beizeiten den Weg zu den Werken dieses Visionärs gewiesen hatte. Endlich war sie die perfekte Mutter. Geübt in geistiger Stimulation und körperlicher Nähe und mit tadellosen Eileitern und Eierstöcken ausgestattet, war sie wohl gerüstet, die besten Kinder der Welt zu gebären.

Sie ehelichte William Gunn, einen irisch-katholischen Anwalt und Sohn eines ebensolchen. Bald schon schwängerte er seine Frau. Neun Monate später bekam sie einen Jungen. Noch einmal elf Monate später brachte sie einen zweiten Jungen zur Welt.

Da William vorzugsweise mit Freunden durch die Kneipen zog, erhielt Lynea ausreichend Gelegenheit, ihre Theorien in die Praxis umzusetzen. Sie bot den beiden Kindern eine stimulierende Umgebung. Sie kaufte ihnen buntes Spielzeug, um ihre Fantasie anzuregen. Sie ging mit ihnen in den Park und in den Zoo und erklärte ihnen, was ein Nashorn ist. Sie kaufte ihnen einen Hund, um ihnen ein Gefühl für Verantwortung und Liebe zu vermitteln. Sie las ihnen die Bücher eines zweiten visionären Doktors namens Seuss vor. Sie beschallte das Kinderzimmer mit erbaulicher klassischer Musik, obwohl sie selbst viel lieber Three Dog Night hörte. Lynea war davon überzeugt, dass sie die perfekten Kinder aufzog.

Doch ihre auf die Namen Jimmy und Tar getaufte Brut durchkreuzte ihre hehren Pläne. Die beiden machten alles kaputt, was ihnen vor die Füße kam. Sie badeten im Schlamm und übergossen sich mit Tinte. Sie fielen über andere Kinder her. Sie rissen Insekten entzwei und klebten sie mit Tesafilm an das Verandafenster. Sie waren nicht im Zaum zu halten und streunten wild umher, sobald man sie unbeaufsichtigt ließ. Sie betrachteten jeglichen Gegenstand als ihr rechtmäßiges Eigentum und nahmen ihn unverzüglich in Besitz. Sie ernannten sich zu Herrschern über Mutter, Vater, Haus und Hof.

Sie kamen nicht, wenn man sie rief.

Keines der beiden kleinen Ungeheuer schien so etwas wie Moral zu kennen, es sei denn im Umgang miteinander. Und diese brüderlichen Bande dienten in erster Linie dazu, Lynea zu ärgern, einen Narren aus ihr zu machen oder sie zum Narren zu halten.

Lynea war mit ihrem Latein am Ende. Sie engagierte Profis, eine Hand voll hartgesottener Spezialisten, die im so genannten Montessori-Kindergarten ihrem zwielichtigen Gewerbe nachgingen. Dort wurde die Brut vier Stunden täglich eingekerkert, und die Experten versuchten unter Einsatz modernster Technik und psychologischer Finessen aus den bösen Ungeheuern brave kleine Jungs zu machen. Doch selbst diese professionellen Betreuer vermochten die beiden Biester, die nicht nur gründlich missraten waren, sondern sich obendrein zu regelrechten Satansbraten entwickelt hatten, beim besten Willen nicht zu bändigen. Die Ungeheuer bombardierten ein Kind, das sie nicht leiden konnten, mit bunten Bauklötzen, bis es blutete. Ein anderes brachten sie mit einem Trick dazu, ihren Urin zu trinken. Eines Tages klauten sie einem kleinen Mädchen das Kleid, kletterten aus einem Parterrefenster und tauchten erst nach drei Stunden wieder auf. Die Montessori-Profis legten sich mächtig ins Zeug, gelangten letztlich jedoch zu dem Schluss, die beiden Biester seien derart verkommen, dass jeder Rettungsversuch zwecklos sei, und verweigerten ihnen Asyl.

Lynea ließ alle Hoffnung fahren und verlegte sich stattdessen auf Äußerlichkeiten. Sie kleidete die Brut im Partnerlook – einheitliche Pullover, Regenmäntel und Badehosen –, bis das ältere der beiden Ungeheuer, als es im zarten Alter von fünf Jahren mit seinem Bruder vor dem Spiegel stand, den Anblick der in identische gelbe Frotteehemden gewandeten Geschwister mit den Worten »Wir sehen aus wie Schwuchteln« kommentierte. Lynea engagierte sich im Elternbeirat. Sie übernahm die Pausenaufsicht. Sie und Mrs. Granger wollten der Welt beweisen, dass sie weit und breit die besten Mütter waren, und organisierten eine Halloweenparty, wie Saint Ambrose sie noch nicht gesehen hatte. Hätte das Stroboskop im Wohnzimmer des Werwolfs nicht bei Andy Cozine einen epileptischen Anfall ausgelöst, wäre sie rundum perfekt gewesen. Zu Ostern und zum Presidents' Day dekorierte Lynea die Gänge und Flure von Saint Ambrose. Zu Weihnachten verkleidete sie sich als Elfe. An der Saint Ambrose stellte Lynea fest, dass ihre Befürchtungen begründet waren: Die anderen Kinder waren lieber, netter und sauberer als ihre. Und so sagte sie sich: Zum Teufel mit meiner verdorbenen Leibesfrucht, und konzentrierte sich fortan auf anderer Leute Früchtchen.

Lynea rief ein Leseprogramm ins Leben. Sie besuchte sämtliche katholischen Schulen in Saint Louis mit einer Delfinpuppe namens Dokus, die den Kindern das Lesen beibrachte. Alle Kinder mochten Dokus, nur ihre eigenen nicht; die schmissen den Delfin in den Luftschacht in ihrem Zimmer und bespuckten ihn mit Kaugummi. Lynea wurde Vorsitzende eines Fördervereins zu Gunsten des Cardinal-Glennon-Kinderkrankenhauses. Sie half, die Schmerzen krebskranker Kinder zu lindern, was ihr wesentlich leichter fiel, als für das Heil der kranken Seelen ihrer eigenen Brut zu sorgen. Und so gelang es ihr schließlich, mit Hilfe hektischer Betriebsamkeit sowie eifriger Hingabe an die Jugend dieser Welt, ihre beiden Ungeheuer nahezu gänzlich zu verdrängen. Sie waren Möbelstücke, eine Art beweglicher Versatzstücke, für die sie weder Zu- noch Abneigung empfand.

Inzwischen trieben die beiden Ungeheuer weiter ihre Spielchen, glücklich und zufrieden in ihrem kunterbunten Hamsterkäfig.

Mein Vater war sauer, weil meine Mutter die Grillschale nicht geputzt hatte, und daran entzündete sich ein Streit. Tar und ich schielten hinter der Stereoanlage hervor und sahen zu. Mein Bruder hatte Rom Spaceknight im Arm.

»Bist du jetzt schon so verfettet, dass du deinen fetten Arm nicht mehr in den Grill gezwängt kriegst?«, spottete meine Mom.

Tar gab ein unterdrücktes Quieken von sich. Was jetzt kam, wusste er genauso gut wie ich.

»Du bist ein Fettsack«, sagte sie.

Mein Vater zitterte am ganzen Körper. Er hob die Hand, zögerte, hob sie erneut.

Zack! Der Kopf meiner Mutter wackelte wie der einer Puppe mit einer Sprungfeder im Hals, und sie sank zu Boden und hielt sich die Wange. Dann fing sie an zu heulen, doch es klang irgendwie nicht echt.

»Ein Fettsack, der seine Frau verprügelt!«, kreischte sie.

Mein Vater vergrub das Gesicht in den Händen und begann zu weinen.

Tar richtete Roms Waffe auf unseren Vater und drückte den Knopf am Rücken der Figur.

Kaplong kaplong.

Dann zielte er auf meine Mutter.

Kaplong kaplong.

Mein Vater ließ die Hände sinken. Meine Mutter hörte auf zu heulen. Sie blickten sich um und suchten nach der Quelle der seltsamen Geräusche. Tar und ich versteckten uns hinter der Stereoanlage.

Hier findet uns keiner.

Die Liebenden

Alle vierzehn Tage bekamen Bill und ich einen blauen Briefumschlag. In dem Umschlag steckte ein Scheck über fünfhundertsoundsoviel Dollar. Wie jeder normale Mensch wollten wir mehr. Und so setzen wir unsere ganze Hoffnung auf Damia Wellington. Sie war unser Vollblut, unser Rassepferd; das sah man an ihrem hungrigen Blick und ihren footballdicken Waden.

»Alles auf Sieg des kleinen Pummelchens!«, schrien wir. Und ihre opulenten Formen wuppten und wippten, wenn sie davonsauste, um es ihrem Lover zu besorgen.

Eine unserer Hauptaufgaben bestand darin, die Medikamente für die Patienten aus dem Keller des Krankenhauses zu holen. Manchmal probierten wir etwas von dem Zeug. Die meisten Mittel waren harmlos. Lithium schlug bei uns nicht an. Von Enthromycin wurde uns kotzübel. Phenylpropandolamin half bestenfalls gegen den Kater. Aber hin und wieder stießen wir auf eine interessante Pille, wie zum Beispiel Ipinephrium, die uns unserer motorischen Fähigkeiten beraubte und uns zwang, diverse Krankheiten zu türken, damit wir uns vor der Arbeit drücken konnten. Normalerweise jedoch setzten wir unser Tagwerk tapfer fort, steckten das Medikament in den Beutel zurück und klemmten den Verschluss wieder zu.

In der Apotheke arbeitete eine Neue, ein pummeliges Mädchen namens Damia Wellington. Sie trug zu viel Lippenstift, der deutliche Spuren auf ihren Zähnen hinterließ. Sie hatte neongrüne Augen, die nach Liebe lechzten, und große, auffallend runde Brüste. Sie hatte ein Engelsgesicht, Ekzeme an den Ellbogen, einen rosigen Teint, einen Magister in Pharmakologie und eine Pfefferminzfahne. Wie die anderen Apotheker saß sie in einem offenen Fenster in der Wand. Hinter ihr erstreckten sich endlose Regale voller Medikamente.

»He, Baby«, sagte ich zu ihr. Einen Augenblick lang sah sie mich nachdenklich an. Sie hatte Mühe, sich die Namen der Angestellten zu merken.

»Hi ... James«, erwiderte Damia schließlich. »Wo ist Bill?«

»Hast du von dem Typen gehört, der im Central Park kleine Kinder belästigt hat?«

»Nh-nh.«

»Sie haben ihn endlich geschnappt. Bill.«

»James!«

Die Maschinen in der Wäscherei unten im Flur sprangen mit lautem Krachen an.

Normalerweise hatte die Neue mit dem Englischen keinerlei Probleme. Doch in Gegenwart William Sinewskis III rang sie nach Worten. Das musste an seinen braunen Hundeaugen liegen. Zugegeben, sie konnten einen im wahrsten Sinne des Wortes dahinschmelzen lassen. Aber *seine Haut*, dachte ich. Sieht denn niemand seine Haut?

Eines Abends in der Krankenhaus-Cafeteria fragte Damia Wellington, ob sie sich zu uns setzen dürfe, wir sagten ja, und dann saß sie mir plötzlich jeden Abend gegenüber. Ihre Hände sahen aus wie die Patschpfötchen eines Säuglings, nur größer. Sie fasste Bill fortwährend an und zupfte an seinem Hemd herum. Wenn er an ihr vorbeiging, um eine Flasche Evian zu klemmen, strich er ihr von hinten über den Nacken. Schon damals, in der Cafeteria, schien er genau zu wissen, was er wollte.

Ich wachte auf und torkelte ins Bad. Ich entleerte meine Blase. Die Pisse war quittengelb. Ich musste rasch spülen, bevor Bill wach wurde und mir deswegen einen Vortrag hielt. Als ich das Wasser laufen hörte, drehte ich mich um. Damia Wellington stand am Waschbecken und putzte sich die Zähne. Sie hielt sich eine Hand wie eine Scheuklappe vor das linke Auge.

»Ich schau auch nicht hin«, sagte sie.

Ich starrte sie an und versuchte diese Information zu verarbeiten.

»Bist du die ganze Nacht hier gewesen?«

»Also, ich … nein, erst ab vier«, flüsterte sie.

»Da wart ihr aber ziemlich leise.«

»Es war so weit bis zu mir nach Hause. Wir waren im Clancy's. Bill meinte, du hättest schon nichts dagegen, wenn ich hier schlafe. Hast du was dagegen?«

»Wo hast du denn geschlafen?«

»Also … ich … äh …«

»Hähähäh.«

Zahnpastaschaum tropfte Damia vom Kinn.

»Keine Panik«, beschwichtigte ich sie. »Bill schleppt ständig Frauen an.«

Sie drehte sich wieder zum Waschbecken.

»Trotzdem danke, dass ihr so leise wart.« Ich schüttelte ab. Damia warf einen verstohlenen Blick auf meinen Penis und wurde puterrot.

»Erwischt«, sagte ich.

»Hat Bill was mit der Apothekerin?«, fragte Cora. Sie hatte einen Mittelscheitel und trug das Haar im Nacken zusammengebunden. Sie war Puertorikanerin. Wir saßen im Wartezimmer und warteten darauf, dass wir etwas zu tun bekamen.

»Welche Apothekerin?«

»Die dicke.«

»Keine Ahnung. Wieso?«

»Weil ich sie im Wäscheraum erwischt habe. Ich komme rein, da wickelt sich Bill gerade ihre Haare um den Finger. Sie steht mit dem Rücken zu mir, und es hört sich an, als ob sie weint. Bill sagt: ›Baby, Baby.‹ Und zwar genau so, James: ›Baby, Baby.‹« Cora nahm ihren Finger und fuhr damit an meiner Ohrmuschel entlang.

»Baby, Baby«, wiederholte sie. Cora war einer der hässlichsten Menschen, die mir je begegnet sind. Sie war schrumplig, alt und spindeldürr, aber trotzdem eine Nymphomanin. Mein Schwanz wurde hart.

Bill und ich saßen auf der Treppe hinter dem Krankenhaus und tranken, wenn niemand hinsah, abwechselnd einen Schluck Wodka aus einer Feldflasche aus dem Ersten Weltkrieg. Wir machten eine unserer berühmten Zigarettenpausen, die etwa drei Stunden jeder Achtstundenschicht in Anspruch nahmen. Über einem Rettungswagen ging die Sonne auf. Dem Rettungswagen fehlten ein Rad und alle vier Reifen. Das Krankenhaus war völlig heruntergekommen. Immer wenn mich die Erkenntnis traf, dass meine Faulheit zu diesem Missstand beitrug, plagten mich Gewissensbisse. Aber in solchen Fällen redete ich mir ein, dass meine Arbeitshaltung Teil der modernen Unternehmenskultur sei, und schon waren meine Schuldgefühle wie weggeblasen.

»Bist du sicher, dass Damia da mitmacht?«, fragte ich.

»Ich habe mir wochenlang das Hirn zermartert, wie ich an neues Spielzeug komme«, sagte Bill. »Und das scheint mir die schnellste und einfachste Methode zu sein. Wenn es nicht um Spielzeug ginge, würde ich das natürlich niemals tun. Aber ich muss die Sammlung doch vervollständigen. Ich hab ja noch nicht mal einen Ralph Malph.« Nach langem Zaudern hatte Damia sich bereit erklärt, uns dabei zu helfen, Medikamente zu klauen und sie außerhalb des Krankenhauses zu verkaufen. Die Idee stammte von Bill, aber ich besaß das nötige Know-how; ich hatte meine anderthalb Jahre an der Columbia University hauptsächlich damit verbracht, für zwei Perverse namens Lou und Pennywhistle roten Hawaiianer zu verticken. Lou hatte mir seinerzeit erklärt, es gäbe nichts Schwierigeres als die Beschaffung größerer Mengen Pharmaka.

»Und sie will da wirklich mitmachen?«, fragte ich noch mal.

»Eigentlich nicht.«

»Und warum tut sie's dann?«

»Weil sie mich liebt. Hat sie gesagt. Ich hab ihr von meinen Schulden erzählt, und da ...«

»Schulden?«

»Na ja, ich wollte ihr klar machen, dass es um was Wichtiges geht. Die Figuren sind ja schließlich wichtig. Aber das hätte sie wohl kaum verstanden.«

Bill zerquetschte seine Zigarettenschachtel in der Faust. Ich kicherte.

»Du bist doch nicht etwa in sie *verliebt*, Bill?«

»Wieso? Sie ist echt nett.«

Ich lachte. Bill lächelte noch nicht einmal. Es war ihm bitterernst. Er hatte für die meisten Menschen etwas übrig, selbst wenn er sie über den Tisch zog.

Damia lächelte dagegen ständig, bis sie unser dritter Mann wurde. Sie machte nur mit, weil Bill ein Schönling war und Schönlinge sie normalerweise schon nach einer Nacht wieder abservierten. Damia Wellington konnte mich von Anfang an nicht leiden. Für sie war ich der Feind, Bills dunkle Seite, ein Rivale, der ebenso wie sie um seine Zuneigung buhlte.

Doch ich war davon überzeugt, dass sie nicht mich hasste. Sondern ihn. Denn insgeheim wusste sie genau, dass Sinewski nur mit ihr angebändelt hatte, weil er auf Spielzeug stand.

»Rein mit dir«, sagte Bill.

»In dieses ekelhafte Teil? Ohne mich.«

»Erst besorge ich uns die Pillen, und *jetzt* soll ich mich auch noch dreckig machen?«

»Ich habe einen Anzug an.«

»Du hast immer einen Anzug an. Die Ausrede zieht nicht. Verdammt noch mal, jetzt mach. Du streichst immerhin die Hälfte der Kohle ein.«

»Na und? Wer hat denn hier die Connections, Alter? Ohne mich hättest du doch keinen Schimmer, wem du das Scheißzeug andrehen sollst.«

Das schien Bill einzuleuchten, denn er sprang in den Müllcontainer. Ich lehnte mich an die Hintertür der Apotheke, damit ich ihn rechtzeitig warnen konnte, falls jemand kam. Bill wühlte sich durch Berge von durchweichten Zeitschriften, Hähnchenknochen und Schokoladenpapier. Schließlich hielt er grinsend ein Bündel kleiner Schachteln hoch. Es waren acht, fest verschnürt, genau an der Stelle, wo Damia sie getreu seinen Anweisungen deponiert hatte. Er warf sie mir zu und kletterte aus dem Container.

In den Schachteln klapperte es. Wir lachten. Wir pressten sie uns an die Brust und rannten die Gasse entlang. Ich dachte an Rom, er an Ralph Malph. Nicht mehr lange, und wir waren reich. Plastikmillionäre.

Lou und Pennywhistle

Bill und ich trafen uns im Central Park mit ihnen, bei der Statue von Alice, dem verrückten Hutmacher und der Grinsekatze. Sie kamen nie pünktlich. Mal saß ich auf dem Pilz und Bill auf einer Parkbank, mal saß Bill auf dem Pilz und ich auf einer Parkbank. Wir hörten sie schon hinter den Bäumen, bevor sie den asphaltierten Weg herunterkamen. Sie machten einen Heidenlärm.

Lou war unrasiert. Er hatte lange dunkle Haare, die ihm verfilzt und klumpig auf die Schultern hingen, und eine Hakennase. Pennywhistle stank und war der Ruhigere von beiden. Er litt an einer Überfunktion der Schilddrüse. Er hatte Glupschaugen, von denen eines ständig zur Seite schnellte. Das andere durchzog eine dünne rote Linie, von der Iris bis zur Innenkante. Trotzdem erklärte er mir, er habe Augen wie ein Adler und brauche keine Brille. Lou und Penny waren angeblich Brüder, doch das schien mir wenig plausibel, denn der eine war schwarz und der andere weiß. Einmal, nach drei Zombies, gestand mir Pennywhistle, dass Lou ihm hin und wieder einen blies. Als wir uns drei Jahre zuvor kennen gelernt hatten, zeigte Lou mir eine lange, schmale Narbe an seinem Bauch und das entsprechende Gegenstück am Rücken.

»Weißt du, wo ich die herhabe, James?«, fragte er mich.

»Bist du vielleicht auf einen hohen, spitzen Zaun gefallen, wie der Typ in *Das Omen*?«

»Ha! Ich lach mich tot! Von wegen. Eines Tages kommt ein Typ mit zwei Messern auf mich zu und rammt mir das eine in den Bauch und das andere in den Rücken«, sagte Lou. »Ich erzähl dir die Geschichte bloß, damit du weißt, mit wem du es zu tun hast.«

»Mit gestochen scharfen Typen?«, schlug ich vor.

»Aber hallo«, sagte Pennywhistle.

Im Grunde konnten sie keiner Fliege etwas zu Leide tun.

Als Lou und Pennywhistle endlich da waren, legte ich die braunen Pappschachteln auf den Pilz.

»Was hast du heute im Angebot, Jamesie?«, fragte Lou.

»Hauptsächlich Biphetamine. Zwei Fläschchen Bennies. Zweimal Luminal. Und fünf Fläschchen Rainbows, wenn du willst. Nenn mich nicht Jamesie.«

»Rainbows? Tuinal?«, fragte Lou.

»Mh-hm«, machte ich.

»Und? Hauen sie rein?«

»Ich kann kaum noch stehen«, sagte Bill.

»In Milligramm«, sagte Lou. »Ich will wissen, wie sie bei normalen Menschen wirken, nicht bei Leuten, die sich die Dinger wie Zucker auf ihre Muffins streuen. Ha!«

»Was?«, murmelte Bill.

»Kein Schwein streut Zucker auf einen Muffin«, sagte ich. »Hundertfünfzig mg.«

»Was soll der Spaß kosten?«, fragte Lou.

»Sagen wir, einen Hunni pro Stück.«

»Okay. Gebongt.«

»Gebongt«, echote Pennywhistle.

»Alles zusammen, achtfuffzig.«

»Das sind zwanzig Prozent Rabatt«, fuhr Bill dazwischen.

Ich warf ihm einen finsteren Blick zu.

»Zehn, zehn Prozent Rabatt«, sagte ich.

»Gebongt.«

»Gebongt. Nimmst du Kreditkarten?«, fragte Lou und lachte. Er machte jede Woche denselben Witz. Er zog ein dickes Geldbündel aus der Hosentasche. Dann befeuchtete er Daumen und Zeigefinger, zählte ein paar Scheine ab und gab sie mir. Pennywhistle stapelte Lou die Pappschachteln in die ausgestreckten Arme. Ich fing an, das Geld zu zählen. Lou starrte mich an.

»Was soll das eigentlich?«

»Momentchen«, sagte ich mit erhobenem Finger.

»Nein, echt, Mann, was soll das?«

Ich hörte auf zu zählen. »Was soll was?«

»Die Zählerei. Ich hab dir die Kohle doch gerade hingeblättert. Ich fange ja auch nicht an, die Pillen zu zählen, also, was soll der Scheiß?« Lou stützte das Kinn auf die oberste Schachtel.

»Vorsicht ist besser als Nachsicht.«

»Willst du mich beleidigen? Entweder du traust mir nicht, oder du hältst mich für einen Vollidioten.«

»Ich vertraue dir.«

»*Alter*.«

»Lou, wenn du die Pillen zählen wolltest, säßen wir in hundert Jahren noch hier.«

»Ach ja? Na, dann sitzen wir nächstes Mal eben hundert Jahre hier.«

»Von wegen.«

»Drauf geschissen. Ich pack den Kram schnell in den Kofferraum. Kommt ihr noch mit, einen trinken?«

Ich breitete die Arme aus. »Will Humbert Humbert ein kleines Mädchen ficken?«

Lou lachte und nickte eine Weile vor sich hin. Irgendwo in den Bäumen pfiff ein Spatz.

»Was ist jetzt?«, fragte er schließlich. »Kommt ihr mit?«

»Ja.«

Wir packten die Schachteln in den Kofferraum von Pennywhistles altersschwachem beigefarbenem Lincoln. Dann schlenderten wir zu der Bar mit den Bambuswänden und den riesigen afrikanischen Masken vor der Tür. Wir gingen öfter in den Laden, weil Lou und Pennywhistle am liebsten süße Tropencocktails schlürften, aus Kokosnussschalen, in denen gelbe und rosafarbene Plastikteile steckten.

Bill war wieder ein kleiner Junge. Sein Körper war von einem regelrechten Glorienschein umgeben, auch wenn er nicht die Sonne, sondern nur den fetten Charlie Barlow im Rücken hatte. Meine Hände zitterten von den Bennies, die wir nach dem Drink mit Lou und Pennywhistle eingeworfen hatten. Unsere Taschen waren mit Zwanzigdollarscheinen voll gestopft. Ich lachte. Wir lachten alle drei. Unser Gelächter hallte kreuz und quer durch die Gänge, bis in den hintersten Winkel des Ladens. Bill war völlig aus dem Häuschen. Ein dämonisches Lächeln spielte um seine Lippen. Den Arm voller Spielzeug, rannte er hin und her wie ein aufgescheuchtes Huhn. »Guck mal hier!«, rief er. »Scooby-Doo!«, oder: »Guck mal da – eine *Bezaubernde-Jeannie*-Pustepfeife!«

Ich ließ Roboter in eine Plastiktüte plumpsen. Einen, noch einen und noch einen. Meine Hand wanderte an den Regalen entlang. Wenn mich ein Roboter anlachte, griff ich zu.

Charlie sagte: »Kennt ihr diese Gummiburgen voller bunter Plastikbälle, in denen kleine Kinder rumhüpfen?«

Wir gaben keine Antwort. Bill hielt mir eine weibliche Actionfigur vor die Nase.

»*Wahnsinn!*«, kreischte er. »*Lindsay Wagner! Die Sieben Millionen Dollar Frau!*« Er klemmte sie sich unter den Arm und rannte ans andere Ende des Ladens.

»Genau daran erinnert ihr mich nämlich«, fuhr Charlie fort. »Kleine Kinder, die in Plastikbällen rumhüpfen – ha!« Charlie war die Achse, um die wir kreisten. Er stand in der Ladenmitte und hielt sich den Wanst vor Lachen. Ich drückte mich an Bill vorbei. Er drückte sich an mir vorbei. Ich schnappte mir Rom Spaceknight und warf ihn in meine Tüte. Süßes Gift Amphetamin. Plastikgott. Magie. Verbrechen. Schweiß. Gelächter. Farben, noch mehr Farben. Licht, überall Licht.

»Das macht dann neunhundertzwölf Dollar«, sagte Charlie. Sein breites Grinsen entblößte blasses Zahnfleisch. Die Kasse war alt und klingelte. Bill und ich atmeten schwer.

»Hä?«, machte ich.

»Neunhundertzwölf Dollar«, wiederholte Charlie. Bill und ich tauschten einen verstohlenen Blick.

»Neunhundert Dollar«, flüsterte ich ihm zu.

»Puh«, machte Bill. Er stützte das Kinn in die Hand und spreizte Daumen- und Mittelfinger über seiner Wange. Dann zog er das Fleisch mit der Fingerspitze nach unten und entblößte das Muskelgewebe unter den Augen. »Wow. Meine Fresse. Das ist aber eine Menge Holz.«

Ich sah Charlie an.

»Wir haben achthundert in bar«, sagte ich.

»In bar?«

Ich nickte.

»Ich hab noch ein bisschen Geld auf meinem Konto«, sagte Bill hinter mir.

Charlie nickte. »Vorschlag zur Güte. Ihr gebt mir die achthundert und einen Scheck über fünfzig, und wir sind quitt.« Charlie zwinkerte. Bill stellte den Scheck aus.

Die Androiden

Obwohl Tar wie ich in Manhattan wohnte, waren wir gänzlich verschiedene Wege gegangen. Dem Vorbild unseres Vaters folgend, hatte er sich gleich nach der High School den Anonymen Alkoholikern angeschlossen. Sein Studium an der Indiana University absolvierte er in nur drei Jahren. Danach machte er ein paar Sachen, die mich nicht besonders interessierten, und heute, mit vierundzwanzig, arbeitet er in leitender Position für einen Laden, der irgendwas mit Tieren zu tun hatte, den Bronx Zoo, wenn mich nicht alles täuscht. Diesen Erfolg schrieb er seiner Abkehr von bewusstseinserweiternden Drogen, dem Gelassenheitsspruch, den 12 Schritten und anderen Schnapsideen zu, mit denen ich früher jedesmal überfallen wurde, wenn ich mich mit ihm oder meinem Alten unterhielt. Dagegen war ja eigentlich auch gar nichts einzuwenden. Beunruhigend nur, dass in Tars Augen bisweilen jener Funke von Idiotie aufblitzte, den man vor allem von fundamentalistischen Christen kennt. In solchen Momenten hatte ich das Gefühl, dass ein reißender, unendlich breiter Strom uns trennte, und das stimmte mich traurig.

Mein Bruder lebte mit seiner Freundin Amy zusammen. Sie war aschblond und antiseptisch und lächelte zu viel. Außerdem kam sie aus Iowa. Normalerweise ließ ich sie links liegen. Das Interessanteste an Amy war, dass sie nackt für ein *Playboy*-College-Special posiert hatte. Bill hatte mir einmal dreizehn Dollar geboten, wenn ich mir auf das Foto einen runterholte, aber ich weigerte mich, auch nur einen Blick darauf zu werfen.

Am Valentinstag schmiss Damia Wellington eine Party. Um mich mit ihr gut zu stellen, ging ich hin. Ich nahm Tar und Amy mit, die ich seit einem Vierteljahr nicht mehr gesehen hatte.

Damia wohnte in einem Haus mit über vierzig Stockwerken in den West 70s. Entweder Damia oder eine ihrer Verwandten hatte ein Faible für Stickereien, denn die ganze Wohnung war damit gepflastert. Ich ging auf den Balkon und betrachtete das Lichtermeer von New York City. Es war so schön, dass mir unwillkürlich die Tränen kamen. Plötzlich schlüpfte Tar hinter mir durch die Schiebetür.

»Was hast du?«, fragte er.

»Nichts«, sagte ich und leerte mein Bier.

»Weinst du?«

»Ich neige zur Melancholie.«

»Du trinkst wieder.«

»Ja.«

»Ich dachte, du hättest damit aufgehört.«

»Hatte ich auch. Acht Tage.«

Mein Bruder lächelte gekünstelt, wie immer, wenn wir über meinen Alkoholkonsum sprachen.

»Und wie waren die acht Tage?«, fragte er.

»Ach, die Tage an sich waren prima«, sagte ich. »Nur ich war ungenießbar und hab mich fürchterlich gelangweilt.«

»Seit ich trocken bin, finde ich das Leben, ehrlich gesagt, wesentlich spannender als früher, Jimmy.«

»Von wegen.«

»Nein, im Ernst.«

»Mag ja sein, dass du dein Leben jetzt spannender findest als früher. Aber wir anderen fanden dich wesentlich amüsanter, als du noch auf wildfremde Leute losgegangen bist und sie fast erwürgt hast. Aber im Gegensatz zu dir, Tar, bin ich ein selbstloser, uneigennütziger Mensch. Mir geht's vielleicht beschissen. Dafür bin ich wenigstens kein Langweiler.«

»Vielen Dank.«

»Gern geschehen. Betrachte es als Zeichen meiner Bruderliebe.«

»Da werde ich dran denken, wenn du tot bist.«

»Heb es dir für deine Grabrede auf.«

»Ich bin nicht hierher gekommen, um mich mit dir zu streiten.«

»Schade. Dabei hatte ich dich genau deshalb eingeladen. Damit du mit mir streiten und mich wegen meiner Sauferei anmachen kannst.«

»Jimmy.«

»Tar.«

»Schon gut. Tut mir Leid. Ich reg mich ab. Du weißt ja, wie ich über dieses Thema denke. Friede?«

»Mmm.« Ich sah ihn an. Er hatte sich Koteletten stehen lassen. Am liebsten hätte ich ihn vom Balkon geworfen.

»Also, dann, ich hol mir noch eine Cola«, sagte Tar. »Ist kühl hier draußen.«

»Ja«, murmelte ich.

»Bis später.« Er ging hinein.

Ich blickte wieder auf die Stadt hinaus. Die Lichter waren noch immer wunderschön. Nicht einmal mein Bruder hatte sie mir verderben können.

Als ich reinkam, saßen Tar und Amy auf der Couch. Sie schmusten und kicherten. Ich ertappte sie dabei, wie sie zu mir herübersahen und lachten. Sie machten sich über mich lustig, weil sie mich für einen Alkoholiker hielten.

Tar und Amy halfen mir die Treppe hoch in meine Wohnung. Ich war stockbesoffen und fühlte mich sauwohl.

»Bein hoch«, kommandierte Amy.

»Amy«, sagte ich, während sie mich die Stufen hinaufbugsierten, »ich muss dir unbedingt erzählen, wie das damals war.«

»Und? Wie war das damals, Jimmy?«, fragte sie.

»Gary hatte so eine Theorie, die es prima auf den Punkt bringt. Weißt du noch, Tar?«

»Gary hatte alle möglichen Theorien. Los. Geh. Tragen tu ich dich nämlich nicht.«

»Gary war davon überzeugt, dass wir vier – ich, Tar, er und Nancy – die einzigen Lebewesen auf Erden waren, die eine Seele hatten. Alle anderen waren so eine Art Androiden. Sie waren darauf programmiert, Gesichter zu ziehen und zu sprechen und so weiter, damit es aussah, als ob sie ein Seele hätten. Dabei hatten sie gar keine. Und wenn man ihnen in die Augen schaute, dann guckte da keiner raus.«

»Ja«, sagte Tar. »Stimmt. Damit haben wir uns diverse moralische Hintertürchen offen gehalten. Das Leben war wie ein Videospiel.«

»Und das hat er wirklich geglaubt?«, fragte Amy.

»Er hielt es jedenfalls für möglich«, sagte ich. Tar und Amy führten mich zur Wohnungstür.

»Und woher wusste er dann, dass ihr beiden eine Seele hattet?«, fragte Amy.

»Er hat sich einen Test ausgedacht. Androiden können ihre Pupillen nämlich nicht fünfmal ganz schnell erst nach links und dann nach rechts drehen, ›*Ordbökon*‹ sagen und sich dabei an die Nase fassen. Weil sonst würden sie nämlich explodieren. Na los, Amy, mach mal.«

»Kommt überhaupt nicht in Frage.«

»AHA!«

Tar zog mir mein Banana-Splits-Schlüsselbund aus der Hosentasche und schloss die Tür auf, die den Blick auf unsere Sammlung freigab.

»Meine Güte«, sagte Amy.

In den oberen vier Regalfächern standen Bills TV-Figuren: die Dienstagabend-Clique, *Romper Room*, *Welcome back Kotter*, *Drei Engel für Charlie* und *What's Happening?*, eine Mr. Ed-Puppe sowie die wahrscheinlich weltgrößte Sammlung von *Unsere-kleine-Farm*-Figuren. In meinen vier Fächern standen fast nur Roboter: Captain Future Superhero, Changing Prince, Deep Sea Robot, Dux Astroman, Interplanetary Spaceman, Chief Smokey, Electric Robot, Winky, Zoomer, Mr. Hustler, New Astronaut Robot Brown, C3PO, Rotate-O-Matic, Space Commando, Astro Boy, Robby, Maximilian und andere. Allerlei anderer Schnickschnack und Krimskrams lag im Zimmer verstreut.

»Ich hätte nicht gedacht, dass es so viele sind«, flüsterte Amy.

Meinem Bruder gingen fast die Augen über, und das sprach für die eindrucksvolle Wirkung unserer Sammlung.

»Wo hast du so viel Geld her?«, fragte Tar.

»Was?«

»Das Zeug ist doch mindestens zwei-, dreitausend Dollar wert.«

Eher siebzehn- bis achtzehntausend, aber das behielt ich wohlweislich für mich.

»Wo hast du so viel Geld her?«, wiederholte er.

»Tar, wie kannst du bei diesem Anblick an Geld denken? SIEH sie dir doch AN!«

»Ich habe sie mir angesehen. Aber du verdienst zu wenig, um dir so was leisten … Was machst du? Ach, Jimmy, hört das denn nie … Was machst …? Du dealst wieder mit Gras.«

»Nein.«

»Was dann?«

»Nichts. Aber allmählich wird mir einiges klar, Tar.«

»Nämlich.«

»Für mich stehen diese Figuren – unter anderem – für die Seele eines Menschen.«

»Was?«

»Du hast mich schon verstanden. Deine Seele ist dir abhanden gekommen, und jetzt bist auch du ein Android.«

»Was?!«

»Tar«, sagte Amy. »Er ist betrunken. Komm, wir gehen.«

»Aus dem Alter bin ich raus, Jimmy. Ich spiele nicht mehr mit GI Joe oder Batman und Robin. Ich bin *erwachsen*. Und Erwachsene spielen nicht mit Actionfiguren. Erwachsene spielen im Beruf oder in einer intimen Beziehung …«

»Quatschkopf!«

»Selber Quatschkopf!«

»Tar«, sagte Amy.

»Verpisst euch!«, sagte ich.

»Ich hätte mich schon längst verpisst, wenn ich dich besoffenes Arschloch nicht die Treppe hätte raufschleppen müssen. Und weißt du, was der Hammer ist, Jimmy?! Der Hammer ist, dass ich dir vor einem halben Jahr dreihundert Dollar geliehen habe! Wo ist das Geld geblieben?«

»Ich hab's mir in den Arsch gesteckt!«

Tar war noch immer leicht aus der Fassung zu bringen. Er sprach durch die zusammengebissenen Zähne.

»Ich habe dir dreihundert Dollar geliehen, damit du deine Miete bezahlen konntest, und jetzt willst du sie mir nicht zurückgeben?«

»Jawoll!«

»Du gibst MEIN Geld für Kinderspielzeug aus.«

»Genau!«

»Und dann erzählst du mir auch noch, du hättest dir mein Geld IN DEN ARSCH gesteckt?«

»Du hast's erfasst.«

»Das ist mit Abstand das WIDERLICHSTE, was ich JE gehört habe.«

»Tar«, sagte Amy. »Komm, wir gehen. Los.«

Tar hob resignierend die Hände. Dann wirbelte er auf dem Absatz herum und stürzte zur Tür hinaus. Amy sah mich an.

»Schlaf dich erstmal aus, Jimmy«, sagte sie, folgte meinem Bruder und machte die Tür hinter sich zu.

»Siehst du?«, hörte ich Tar durch die Tür. »Hab ich's dir nicht gesagt? Er ist unverbesserlich.«

Ich starrte die Tür an. Dann streckte ich die Arme triumphierend zur Decke. Die Roboter blickten mich aus mechanischen Sichtgeräten an. Die Actionfiguren stierten starr vor sich hin. Sie alle sahen mich, den Riesen, voller Ehrfurcht an. Diesen Augenblick würden sie nie vergessen. James Gunn hatte die Ungläubigen aus dem Tempel vertrieben! Diese historische Begebenheit würde in die Geschichte eingehen und noch nach Generationen mündlich überliefert werden.

Der Geizhals

Charlie klopfte Bill auf die Schulter.

»He, Sportsfreund, du siehst heute irgendwie fertig aus. Stimmt was nicht?«

»Alles bestens«, antwortete Bill, tauchte unter Charlies Arm hindurch und steuerte eine der Glasvitrinen an. »Hast du irgendwelche neuen Fernsehsachen reingekriegt?«

»Das *Im-Land-der-Dinosaurier*-Set, nach dem du dich erkundigt hast, ist gekommen.«

»Ach ja?«

Ich sah mir die Roboter an. Neben mir stand ein alter Mann mit Sonnenbrille und starrte die mechanischen Spardosen an.

»Gefallen Ihnen diese alten Dinge?« Der Alte stützte sich auf einen Spazierstock mit einem Schwanenkopf als Griff.

»Ich sammle Roboter«, sagte ich.

»Ah, eine reine Seele auf der Suche nach Schönheit«, sagte er. »Den Halsabschneidern hilflos ausgeliefert.«

Ich wandte mich ab und schaute wieder ins Regal. Der Astro Boy zu 250 $ sah äußerst verlockend aus. Der Alte tippte mir auf die Schulter.

»Was ist?«, fragte ich.

Der alte Mann zeigte mit gekrümmtem Finger auf Charlie, der sich mit Bill unterhielt.

»Das da hinten ist ein böser Mensch.«

»Charlie? Charlie ist doch nicht böse. Höchstens dämlich.«

»O doch, er ist böse. Ein böser Mensch, der die Geschichte kaputtmacht, indem er ein Preisschild dranhängt. Ein Mensch, der Sammlern wie Ihnen den letzten Tropfen Lebenssaft aussaugt. Das ist das Problem mit diesen Halsabschneidern.« Der Alte redete sich in Rage. In seinem Mundwinkel bildete sich eine Speichelblase. »Sie entwerten die Dinge, ihre Schönheit und die damit verbundenen Erinnerungen, indem sie sie quantifizieren.« Der Alte strich sich die Krawatte glatt. Dann drehte er sich wieder zu den Spardosen um. Sein faltiger Hals bebte. Eine Dose hatte es ihm offenbar besonders angetan. Eine Henne im Nest. Wenn man ein Geldstück in das Nest legte, setzte die Henne sich darauf und beförderte es so in den hohlen Sockel der Spardose. Nach einer Weile drehte der alte Mann sich erneut zu mir um und nickte.

»Guten Tag«, sagte er.

»Sie sind ein sehr interessanter alter Mann«, erwiderte ich. Er nickte wieder, verließ den Laden und knallte die Tür hinter sich zu. Als er am Schaufenster vorbeiging, zog er sich eine Strickmütze auf.

»He, Charlie«, rief ich. »Was war denn mit dem los?«

»Der alte Sack hat mir zwanzig Scheine für eine Dreihundert-Dollar-Sparbüchse geboten«, sagte Charlie. »Ist das zu glauben? Sagt, genau die gleiche hätte sein Vater ihm zum fünften Geburtstag geschenkt, und er sucht sie schon seit Jahren. Sagt, er hätte sowohl die Büchse als auch seinen Vater bei einem Brand verloren. Er ist mir durch den ganzen Laden hinterhergerannt und hat mit einem Zwanzigdollarschein gewedelt. Ich dachte, der haut mir gleich eine rein.«

Ich erzählte Bill, was der alte Mann gesagt hatte. Wir lagen in unseren Betten und waren kurz vor dem Einschlafen. Durchs Fenster hörten wir, wie die anderen Leute zur Arbeit gingen.

»Es passt alles zusammen«, meinte Bill.

»Was passt zusammen?«

»Charlie ist der Teufel.«

Ich lachte.

»Nein, im Ernst«, fuhr Bill fort. »Wie der Rattenfänger lockt er uns mit seinem alten Spielzeug schnurstracks in die Hölle. Charlie raubt uns die Seele. Du willst dich der Zukunft stellen? Vergiss es. Du bist in der Vergangenheit gefangen. Und daran ist Charlie schuld.« Bill drehte sich auf die Seite, zur Wand. »Er raubt uns die Seele.«

Bill zog sich die Bettdecke bis unters Kinn und fing bald darauf an zu schnarchen.

Ich starrte an die Decke. Nostalgie, dachte ich. Wir sind darin gefangen. War meine Gier nach Spielzeug tatsächlich nichts weiter als eine Weigerung, die Gegenwart zu akzeptieren? Ich hatte die Schule geschmissen. Mein Bruder schämte sich für mich. Meine alten Freunde waren auf und davon. Ich trat auf der Stelle. Ich war ein Versager.

Da ich keine Lust hatte, weiter darüber nachzudenken, torkelte ich ins Bad und holte mir einen runter.

Gummi

Offen gestanden hielt ich meine Großmutter anfangs, wie der Rest der Familie, für verrückt. Doch dann nannte sie uns ihre beiden kleinen Krieger. Das leuchtete mir ein. Wo sie Recht hatte, hatte sie Recht.

Schon der Vater meiner Mutter, mein Großvater, war ein Säufer gewesen. Er hatte seine zukünftige Frau bei einer Wanderrevue namens *Das gibt's nur einmal, das kommt nie wieder* kennen gelernt, bei der er als menschlicher Billardtisch aufgetreten war. Von meiner Großmutter gibt es ein sepiafarbenes Foto, das sie auf einer hölzernen Bühne zeigt, vor gemaltem Hintergrund. Sie zieht ein Bein an und lächelt stolz in die Kamera.

Meine Großmutter hatte mehrere kleine Gummikappen. Später fand ich in ihrem Badezimmerschrank Wärmflaschen, aus denen sie die kreisrunden Dinger ausgeschnitten hatte. An den Kappen hatte sie Gummibänder befestigt, die unters Kinn gezogen wurden. Sie setzte uns jedem eine auf, meinem Bruder und mir.

Ihre eigene hatte sie schon auf. Ihr fülliges Haar hatte eine Delle in der Mitte, was aussah, als hätte sie einen Vulkan auf dem Kopf.

»Deine Haare sind ganz durcheinander, Grandma«, sagte Tar.

»Alles hat seinen Preis«, meinte Grandma.

Sie nahm uns auf den Schoß. Ich war fünf und fühlte mich allmählich zu alt für so etwas. Ich ruckelte nervös hin und her.

»Im Himmel über dem Himmel«, sagte sie, »im Weltall, da gibt es Satelliten. Und die wollen uns alles nehmen, was uns zu Menschen macht.«

Zum Beweis zeigte sie uns Hefte mit Bildern von gruseligen Monstern, Diagrammen und kleinen Kontaktanzeigen von einsamen Männern, die eine Frau suchten. Niemand verstand diese Männer. Sie hatten es ja auch nicht leicht. Es war eine Last, mit diesem Wissen leben zu müssen.

»Interplanetarer Ackerbau und Viehzucht, damit sich diese Finsterlinge den Bauch vollschlagen können. Darum geht es ihnen nämlich. Sie wollen uns zu Mastvieh degradieren.

Ich wusste es gleich, Jungs. Ich wusste es seit dem Tag eurer Geburt. Ihr seid die geborenen Krieger, ihr werdet erkennen, was wahr ist, und zerstören, was falsch ist. Für mich ist es zu spät. Ich bin zu spät dahinter gekommen. Aber inzwischen haben mir die Satelliten einen Großteil der Wahrheit geraubt. Nur durch schiere Willenskraft gelingt es mir, überhaupt hinter den Vorhang zu blicken.

Eure Mutter sieht gar nichts. Ich zeige ihr die Hefte, und sie blättert darin, mit stumpfem Blick, als wären die Seiten leer. Sie sieht nur, was sie sehen soll. Sie wollen noch den letzten Funken eines Gedankens im Keim ersticken. Sie wollen die anderen glauben machen, dass verrückt ist, wer die Wahrheit kennt. Hört auf eure Grandma. Redet sie vielleicht verrücktes Zeug? Ich bin im Vollbesitz meiner geistigen Kräfte. Sie beobachten uns und warten ab. Sie können in unseren Kopf hineinschauen. Und sobald der Kopf jedes Menschen auf dieser großen, weiten Welt aussieht wie eine Pekanschale ohne Nuss darin, werden sie zuschlagen. Sie degradieren uns zu Kühen und machen alles Mögliche aus uns, aber das Beste an uns ist der Geschmack, denn Menschenfleisch gilt bei ihnen als Delikatesse.«

Ich sah aus dem Fenster, auf die Auffahrt hinaus. Der Wagen meiner Eltern war verschwunden. Sie waren wahrscheinlich schon fast in Chicago.

Die Puppensammlung meiner Großmutter befand sich in einer Glasvitrine. Sie hatte Stoffpuppen, Negermamipuppen, Porzellanpuppen, Puppen in allen nur erdenklichen Farben, Formen und Größen. Eine überdimensionale Shirley Temple mit riesigen Glotzaugen jagte mir eine Heidenangst ein. Ich hatte trotz des ausdrücklichen Verbots meiner Eltern eine *Night-Gallery*-Folge gesehen, in der eine ähnliche Puppe eine wesentliche Rolle spielte.

»Immer wenn ihr den Kopf hoch haltet, müsst ihr die Kappen aufsetzen. Wenn ihr ins Bett geht, könnt ihr sie ruhig abnehmen, aber wartet damit, bis ihr drinliegt, und dann legt sie auf den Nachttisch gleich neben dem Bett. Und morgens dürft ihr erst aufstehen, wenn ihr die Kappe aufhabt. So bleibt euer Gehirn frisch und neu und sieht alles, wie es wirklich ist. Ihr werdet tausendmal weiter blicken als jeder andere. Wo die Welt der anderen Menschen aufhört, fängt eure erst an. Tar und James …«

Meine Großmutter begann zu weinen.

»Ihr werdet unvorstellbares Grauen sehen. Ihr werdet in die dunkelsten Abgründe schauen. Und wenn ihr diesen herzlosen Finsterlingen erst einmal in die Augen geblickt habt, werdet ihr nicht mehr dieselben sein. Aber das wird euch nur noch härter machen. Meine Krieger. Es fällt mir schwer, euch das zu sagen, aber ihr habt den anderen Menschen etwas voraus. So einfach ist das.«

Socks, der Kater meiner Großmutter, strich um meine Beine. Auch er hatte eine kleine Kappe auf dem Kopf.

»Gott sei Dank, dass es Gummi gibt«, sagte Grandma.

Grandma presste unsere Köpfe an ihre Brust. Ihr Rock war über die Hüften hochgerutscht. Sinnlose Wörter kamen aus ihrem Mund. Sie redete wirres Zeug und schaukelte hin und her. Sie hatte die Augen nach hinten geklappt.

Tar kreischte und wollte gar nicht mehr aufhören. Zunächst schrie auch ich, doch dann machte sich ein neues, bislang ungekanntes Gefühl in mir breit.

Sie sind die Kühe. Sie werden die Kühe sein. Wir werden sie verarbeiten und uns an ihrem Geschmack ergötzen, und auch wenn sie eklig schmecken, werden wir sie essen. Mein Bruder und ich werden sie zerfetzen und ihnen das Fleisch von den Knochen nagen. Wir werden es ihnen mit gleicher Münze heimzahlen.

Schon bevor sie durchdrehte, war sie nicht wie andere Großmütter. Wenn sie bei uns war, legte sie jeden Abend, bevor wir ins Bett gingen, eine kesse Sohle für uns aufs Parkett. Sie erzählte uns von den Liebhabern, die sie vor Grandpa gehabt hatte. Sie sagte, unsere Mutter habe sich immer schon für sie geschämt, Mutter sei eben ein wenig verklemmt. »Kein Wunder«, meinte Grandma, »bei der verrückten Familie.« Dann gab Grandma jedem von uns einen Gutenachtkuss und fragte, welche Grandma wir lieber hätten.

Sie.

Meine Großmutter sollte Recht behalten. Schließlich blickten mein Bruder und ich herzlosen Finsterlingen in die Augen. Wir sprangen dem Tod noch einmal von der Schippe. Und sie hatte Recht, wir waren danach nicht mehr dieselben. Tar ist nicht mehr derselbe, weil es ihn schon beim Gedanken an die Kindheit schaudert. Auch ich bin nicht mehr derselbe. Ich habe in ihre schwarzen Augen gesehen, und das tue ich noch heute.

Tar schob einen kleinen Laster um ein paar Bauklötze im Gras.

»Wrrr«, machte er. Genau wie ich hatte er eine Gummikappe auf. Gary Bauer war bei uns. Und weil wir keine Gummikappen mehr hatten, trug er einen Ziploc-Beutel auf dem Kopf.

»Plastiktüten sind aus Gummi«, hatte ich behauptet.

»Plastiktüten sind aus Plastik«, hatte er gesagt.

Aber mehr war auf die Schnelle einfach nicht drin.

Zuvor hatte unsere Mutter uns aufs Bett gesetzt und uns einen Vortrag gehalten. Sie hatte uns erklärt, dass unsere Großmutter seit Grandpas Tod an das Geschreibsel von Verrückten glaube (natürlich wussten Tar und ich genau, von wem unsere Mutter *das* hatte). Meine Mutter meinte, sie wisse noch nicht recht, wie sie damit umgehen solle, dass wir, seit sie und unser Vater vor drei Tagen zurück gekommen waren, Gummikappen trugen.

»Was haben die Jungs denn da für komische Dinger auf dem Kopf, Lynea?«, hatte mein Vater gefragt. »Meine Mutter hat ihnen weisgemacht, dass Außerirdische ihnen das Gehirn aussaugen, wenn sie die Kappen nicht tragen«, sagte Mom. »Ach so«, sagte Dad und vertiefte sich wieder in die Zeitung.

Mr. und Mrs. Bauer hingegen waren daran gewöhnt, dass Gary manchmal tagelang mit einem Ziploc-Beutel auf dem Kopf herumlief.

Gary hatte sich einen Plastikjeep geschnappt und ließ ihn fliegen.

Ich wollte Gary den Jeep gerade aus der Hand schlagen, als ich sah, wie Nancy Zoomis über den Hügel in unseren Garten kam. Sie hatte die Hände in den Taschen. Ihre Schnürsenkel waren offen und schlackerten beim Gehen. Sie machte ein ernstes Gesicht.

»Hi, Nancy!«, rief Gary. Er hob den Arm und winkte ihr zu. Nancy sah ihn flüchtig an, dann blieb sie vor mir stehen und blickte zu Boden. Tar schaute nur kurz auf und wandte sich wieder seinem Lastwagen zu.

»Ich hab mit deiner Mom gesprochen, Jimmy«, sagte sie.

»Mach ich jeden Tag«, erwiderte ich.

»Ja. Ist doch nix dabei«, meinte Gary.

»Sie hat gesagt, Außerirdische tut's nämlich gar nicht geben«, sagte Nancy.

»*Tut* hat sie bestimmt nicht gesagt.«

»Zieht endlich diese doofen Kappen aus.«

Tar sah zu ihr hoch. Er legte sich eine Hand auf den Kopf.

»Nein«, flüsterte er.

»Es gibt nämlich gar keine Gehirnauslaugestrahlen!«

»Gehirnaus*sauge*, Nancy!«, sagte ich. »Die gehen direkt durch deinen Schädel.«

»Gar nicht wahr!«

»Darum glaubst du nämlich auch nicht dran, Nancy! Weil du nämlich keine aufhast!«

»Gar nicht wahr!«

»Wohl«, flüsterte Tar.

Gary sprang auf die Beine und zeigte auf sie.

»Mein Dad hat gesagt, du bist ein kleines Luder, Nancy Zoomis!«, brüllte er.

»Die Kappen sind doof! Sie sehen erstens blöd aus, und zweitens lachen alle über euch! Kelly hat sogar ein Bild davon gemalt!«

»In echt!«, rief Gary. »Er hat gesagt, du bist ein kleines Luder!«

»Zieh sie aus, Gary!«

»Nur wenn du auch deine Haare ausziehst«, sagte Gary. »Das sind nämlich meine Haare!«

Nancy wirbelte zu Tar herum und baute sich mit geballten Fäusten vor ihm auf. Tar hielt seine Kappe mit den Fingerspitzen fest.

»Zieh sie aus, Tar«, stieß sie hervor.

Tar schüttelte zögernd den Kopf.

»Zieh die Schwulikappe aus!«

»Er zieht sie aber nicht aus!«, brüllte ich und stellte mich neben Gary. »Warum soll er sie auch ausziehen, wenn sie ihn doch schützt?«

Nancy beachtete mich nicht und konzentrierte sich stattdessen auf Tar.

»Du musst sie ausziehen! Du musst sie ausziehen! Deine Mum will, dass du sie ausziehst! Du bist ein böser Junge!«

Tar fing an zu weinen und presste sich die Kappe noch fester auf den Kopf. Nancys Mund verzerrte sich vor Wut. Eine ihrer Fäuste zuckte immer wieder zur Seite.

»Lass ihn in Ruhe!«

»Luder!«

»Los!«, kreischte Nancy, streckte die Hand aus und krallte die Finger in Tars Kappe. Der klammerte sich wie wild daran, konnte sie aber nicht halten. Nancy riss sie an sich und nahm Reißaus. Sie war das schnellste Mädchen aus unserer Kindergartengruppe, um einiges schneller als Gary oder ich.

Tar war starr vor Angst. Er machte den Mund ganz weit auf und schrie. Ich heulte auf.

»Seine Kappe!«, schrie Gary. Tar schlug die Hände über dem Kopf zusammen, damit die Strahlen der Außerirdischen nicht in sein Gehirn dringen konnten. Er wandte den Kopf und sah mich an, jammernd, mit tränenüberströmtem Gesicht, die Augen schreckgeweitet.

»*Neeeiiin*!«, schrie ich. Ich jagte hinter Nancy her und zwang meine Füße, mit ihr Schritt zu halten. Gary lief neben mir her, fiel aber schon bald zurück. Tar folgte in einigem Abstand. Dabei fuhr er sich ständig mit den Händen über den Kopf, um eine möglichst große Fläche vor den Strahlen zu schützen. Nancy jagte um unser Haus herum auf die Straße. Mit ihren langen, dünnen Beinen legte sie ein flottes Tempo vor. Um Haaresbreite wäre sie gegen den Briefkasten der Delgesses geknallt. Sie rannte quer durch den Vorgarten der Nachbarn und hielt schnurstracks auf das Haus ihrer Eltern zu. Sie sprang auf ihre Veranda und streckte die Hand nach dem Türknopf aus. In dieser Millisekunde holte ich sie ein. Ich umfasste sie von hinten. Ich schloss die Arme um ihre Brust und zog sie zurück.

»*Gib mir die Kappe von meinem Bruder wieder!*«, schrie ich.

»*Neeiin! Neeiin!*«, kreischte Nancy. Sie weinte. Als ich sie von der Veranda zerrte, spürte ich ihre Tränen auf meinem Unterarm.

Nancy und ich purzelten auf den Rasen. Tar machte einen Satz und landete neben uns. Mit einer Hand grabschte er nach der Kappe, die andere hielt er sich über den Kopf. Gary bückte sich und versuchte, Nancys Handgelenke zu fassen zu bekommen. Sie riss sich immer wieder los und schlug wild um sich. Ich drückte sie ins Gras. Ich setzte mich auf sie. Ihre Augen waren schmale Schlitze. Sie drehte den Kopf blitzschnell hin und her. Sie trat und schlug ziellos nach allen Seiten, landete schmerzhafte Treffer und warf uns immer wieder aus dem Gleichgewicht. Schließlich bekam Gary eines ihrer Handgelenke zu packen. Er hielt es mit beiden Händen fest und klemmte sich ihren Ellbogen zwischen die Knie. Gary biss

Nancy in die Finger. Nancy schrie auf, so laut, als ob ihr jemand mit einem Käsehobel das rohe Fleisch vom Kehlkopf schaben würde. Ich riss ihr die Kappe aus der Hand. Sie funkelte mich wütend an.

»*Ich hasse dich, Jimmy Gunn. Ich hasse dich.*«

Ich drehte mich rasch zu Tar um. Er ließ die Hände sinken, stand mit hängenden Schultern da und wartete. Bei jedem Schluchzen durchlief ein Schauder seinen Körper. Ich klatschte ihm die Kappe auf den Kopf und drückte sie fest herunter, damit die Strahlen nicht in seinen Schädel dringen konnten.

Tar schob einen kleinen Laster um ein paar Bauklötze im Gras. Die Klötze hatten viele verschiedene Farben.

»Wrrr«, machte er.

Gary band Stretch Armstrongs Arme an kleine Stöckchen in der Erde. Gary sah gut aus mit seiner neuen Gummikappe, die Großmutter uns auf Tars Anruf hin per Post geschickt hatte.

»Jimmy«, sagte Nancy. Ich sah zu ihr hoch. Sie machte ein ängstliches Gesicht. Das Gummiband unter ihrem Kinn war zerrissen. Sie hielt in jeder Hand ein Ende.

»Es ist einfach gerissen, keine Ahnung, warum«, sagte sie. »Kannst du es wieder heil machen?«

Im Sport konnten wir Nancy nicht das Wasser reichen. Gegen Garys rudimentäre Rechenkünste kamen wir nicht an. Aber in Sachen Auge-Hand-Koordination war ich den beiden haushoch überlegen. Ich konnte als einziger von uns einen Knoten machen.

Ich nahm die beiden Enden des Gummibandes zwischen die Finger. Meine Fingerknöchel streiften Nancys Hals. Nach mehreren Anläufen gelang es mir, die beiden Enden zu verknoten. Einen Augenblick lang klemmten meine Fingerspitzen zwischen dem Gummi und Nancys Kinn.

»Fertig«, sagte ich.

»Vielleicht kann deine Grandma uns ja ein paar neue schicken«, meinte Nancy. Auf ihrer Kappe prangte ein Regenbogen. Sie hatte ihn mit den Acrylfarben daraufgemalt, die sie von ihrer Mutter zum Geburtstag bekommen hatte.

»Sie schickt uns bestimmt so viele, wie wir wollen«, sagte Tar, ohne von seinem Laster aufzublicken.

Es ist wegen seinen Händen

Das Fred-Feuerstein-Nachtlicht brannte. Tar schlief. Wegen seines Asthmas schnurrte er beim Schlafen leise. Noch heute schlafe ich besser neben Raucherinnen, weil sie häufig ähnlich schnurren.

Ich war kurz vor dem Eindämmern, als ich ein Klopfen hörte. Ich drehte mich auf die Seite. Der Mond schien durch den Vorhangspalt. Wieder hörte ich ein Klopfgeräusch.

»Tar«, flüsterte ich. Seine Decke knäulte sich unter seinem Kinn. Ein Spuckefaden verband ihn mit seinem Kissen.

»Tar«, sagte ich etwas lauter. Mein Bruder öffnete die Augen und sah mich an.

»In der Küche ist ein Affe«, sagte er.

»Wach auf.«

Er starrte mich blinzelnd an.

»Tar.«

»Ich hab geträumt, wir hätten einen Affen als Haustier.«

»Das spielt jetzt keine Rolle. Horch mal.«

Wieder klopfte es.

»Hast du das gehört?«

Tar nickte.

»Dann geh mal gucken, was es ist«, sagte ich.

»Warum gehst du nicht selber gucken?«

»Weil, wenn es ein Monster ist und dir den Kopf abbeißt, ich dann gewarnt bin.«

Tar zog einen Flunsch.

»Wenn du mich wieder zum Weinen bringst, sag ich's Mom«, drohte er.

»Schon gut, dann geh ich eben«, sagte ich. »Ich hatte bloß keine Lust zum Aufstehen.«

Ich schlug die Bettdecke zurück und setzte mich auf. Da klopfte es schon wieder.

»Der Affe war wie unser kleiner Bruder«, sagte Tar. »Er hatte so ein Ding, was man sich beim Tauchen in den Mund steckt.«

Ich ging zum Fenster und stieß den Vorhang beiseite. Unten neben der großen Eiche in unserem Garten standen Gary und Nancy. Sie waren ganz aufgeregt, und ihre Anziehsachen passten nicht zusammen. Gary hüpfte auf und ab wie ein Verrückter. Neben ihm stand ein großer Koffer. Nancy hatte einen Turnbeutel im Arm und winkte mich zu sich herunter.

»Da sind Gary und Nancy«, sagte ich zu Tar. Er trat neben mich und legte die Hände auf das Fensterbrett.

»Wir sollen runterkommen«, sagte Tar.

»Ich weiß.«

»Wenn Mom und Dad uns hören, sind wir in den Arsch gekniffen.«

»Scheiß drauf.«

Wir gingen auf Zehenspitzen nach unten, damit unsere Eltern uns nicht hörten.

»Wir laufen weg«, sagte Nancy. Sie hatte sich das wirre Haar mit einem Band im Nacken zusammengebunden. »Und ihr müsst mitkommen.«

Wir standen zu viert auf unserer Veranda.

»Und warum?«, fragte Tar.

Nancy zuckte die Achseln.

»Weil Gary wegläuft«, sagte sie.

»Und warum willst du weglaufen, Gary?«, fragte Tar.

»Weil ich meine Mom hasse.«

»Und warum hasst du deine Mom?«

»Wegen allem Möglichen.«

»Garys Mom hat alle Seife im Haus versteckt«, sagte Nancy. »Sie hat gesagt, wenn er sich die Hände waschen will, dann nur, wenn sie dabei ist.«

Gary sah sie an und ballte die Fäuste. Er war ganz rot am Hals und im Gesicht.

»*Das war ein Geheimnis, Nancy!*«

»In einer anständigen Familie gibt es keine Geheimnisse.«

»Wollt ihr heiraten, Nancy?«, fragte Tar.

»Mann, bist du doof, Tar«, sagte ich. »Die sind doch noch viel zu klein zum Heiraten. Das ist verboten.« Ich wischte mir die Nase. Ein dicker Popel kam heraus und blieb an meinem Unterarm kleben. »Du willst weglaufen, weil deine Mutter die Seife versteckt hat?«

Gary verschränkte die Arme. »Unter *anderem.*«

»Kommt ihr jetzt mit oder nicht?«, fragte Nancy. »Wir fragen nur euch. Nicht Steve, nicht Corey, nicht Brendan, nicht Kelly und auch nicht Robert. Nur euch.«

»Unser Hund ist tot«, sagte Tar. Er biss sich auf die Unterlippe, damit ihm bei diesem Gedanken nicht die Tränen kamen.

»Ja«, sagte ich. Mein Bruder dachte dasselbe wie ich. »Wenn nicht, müssten wir hier bleiben. Weil er aber tot ist, können wir ruhig mitkommen.«

Tar war sieben und wir anderen acht. Tar und ich schrieben unseren Eltern einen Abschiedsbrief:

Liebe Mom, lieber Dad,

Ihr seit bestimt grade aufgestanden und trinkt jetz euern Kafee. Und macht warscheins ein komisches Gesicht weil

James und Tar liegen ja gar nicht in ihren Betten wo sie wohl hingegangen sind. Keine Sorge. Manch Mal verstecken wir uns drausen im Gebüsch aber da braucht ihr gar nicht erst nachkucken weil wenn doch wir in Wirklichkeit schon wo ganz anders sind wie zum Beispiel New York City wo die Marvel Comics her kommen wo wir bestimmt Arbeit kriegen. Wir sind weggelaufen. Das ist so änlich wie umziehen wie wo Nancys Dad nach Cleveland versezt worden ist und weil wir zu fiert sint sint wir nehmlich eine Familie. Und ihr seit jetz so änlich wie die Großeltern die wo ganz weit weg sind und vielleicht fahren wir an Weinachten mit dem Flieger nachause. $$$$$. Wenn Shawnee noch leben würde hätten wir natührlich nicht gehen können weil ich war wie Shwanees Dad und Tar wie Shawnees Mom aber jetzt bin ich der Dad und Nancy die Mum und Tar und Gary unsere Kinder oder vieleicht so änlich oder so. Viel Glück,

James Tar

P. S.: Wir haben ganz viel Gelt aus Dad seinem Versteck unter der Statue von der Frau im Arbeitszimmer geholt. Wir schicken euch welches vieleicht von dem Gelt was Marvel Comics uns geben für paar ganz tolle Superhelden die Gary erfunden hat. Wenn wir erwischt werden oder ins Gefängnis kommen dann blos weil alles Gary Bauers Idee war. Es ist nemlich wegen seinen Händen. Lebt wohl.

Unter der Porzellanstatuette im Arbeitszimmer meines Vaters lagen zweitausendsiebenhundert Dollar. Immer wenn wir ihn bei der Arbeit störten, zeigte er uns das Geld. Ein paarmal hatten wir es sogar anfassen dürfen. Jetzt steckte es in meiner Tasche, und ich konnte es anfassen, so oft ich wollte.

Nancy hatte ihrer Mutter einundneunzig Dollar gestohlen. Gary hatte sein Sparschwein geschlachtet und sechs Dollar, hauptsächlich in Vierteldollarmünzen, mitgebracht.

Das Zählen überließen wir Gary. Er erledigte das im Gebüsch hinter unserem Haus. Einmal wehte ein Hundertdollarschein davon, aber wir fingen ihn wieder ein.

Nachdem unser Schatz gezählt war, überlegten wir, wie wir am besten nach New York kamen.

»Es gibt drei Möglichkeiten«, meinte Nancy. »Bus, Auto oder Flugzeug.« Sie kniff ein Auge zu. »Nein, vier. Zug.«

»Fünf«, setzte Tar hinzu. »Hubschrauber.«

»Sechs«, setzte Gary hinzu. »Ein P-51-Begleitbomber, wie auf den Schiffen, wo mein Dad drauf war, wie er noch in der Navy war.«

»Das ist doch ein Flugzeug«, entgegnete Nancy.

»Aber ein superschnelles!«, sagte Gary. »Das zählt extra!«

»Ein Heißluftballon wär auch nicht schlecht«, meinte Tar. »Aber unrealistisch.«

Es war mitten in der Nacht, doch ich war hellwach. Ich lehnte mich gegen einen Busch. Eine Spinnwebe verfing sich in meinen Haaren. Nancy zupfte sie mir vom Kopf.

»Fahren wir doch erst mal mit dem Taxi zum Flughafen«, schlug ich vor.

Gesagt, getan. Mit tiefer Stimme rief ich in der Taxizentrale an. Ich sagte, wir würden an der Ecke Troll Court auf den Wagen warten. Auf diese Weise weckte das Taxi meine Eltern nicht.

Das rundliche Gesicht des Fahrers lugte über den Vordersitz.

»Hallo! Ich heiße George! Herzlich willkommen in meinem Taxi, Kinder!«

Er sprach mit starkem Akzent und hatte weiße Haare. Seine Nase war rot und geschwollen.

»Können wir unser Gepäck in den Kofferraum tun?«, fragte Nancy.

»Aber sicher! Tun wir euer Gepäck in den Kofferraum!« George sprang vom Fahrersitz. Er war groß und untersetzt. Er tänzelte um den Wagen herum und öffnete den Kofferraum. Er half Nancy, ihren Turnbeutel zu verstauen. Ich stellte Tars und meine Tasche hinein. Gary ächzte unter dem Gewicht seines riesigen Koffers.

»Was hast du denn alles da drin?«, fragte ich ihn.

»Seife«, sagte Nancy.

»Halt's Maul, Nancy!«, fauchte Gary.

»Jede Menge Seife«, fuhr Nancy fort. »Er hat nämlich rausgefunden, wo seine Mutter sie versteckt hat.«

»Ich krieg ihn nicht hoch«, japste Gary.

»Seife gibt's doch im Hotel«, sagte Tar. »Und Handtücher. Sogar umsonst.«

»Außerdem kann man den Hotelzimmerschlüssel behalten und sich ins Zimmer schleichen und den Neuen ihr ganzes Geld klauen«, erklärte ich Nancy. »Tar und ich haben uns mal einen Plan ausgedacht.«

»Komm, ich helf dir, starker kleiner Mann«, sagte George. »Boah! Ist der schwer! Ha-ha! Dahin, packen wir ihn dahin.« George schloss den Kofferraum.

Nancy und Tar hüpften auf den Rücksitz. George drehte verwundert den Kopf und sah nach links und rechts.

»Und wo sind alle eure Mommies und Daddies?«

»Die schlafen«, sagte ich. »Mein Dad hat das Taxi angerufen. Er hat mir auch das Geld gegeben.«

»Ach, äh … ja? Dein Vater?«, fragte George.

Ich nickte. Gary war stocksteif. Er starrte mich mit großen Augen an.

»Na, meinetwegen. Willkommen in meinem Taxi!«, wiederholte George und breitete die Arme aus. Dann setzte er sich wieder hinters Steuer. Gary und ich quetschten uns zu Nancy und Tar auf den Rücksitz.

»Ich will nicht auf dem Huckel sitzen!«, sagte Nancy.

George schaute in den Rückspiegel.

»Zum Flughafen, stimmt's?«

»Ja, Sir«, sagte ich.

Die Straßen waren menschenleer. Nicht einmal an den Tankstellen brannte noch Licht. Mein Herz hämmerte wie wild. Ich drückte mich an Nancys Schulter.

»Und was wollt ihr am Flughafen, Kinder?«

»Unsere Großeltern abholen«, sagte Nancy.

»Ganz allein?«, fragte er. Der Rückspiegel umrahmte seine besorgten Augen.

»Unsere Eltern hatten keine Lust«, sagte ich. »Sie haben gesagt, wir sollen alleine fahren.«

»Ich freu mich schon ganz toll auf Grandma und Grandpa«, ergänzte Tar.

»Ha-ha!«, machte George. »Ich habe eine kleine Enkeltochter, aber die ist ganz weit weg. Seid ihr Geschwister?«

»Ja«, sagte ich. »Nancy ist die Älteste. Dann komm ich, dann Gary und dann Tar.«

Wir nickten. Was ich gesagt hatte, entsprach durchaus der Wahrheit, auch wenn Nancy nur vier Monate älter war als ich und ich nur einen Monat älter als Gary. Ich blickte zu Gary, der sich beruhigt zu haben schien. Er schaute gleichmütig aus dem Fenster. Das Taxi kam am Great Western Restaurant vorbei, das ich zwar nie von innen gesehen hatte, auf dessen Dach jedoch ein riesengroßes Fiberglaspferd stand.

»Warum redet denn der so komisch?«, wollte Nancy von mir wissen.

»Schhh!«, machte Tar. »Er ist zurückgeblieben!«

Gary lächelte. »Wo kommen Sie her?«, fragte er den Taxifahrer.

»Aus der Tschechoslowakei. Weißt du, wo das ist?«, erkundigte sich George.

»Unter Deutschland und Polen«, antwortete Gary. »Über Österreich und Ungarn. Sind Sie ein Kommunist?«

»O nein!«, sagte George.

Gary verschränkte die Arme vor der Brust.

»Mein Dad hat gesagt, das ist gar nicht so schlimm. Und er hat gesagt, dass Priester Kommunisten sind – und Nonnen.«

»Vor allem Nonnen«, setzte Tar hinzu, um auch etwas zur Unterhaltung beizutragen.

»Priester?«, sagte George. »Nein, Priester sind keine Kommunisten. Kommunisten wollen immer alles bestimmen.«

»Priester auch«, widersprach Gary. »Die wollen, dass alle katholisch werden. Dafür sind sie da.«

Am Flughafen sprang George aus dem Wagen und half uns mit unserem Gepäck. Angesichts der vielen Taschen war Nancys Bemerkung, wir wollten unsere Großeltern abholen, zwar nicht allzu plausibel, aber das schien George nicht im Mindesten zu stören. Pfeifend stellte er unsere Sachen vor TWA auf den Gehsteig. Die Fahrt koste siebenundzwanzig Dollar, sagte er. Gary zählte dreißig Dollar ab.

»Trinkgeld«, flüsterte Tar ihm zu.

Gary legte noch einmal dreißig drauf.

An der Wand neben dem Abfertigungsschalter hingen lauter Uhren. Die Größte zeigte zwei. Die Halle war fast leer. Die meisten Schalter hatten geschlossen. Nur bei United Airlines war noch Licht. Eine hübsche junge Schwarze wühlte in Papieren. Wir setzten uns auf eine Stahlbank. Ein Mann mit einem Gepäckwagen fuhr an uns vorbei und lächelte uns zu.

»Das Taxi war ganz dreckig«, meinte Gary. »Und jetzt habe ich lauter Flecken an den Ellenbogen und Anziehsachen.«

Nancy stierte vor sich hin. Sie hatte rote Ränder unter den Augen, wie immer, wenn sie müde war. Tar hatte einen Finger im Mund.

»Hör auf, am Finger zu lutschen, Tar«, sagte ich.

»Ich lutsche nicht. Ich beiße.«

»Wie viel kostet eigentlich ein Flugticket?«, fragte Nancy.

»Fünfzehn Dollar«, sagte Gary.

»Meinst du, wir kriegen überhaupt eins, wo wir doch noch Kinder sind?«, fragte sie.

Gary meinte, er habe eine Idee, auf die er schon vor zwei Jahren gekommen sei. Er erklärte sie uns.

Die hübsche junge Schwarze beugte sich über den Schalter. Sie lächelte freundlich.

»Na, ihr beiden Süßen? Wie geht's uns denn?«, fragte sie.

Ich räusperte mich. Nancy nahm einen der Gepäckanhänger vom Schalter und tat, als würde sie ihn lesen.

»Unsere Eltern parken noch unser Auto«, sagte ich.

»Ach ja?«

»Sie haben gesagt, wir sollen schon mal reingehen und die Tickets kaufen.«

»Sie haben sich gezankt«, sagte Nancy.

»Mom war ganz gemein zu Dad«, erklärte ich der Schwarzen.

»Sie haben gesagt, wenn wir die Tickets nicht kriegen, können wir was erleben«, sagte Nancy.

»Dann boxt Dad mich in den Bauch«, ergänzte ich. »Und sie auch.«

»Weil's am Bauch nämlich keine blauen Flecken gibt«, setzte Nancy hinzu.

In der Miene der Frau spiegelten sich Mitleid und Entsetzen.

»Wir hätten gern vier Tickets nach New York«, sagte ich.

Wir brauchten ein Weile, um Flugsteig 44 zu finden. Tar hatte Hunger und wollte Rührei. Doch die Tickets waren viel teurer gewesen als fünfzehn Dollar. Wir hatten nur noch siebenundachtzig Dollar übrig.

Pflanzen- und Blumenkübel säumten die Halle. Nancy pflückte eine blaue Blume und steckte sie sich ins Haar.

»Sieht das gut aus?«, fragte sie mich.

»Geht so.«

Tar wollte auch eine Blume im Haar haben. Nancy erfüllte ihm den Wunsch.

Die hübsche Schwarze hatte uns gesagt, das Flugzeug ginge erst um halb sechs. Wir würden drei Stunden warten müssen. Nicht weit von Flugsteig 44 stand eine Reihe von Schalensitzen aus Plastik. Wir setzten uns. Wir warteten. Einer nach dem anderen dämmerten wir ein.

»Jimmy!« Gary schüttelte mich an der Schulter. Ich blinzelte ihn an. Er gab ein unterdrücktes Winseln von sich und zeigte mit dem Finger. Unsere Eltern, Garys Eltern und Nancys Mutter kamen eilig den Gang entlang. Sie sahen unordentlich aus. Mr. Bauer hatte noch seine Schlafanzugjacke an. Ms. Zoomis hatte Lockenwickler in den Haaren.

Als Nancy aufwachte und sie erblickte, fing sie an zu weinen. Sie sprang von ihrem Sitz auf und lief in die andere Richtung. Ms. Zoomis jagte hinter ihr drein. Die alte Kuh war ganz schön schnell.

»Wir sind geliefert«, sagte ich.

Tar wurde wach. Er winkte unseren Eltern schläfrig zu.

Gary warf sich rückwärts über die Plastiksitze und versuchte, sich dahinter zu verstecken. Dabei konnte man ihn durch die Ritzen sehen.

»Jimmy!«, rief mein Vater und kam im Laufschritt auf uns zu.

»Hi, Dad.«

»Was um Himmels willen macht ihr hier?«

»Auf die Maschine um halb sechs warten.«

Meine Mutter nahm Tar auf den Arm und drückte ihn an sich. Sie weinte.

»Warum wolltet ihr denn weglaufen?«, fragte sie ihn.

»Ich hab ein Ticket.« Tar hielt es hoch, damit sie es sehen konnte.

Mein Vater fing an zu weinen. Sein massiger Körper sank in sich zusammen wie ein nasser Sack.

»Warum wolltet ihr weg von uns?«, murmelte er.

Ich zuckte die Achseln.

Meine Mutter blickte um sich und sah, dass uns die Flughafenangestellten beobachteten.

»Die Leute halten uns bestimmt für Rabeneltern«, flüsterte sie meinem Vater zu.

Mr. und Mrs. Bauer hockten vor den Sitzen, hinter denen Gary sich versteckt hielt. Er hielt die zwei Sitzlehnen wie Gitterstäbe umklammert und heulte.

»Komm da raus, Gary«, sagte Mrs. Bauer. »Schon gut, Schatz. Du kannst deine Seife wiederhaben. Ich hätte sie dir nicht wegnehmen dürfen.«

»Nun komm schon raus da, Junge«, sagte Garys Vater. »Mensch, wir haben dich überall gesucht. Deine Mummy und dein Daddy haben dich doch lieb, Junge. Und jetzt komm raus.«

Ms. Zoomis machte ein strenges Gesicht und starrte stur geradeaus. Sie hatte Nancys Ohr gepackt wie einen Henkel und zerrte sie daran den Gang entlang.

»Au!«, kreischte Nancy. »Lass los!«

»Ich lasse *nicht* los, junges Fräulein. Du kommst auf der Stelle mit nach Hause, und wenn ich dich am Ohr hinter mir her schleifen muss.«

»Scheiße! Dann reißt es doch ab!«

»Acht Wochen Fernsehverbot!«

»Acht Wochen?«, schluchzte Nancy.

»Acht.«

»Eine Woche!«

»Acht Wochen, junges Fräulein, acht Wochen!«

»Zwei!«

»Acht.«

»Nächstes Mal sind wir längst in New York, wenn ihr uns sucht!«, schrie Nancy.

»Von wegen! Nächstes Mal sperrre ich dich in einen Pappkarton im Keller und füttere dich durch ein Loch mit Gemüse aus der Dose!«

Im Vorbeigehen warf Nancy mir einen verstohlenen Blick zu. Sie legte eine Hand über die andere, damit ihre Mutter nicht sehen konnte, was ich sah. Sie zeigte ihrer Mutter den Stinkefinger.

Im Wagen. Tar saß an mich gekuschelt auf dem Rücksitz und schlief tief und fest. Meine Mutter drehte sich zu mir um und legte das Kinn auf die Kopfstütze.

»Was habt ihr euch dabei bloß gedacht?«, fragte sie.

Ich zuckte die Achseln.

»Gary wollte«, sagte ich.

»Verflucht nochmal, Jimmy«, schnaubte mein Vater. »Wenn

Gary will, dass du von einer Brücke springst, machst du das dann etwa auch?«

Ich dachte einen Augenblick nach.

»Kommt drauf an, wie hoch die Brücke ist und wie tief das Wasser«, sagte ich.

Die Panzerknacker

In der großen Pause musste ich im Klassenzimmer bleiben. Ich musste nachsitzen, weil ich Joe Moscowitz ins Pausenbrot gerotzt hatte. Dabei hätte er es gar nicht gemerkt, wenn ich es ihm nicht verraten hätte.

Ich setzte mich ans Fenster, damit ich den anderen Kindern auf dem Schulhof von Saint Ambrose zusehen konnte. Plötzlich stand Gary vor dem Fenster und klopfte an die Scheibe. Ich öffnete.

»Was soll ich denn machen?«, fragte er.

»Spielen.«

»Und was?«

»Schildkröten suchen im Wald.«

»Wir dürfen aber doch gar nicht in den Wald.«

»Na und? Ich muss drei Tage nachsitzen. Höchststrafe. Ich kann drei Tage Comics zeichnen. Und das ganz ohne Aufsicht. Und jetzt pass mal auf, Gary.« Ich sagte laut: »*Scheiße*.«

»Ha-ha! Ist gut. Ich geh in den Wald. Ich probier, mich auch erwischen zu lassen.« Gary streckte den Arm durchs Fenster, und wir gaben uns die Hand. Dann eierte er rückwärts Richtung Wald, steckte sich die Daumen in die Ohren und wackelte mit den Händen.

Ich klappte meinen Buntstiftkasten auf, legte mir ein Blatt Papier zurecht und wollte mich gerade an die Arbeit machen, als Greta Holthausen zur Tür hereinmarschiert kam.

Eine hellblaue Ader zog sich von ihrer Schläfe bis unter das rechte Auge. Sie runzelte die Stirn und zog die Mundwinkel nach unten. Ich erstarrte. Greta war ein komisches Mädchen – sie biss ihren Bleistiften die Radiergummis ab und aß sie auf, sprach mit niemandem ein Wort und blieb immer für sich. Ich fand sie klasse. Ich hatte Gary erzählt, dass ich Greta eines Tages heiraten und es ihr dann jede Nacht ordentlich besorgen wolle.

»Was hast du angestellt?«, fragte ich sie.

»Nichts«, antwortete sie. Sie stampfte zur letzten Bank, setzte sich und holte ebenfalls ein Blatt Papier und Buntstifte hervor.

»Als ob Erbsen heilig wären«, hörte ich sie murmeln.

Ich fing an zu zeichnen und warf ihr hin und wieder einen verstohlenen Blick zu.

»Ich brauche einen grünen Stift!«, rief sie plötzlich durchs Klassenzimmer.

»Ich hab einen.« Ich holte ihn aus meinem Kasten und ging zu ihr nach hinten. Ohne ihr in die Augen zu schauen hielt ich ihn ihr hin. Greta riss ihn mir aus der Hand. Ich ging zurück an meinen Platz.

»Jimmy«, flüsterte sie. Es war das erste Mal, dass sie meinen Namen sagte, und es lief mir kalt den Rücken hinunter.

Ich drehte mich um und sah sie an.

»Ich hab doch bloß ein paar Erbsen unter den Tisch geklebt. Ich mag keine Erbsen!«

Ich lachte.

»*Ich* hab in Joe …«

»Ich weiß«, sagte sie und malte weiter.

Gary kam hechelnd ans Fenster. Er hielt eine Schildkröte auf Armeslänge von sich gestreckt. Sie hatte lauter gelbe Vierecke auf dem Rücken.

»Jimmy! Guck mal!«

»Stark.«

»Nimm sie, schnell! Tu sie in meine Bank! Sie hat ein tolles Muster!«

»Ist gut.«

Gary manövrierte die Schildkröte durchs offene Fenster, und ich nahm sie entgegen. Greta trat neben mich.

»Kann ich mal sehen?«, fragte sie.

»Klar.«

Greta berührte die Schildkröte, zog die Hand sofort wieder zurück und lachte.

»Au!«, schrie Gary draußen vor dem Fenster. Greta und ich hoben den Kopf.

Gary hielt sich das Gesicht und tastete auf der Erde nach seiner Brille. Seine Backe war ganz rot, und vor seinen Füßen lag ein Fußball. Stan Boeppling aus der Sechsten hob ihn auf. Obwohl er nur zwei Jahre älter war als wir, war er mindestens dreißig Zentimeter größer und doppelt so breit. Mit voller Wucht warf er den Ball ein zweites Mal nach Gary. Der ging zu Boden. Stan und zwei seiner Freunde, Alan Ebbing und Jeff Lipton, lachten sich halb tot. Stan hatte Sommersprossen am ganzen Körper.

»Gestern haben sie versucht, mir den Rock auszuziehen«, sagte Greta. »Dann haben sie mich angespuckt. Da hab ich geweint.«

»He!«, brüllte ich aus dem Fenster. *»Lasst ihn in Ruhe!«*

Alan Ebbing beschirmte seine Augen mit der Hand und sah in meine Richtung.

»Wer ist das?«, fragte Stan.

»Der kleine Gunn«, sagte Alan.

»He, Gunn«, rief Stan. »Pass mal auf!«

Gary versuchte aufzustehen. Stan schlug ihm mit der Faust

auf den Kopf. Einmal, zweimal. Gary sank in sich zusammen und fing an zu heulen. Die Jungs lachten.

»Ich hasse sie«, meinte Greta.

Ich hielt nach Tar oder Nancy Ausschau, um sie zu Hilfe zu rufen. Sie waren nirgends zu sehen.

Eine schmächtige Nonne mit einer großen Messingglocke in der Hand betrat den Schulhof und läutete zum Ende der großen Pause.

»Gute Arbeit, Bauer«, sagte Stan und klopfte Gary so fest er konnte auf den Rücken.

»Ja, gute Arbeit«, sagten Jeff und Alan und taten es Stan nach.

»Gute Arbeit.«

»Gute Arbeit.«

»Gute Arbeit.«

Die Jungs gingen ins Schulhaus zurück. Gary rappelte sich hoch. Mit seinem Hemdzipfel wischte er die Brille ab und setzte sie sich wieder auf. Er warf mir durchs Fenster einen bösen Blick zu und ging dann auch hinein. Greta starrte mich an. Ich wandte mich ab.

Nach der Schule saßen Stan Boeppling und seine Freunde auf einer Bank. Hinter ihnen stand ein hoher Fahnenmast, an dem die US-Flagge baumelte. Nancy und ich saßen ihnen gegenüber auf der Vortreppe der Schule. In Saint Ambrose fuhren zwei Schulbusse. Wer den ersten verpasst hatte, wartete auf den zweiten. Gary war mit Tar in den Wald gegangen, um noch mehr Schildkröten zu suchen. Nancy wiegte Garys Schildkröte wie ein Baby im Arm.

»Ich weiß auch nicht, wieso er sie ausgerechnet mir gegeben hat«, sagte Nancy. »Er leidet anscheinend doch mehr darunter, dass er keinen Hund hat, als ich dachte. Das Vieh hier ist wie ein großer Käfer. Er hat gesagt, er will ihr Tricks beibringen. Der Spasti.«

Ich stand auf.

»Wo willst du hin?«, fragte sie.

»Weiß nicht.« Ich ging auf den Fahnenmast zu. Nancy hievte sich hoch und kam mir hinterher. Vor den älteren Jungs blieb ich stehen. Ich hatte die Hände in den Taschen und zitterte. Sie hoben den Kopf und sahen mich an. Stan verzog den Mund zu einem schiefen Grinsen. Auf seiner Oberlippe prangte eine besonders große braune Sommersprosse.

»Willst du was, Gunn?«

»Ich hätte da mal eine Frage.« Meine Stimme bebte. Boeppling warf Jeff Lipton, immer noch grinsend, einen höhnischen Blick zu.

»Dann schieß los, Gunn. Vor dir sitzt Doktor Allwissend.«

»Mich würde interessieren … weshalb du … so … gern … Schwänze … lutschst.«

Nancy, die mit der Schildkröte im Arm neben mir stand, stieß einen unterdrückten Schrei aus. Stan schnaubte vor Wut. Er ließ den Kopf hängen.

»*Was?*«

»Würde mich nur mal interessieren.«

»Verpiss dich, du schwule Sau.«

Ich sah zu Jeff Lipton und Laura Krieger. Beide lachten mich aus. Ich bedachte sie mit einem Lächeln. Dann drehte ich mich um und ging zurück zur Treppe.

»Mann«, sagte Nancy. »Das war aber blöd.«

»Mach ihn fertig«, sagte Jeff zu Stan.

»Schwule Sau«, wiederholte Stan.

Sie saßen auf den Schwellen und sahen von Zeit zu Zeit zu mir herüber. Ich starrte sie an.

»Hör endlich auf, da rüberzuglotzen«, sagte Nancy.

Ich sah sie an. »Schnauze.«

»Selber Schnauze, Schnullischwuli.«

Ich sah wieder zu den Sechsklässlern am Fahnenmast hinüber. Ich stand auf.

»He!«, rief Nancy.

Ich ging auf den Fahnenmast zu.

»Guckt mal, wer da angeschissen kommt«, sagte Jeff laut.

»Verpiss dich, du Arsch«, sagte Stan.

»Ich hätte da noch eine Frage.«

»Verpiss dich.«

»Ich hätte da ...«

»Verpiss dich.«

»Noch eine Frage.«

»Das ist mein Ernst, Gunn, schieb ab.«

»Gott, du bist echt abartig«, sagte Laura Krieger zu mir.

»Mich würde interessieren, ob du ...«

»Verpiss dich.«

»Mich würde interessieren, ob dir Spucke schmeckt.«

»Spucke, mmm, lecker. Und jetzt verpiss dich.«

»Hast du lecker gesagt?«

»Gunn, du Arsch, ich warne dich, wehe ...«

»Du hast lecker gesagt.«

Ich zog jede Menge Schleim hoch. Ich hatte gerade eine Erkältung hinter mir. Stan lehnte sich leicht zurück. Ich rotzte ihm den Schleimpfropf mitten ins Gesicht. Er legte sich im Zickzack über seinen Mund.

»Bäähh!«, machte Stan und sprang von der Eisenbahnschwelle.

Ich trat einen Schritt zurück. Laura Krieger lachte. Stan haute sich wie Curly von den Three Stooges abwechselnd die Hände ins Gesicht und wischte sich die Spucke ab.

»Du bist so gut wie tot, du kleiner Wichser!«, brüllte er. »Du bist so gut wie tot!«

»Großmaul«, sagte ich.

Er holte aus und traf mich mit der Faust voll auf die Brust. Ich sank ins Gras. Nancy kreischte. Stan Boeppling fiel über mich her und traktierte mich mit einem Trommelfeuer von Schlägen. Mein Lippe platzte auf und blutete. Nancy stürzte sich auf ihn.

»Lass los!« Sie haute ihm die Schildkröte über den Schädel. Stan rammte ihr den Ellbogen gegen den Hals. Jeff Lipton drehte ihr den Arm auf den Rücken und zerrte sie von ihm weg. Stan packte meinen Kopf mit beiden Händen. Er stieß ihn ins Gras, bis ich die Zähne in die Erde schlug. Ich weinte. Dann drehte er mich herum und hielt meine Kopf mit beiden Händen fest.

»Jetzt wollen wir doch mal sehen, wie DIR Spucke schmeckt, hä, Gunn?«

Ich versuchte ihn wegzustoßen, doch er kniete auf meinen Oberarmen. Ich riss den Kopf verzweifelt hin und her, aber er quetschte mir das Kinn mit beiden Händen, sodass mir gar nichts anderes übrig blieb, als den Mund aufzumachen. Er zog Schleim hoch. Er rotzte mir in den Mund. Ich spürte, wie mir der dickflüssige Pfropf die Kehle hinabrann. Wieder zog er. Wieder spuckte er. Immer wieder. Sein Mund war eine unerschöpfliche Quelle. Der zähe Schleim verwandelte sich nach und nach in puren Speichel. Und ich spürte noch etwas, weiter unten. Sein Schwanz war hart. Weil ich den Mund voll hatte, konnte ich nicht schreien. Ich würgte. Ich hustete. Ich war am Ertrinken und würde sterben. Sein Schwanz drängte sich gegen meinen Bauch. Stan Boepplings Spucke lief mir aus dem

Mund. Er schlug mich ein letztes Mal, ins Gesicht. Seine Faust war rot vom Blut aus meiner Nase.

Ich kniete auf die Ellbogen gestützt im Gras und hustete die Spucke aus. Ich weinte. Stan Boeppling ging davon. Laura starrte mich ausdruckslos an. Jeff Lipton lachte. Ich wischte mir das Gesicht, stand auf und marschierte auf das Schulgebäude zu. Blut und Tränen trübten mir die Sicht. Nancy spuckte aus und schloss sich mir an.

»*Die Schweine haben mir in den Mund gerotzt!*«, sagte sie und hielt auf die Treppe zu. »Ach du Scheiße.« Sie sah sich fieberhaft um. »Ach du Scheiße.« Sie betrachtete die Schildkröte am Boden. Ihr Panzer war gebrochen, und sie war tot und voller Blut. »Ich hab sie umgebracht«, flüsterte Nancy und begann zu weinen. »Gary bringt mich um.« Sie sah mich an. »Alles klar?«

»Gib mir einen Bleistift.«

»Wozu?«

»Du sollst keine dummen Fragen stellen, sondern mir einen Bleistift geben.«

»Aber was willst du denn mit einem …«

»Gib mir einen Bleistift!«

Nancy kniete sich auf die Treppe, öffnete ihr gelbes Plastik-Federmäppchen und gab mir einen 2er-Bleistift. Ich riss ihn ihr aus der Hand und stieß die Tür von Saint Ambrose auf. Es war eiskalt, die Klimaanlage lief auf Hochtouren. Ich marschierte den Flur entlang. Ich ging an den Oberklassen vorüber. Ich kam am Schwarzen Brett vorbei. Die Wände waren mit organgefarbenen Maiblumen beklebt. Ich ging schurstracks in unser Klassenzimmer. Schwester Gregory saß am Lehrerpult und korrigierte Klassenarbeiten.

»Jimmy …? Was ist denn mit dir passiert?«

Ich streckte den Bleistift auf Armeslänge von mir, mit der Spitze nach oben.

»Ich muss diesen Bleistift spitzen!«

»Du blutest ja, Junge. Komm her.«

Ich ging zu dem Bleistiftspitzer an der Wand, steckte den Bleistift hinein und drehte hektisch an der Kurbel. Schwester Gregory trat neben mich und legte mir die Hand auf die Schulter.

»Setz dich, Jimmy.«

Ich zog den Bleistift heraus und betastete die Spitze. Sie war noch immer ziemlich stumpf.

»Komm, ich bring dich ins Krankenzimmer.«

Ich steckte den Bleistift wieder hinein und kurbelte weiter.

»Jimmy.«

Ich zog ihn wieder heraus. Jetzt war er spitz. Ich streifte die Hand der Nonne ab, ließ Schwester Gregory stehen und lief auf den Gang hinaus. Als ich die Schultür aufstieß, hörte ich, wie sie nach mir rief. Nancy saß auf der Vortreppe. Der Platz rings um den Fahnenmast war leer.

»Wo ist er?«, fragte ich Nancy.

»Du lässt ihn in Ruhe!«, brüllte Nancy. »Kapiert?«

Ich ignorierte Nancy und ging um das Gebäude herum. Ein paar Mädchen spielten Gummitwist. Zwischen Kloster und Schule gab es einen schmalen Durchgang, wo sich die älteren Schüler bisweilen trafen, um heimlich zu rauchen. Ich steuerte geradewegs darauf zu. Stan und Jeff saßen an einem Campingtisch. Der Tisch passte gerade so hinein. Ihre Gesichter lagen teilweise im Schatten. Eilig versteckte Stan seine Zigarette unter dem Tisch. Da sah er, dass ich es war.

»Ich glaub, ich spinne«, stieß Jeff hervor. Er schien erstaunt, dass ich mich noch in ihre Nähe wagte.

»Komm her, du Arschgesicht«, sagte Stan und deutete mit dem Daumen hinter sich. »Willst du mal probieren, wie Ziegelsteine schmecken?« Er gackerte.

Ich biss mir auf die Lippen, um mein Schluchzen zu unterdrücken. Ich zwängte mich hinter die Sitzbank des Campingtisches und bewegte mich, mit dem Rücken zur Schule, auf ihn zu. Stan schnippte seine Zigarettenkippe nach mir, traf aber nicht. Ich kroch auf die Sitzbank und krabbelte auf Knien auf ihn zu. Ich fing heftig an zu schluchzen.

»Mann, du kriegst wohl nie genug.« Seine geballte Faust erschien über der Tischkante.

Mit beiden Händen hob ich den angespitzten Bleistift und zielte auf das dunkle, nussförmige Loch, das in seinen Gehörgang führte. Ich wollte ihm den Stift eben ins Ohr rammen, als Stan den Arm hochriss und meinen damit beiseite schlug. Mit der anderen Hand versetzte er mir einen Haken, so dass ich erst rücklings auf die Bank fiel und dann von der Bank auf den Boden unter dem Tisch. Ich landete auf der Seite und drehte mich blitzschnell auf den Rücken.

»Scheiße!«, hörte ich Stan sagen. »Der wollte mich umbringen!«

Stans Bein war direkt neben mir. Den Bleistift hatte ich noch. Ich inspizierte ihn. Die Spitze war noch heil.

Ich holte aus und rammte Stan den Stift mit aller Kraft seitlich in die Wade. Er drang tief ein. Stan riss das Bein weg, und der Bleistift brach entzwei; die eine Hälfte lag in meiner Hand, die andere steckte in seinem Bein.

»*AUUU!*«, jaulte Stan. Er sprang auf die Bank. Ich wandte den Kopf und sah gerade noch, wie auch Jeffs Beine blitzartig verschwanden, gerade so, als hätte ich ein ganzes Bündel angespitzter Bleistifte bei mir.

Stan hüpfte auf einem Bein auf der Bank herum und weinte.

Er streckte den Arm aus und versuchte, sich den Stachel aus dem Fleisch zu ziehen, schaffte es aber nicht. Aus seinem Bein spritzte Blut. Seine Hose war rot getränkt.

Ich hörte eilige Schritte näher kommen. Ich legte den Kopf in den Nacken und schaute hinter mich. Schwester Gregory stürzte auf mich zu, ihr schwarzes Gewand flatterte um ihre dürren Beine. Nancy war bei ihr; sie weinte. Gary und Tar waren den beiden dicht auf den Fersen. Jeder von ihnen hatte fünf oder sechs Schildkröten im Arm. Sie hatten sie im Wald gefunden.

Schwester Gregorys runzliges Altweibergesicht erschien unter dem Tisch. Sie starrte mich aus grauen Augen an. Sie machte keinen sonderlich erfreuten Eindruck.

»Fragen Sie *ihn*, was er mit *mir* gemacht hat«, flüsterte ich.

Sie ließ einen Arm vorschnellen, packte mich an der Schulter und zerrte mich unter dem Tisch hervor. Eine zweite Nonne kam dazu. Sie riet Stan, sich zu setzen, alles würde wieder gut. Schwester Gregory umklammerte meinen Oberarm und schleifte mich zur Schule.

»Jimmy Gunn!«, schimpfte sie.

»Lassen Sie ihn los!«, schrie Tar. Später erklärte er mir, er habe Angst gehabt, dass sie mich in die Sonderschule steckt. Deshalb griff er zu der einzigen Waffe, die er hatte: den Schildkröten. Er bombardierte sie förmlich mit den Tieren. Eins davon traf sie seitlich am Kopf und machte *klonk*! Sie drehte sich um und sah das Nächste kommen. Gary blickte erst zu meinem Bruder, dann zu mir. Dann bewarf auch er sie mit Schildkröten. Die alte Nonne ließ mich los und schlug sich schützend die Hände vors Gesicht. Ringsum barsten und platzten Panzer.

Mein Vater packte meinen Unterarm ein wenig fester und bohrte mir seinen Daumen zwischen die Muskeln. Er trabte die Kellertreppe hinab. Ich war in Unterwäsche. Ich stolperte und rutschte aus. Der Teppich auf der Treppe scheuerte an meinem Bein. Mein Vater stemmte mich gegen die Wand. Hierher schleppte er mich immer, wenn ich Mist gebaut hatte.

»*Weißt du eigentlich, wie viel Geld mich das kosten wird? Hast du auch nur DIE LEISESTE AHNUNG?*«

Ich ließ den Kopf hängen, um seinem Blick auszuweichen.

»*Der Junge läuft mindestens vier Wochen auf Krücken!*«

Ich blickte zu dem Stoffclown auf der Couch hinüber.

»Gut so«, murmelte ich.

»*WAS?*« Mein Vater packte mich an den Haaren. »*WAS HAST DU GESAGT?*«

»Nichts.«

»*WAS … HAST … DU … GESAGT?*«

»*Gut so!*«, spuckte ich aus. Ich fing an zu weinen. Mein Vater knallte mir den Arm ins Gesicht. Ich krachte gegen die Wand und fiel zu Boden.

»*Gut so!*«, heulte ich.

»Wie kannst du so was …« Mein Vater trat mich in den Bauch. Ich kroch über den Fußboden.

»GUT so! GUT so! GUT so! GUT so!« Ich schluchzte, meine Lunge brannte. Mein Vater ging neben mir her, beugte sich zu mir herunter und stützte die Hände auf die Knie.

»*Du machst einen Jungen zum Krüppel und findest das auch noch gut?*«

»*SEHR GUT SOGAR!*«, kreischte ich.

Mein Vater knurrte mit wütend zusammengepressten Lippen. Dann versetzte er mir eine rasche Folge kurzer Tritte. Ich steckte den Kopf unter das Nähtischchen meiner Mutter, für mehr war dort leider kein Platz. Der Absatz meines Vaters sauste auf mein Steißbein nieder. Plötzlich lag ich flach auf dem Boden und streckte alle viere von mir. Tar saß auf der Treppe und lugte zwischen den Geländersprossen hindurch. Er kreischte.

»*Hör auf!*«, schrie er. »*Dad! Hör auf! NICHT!*«

Mein Vater schlug auf mich ein, bis er nicht mehr konnte. Er baute sich vor mir auf und sah mit starrem Blick auf mich herunter. Er biss sich auf die Lippen und verdrückte eine Träne.

»Du bist nicht normal«, flüsterte er. »So denkt doch nur ein Psychopath. Nur Psychopathen finden es normal, andere Menschen zum Krüppel zu machen.«

Ich wollte ihn nicht ansehen. Er hat nichts mit mir zu tun, dachte ich: Er ist genau der Typ, der kleinere Kinder anspuckt und ihnen einen Fußball an den Kopf wirft.

Mein Vater wandte sich ab. Als er die Treppe hinauf verschwunden war, schloss ich die Augen und drehte mich mit dem Rücken zur Wand. Tar kam herunter und kniete sich neben mich. Er streckte die Hand aus und berührte mich an der Schulter. Er schluchzte.

Ich hatte eine Vision. Wir saßen in einem Rettungsboot auf dem Ozean. Ich, Tar, Gary und Nancy. Die Sonne brannte und glitzerte perlend auf der Wasseroberfläche. Nancy schnitzte an einem Stück Holz herum. Tar und ich spielten Othello, die Reiseversion, damit die schwarzen und weißen Steine nicht vom Brett rutschten, wenn das Boot schaukelte. Und Gary sang leise, seine Stimme ein sämiger Sopran. »*Come and knock on our door. We've been waiting for you.*« Das Rettungsboot trieb auf eine Insel zu, eine Insel schöner als alle, die wir je gesehen hatten, mit Affen, Pandas und Lemuren, Pflanzenfresser allesamt.

Und die Kontinente hinter uns lagen in Asche. Keiner war mehr am Leben. Sie alle waren bis zur Unkenntlichkeit verkohlt.

Ich wurde zwei Wochen vom Unterricht ausgeschlossen. Bei meiner Rückkehr fand ich eine zerknüllte Zeichnung in der Schublade meiner Bank. Ich zog sie heraus und sah sie mir an.

Sie war mit G. H. unterzeichnet.

Die Taube

Am Abend zuvor hatte ich in einer Kneipe eine Frau kennen gelernt. Sie hieß Madeleine. Sie war geschieden und hatte riesige Brüste. Sie war vierundvierzig oder sechsundvierzig. Ich mochte sie nicht besonders, und sie war beileibe keine Schönheit, aber sie hatte meine Hand genommen und sie abgeleckt. Davon bekam ich einen Ständer von der Sorte, gegen die man wenig machen kann und die eigentlich eher peinlich ist. Sie wollte ihren gleichaltrigen Freundinnen demonstrieren, dass sie einen jungen Mann scharf machen konnte. Es war abartig. Hinterher lud sie mich zu sich ein. Sie habe auch jede Menge Bier im Haus. Mein Urteilsvermögen ließ damals schwer zu wünschen übrig.

»Bill, ich gehe mit der Braut im Glitzerkleid nach Hause.«

»Das würde ich mir an deiner Stelle zweimal überlegen«, meinte Bill.

»Du bist aber nicht an meiner Stelle«, blaffte ich zurück.

Die Hexe zerrte mich zur Tür. Mein Freund zog eine angewiderte Grimasse.

Madeleine blies mir einen. Auf dem Nachttisch neben mir stand eine Flasche Bier. Ich streckte den Arm danach aus und nahm einen kräftigen Schluck. Madeleines Bemühungen zeitigten keinerlei Wirkung.

»Bist du schwul?«, fragte sie.

»Nicht immer. Aber immer öfter.« Ich hatte zwar keine Ahnung, was das heißen sollte, fand meinen Spruch jedoch saukomisch. Ich fing an zu kichern. Da wurde die arme Alte sauer.

»Probieren wir was anderes«, sagte sie. Sie legte sich auf den Rücken, zog sich das Kleid über die Hüften und das Höschen aus. Ich sollte ihr die Möse lecken.

»Das stand aber nicht auf der Speisekarte.«

»Los, mach!«, brüllte sie. Sie hatte die Hand zwischen ihren Beinen und fummelte an sich herum.

»Ab sofort trinke ich keinen Tropfen mehr. Erst mein Vater, dann mein Bruder. Und jetzt ich. Es gibt Sachen, die muss ich nicht haben.«

»Schwuchtel!«, kreischte Madeleine. Sie drehte sich auf die Seite und kehrte mir den Rücken zu. Sie onanierte bis zum Orgasmus. Dann schlief sie ein, und mir fiel ein Stein vom Herzen. Ich knackte ein paar Stunden.

Als ich aufwachte, fiel erstes Tageslicht durchs Fenster. Der Wecker zeigte sechs Uhr. Madeleine schnarchte.

Ich durchwühlte ihre Schubladen auf der Suche nach etwas, das ich klauen konnte. Die alte Schlampe hatte mich doch praktisch vergewaltigt!, sagte ich mir. Unter einem Stapel bunter Pullover fand ich eine Perlenkette und steckte sie ein. Ein bohrender Kopfschmerz kroch mir ins Genick.

In ihrem Küchenschrank stand eine Flasche Cutty Sark. Ich fand ein sauberes Glas und setzte mich an den Küchentisch. Ich trank eine Viertelflasche. Dabei ging mir alles mögliche durch den Kopf, zum Beispiel dass die meisten anderen Leute einer sinnvollen Tätigkeit nachgingen, von Leidenschaften und Interessen getrieben wurden, und ich nicht. Ich hatte nur das Spielzeug, und das war im Grunde albern. Ich vergoss ein paar Tränen. Dann schraubte ich den Cutty Sark wieder zu und stellte ihn an seinen Platz zurück. Meine Kopfschmerzen waren weg.

Als ich zur Tür hinausgehen wollte, kam mir der Gedanke, dass die Perlenkette womöglich ein Geschenk von Madeleines verstorbenem Vater war. Verdammt!, dachte ich. Mein schlechtes Gewissen regte sich. Ich warf die Kette auf den Kleiderschrank, wo Madeleine sie bestimmt nicht finden würde. Das war Strafe genug. Dann ging ich.

Auf der Suche nach Antworten auf meine Fragen schlenderte ich durch den Central Park. Der Himmel war strahlend blau, genau wie der Zerak-der-Zerstörer-Roboter von 1973. Für März war es ziemlich warm.

Ich setzte mich auf eine Parkbank und sah den Vögeln zu. Sie gefielen mir, eine Hand voll verhuschter kleiner Kreaturen, die sorglos umhersprangen und fraßen. Vom Anblick der Vögel angeregt, malte ich mir ein ideales Menschenleben aus, eine Art sorgenfreies Vogeldasein. Das hob meine Laune, bis mir einfiel, dass ich in anderthalb Stunden zum Dienst antreten musste. Da wurde mir bewusst, was für ein finsteres, hoffnungsloses Dasein ich fristete. Ich hatte Cora versprochen, ihre Tagschicht zu übernehmen. Ein Vogel hätte das nie getan.

Ich verließ den Central Park und trottete den Gehsteig entlang. Auf der Kühlerhaube eines Volvo saß ein zierliches, wunderschönes Mädchen mit braunem, fast schwarzem Haar, das ihr ins Gesicht hing. Das Mädchen knabberte am Nagel ihres kleinen Fingers. Sie las ein Buch. Ihre Beine – die ich als gertenschlank bezeichnen möchte – baumelten von der Kühlerhaube des Volvo. Die messerscharfen Bügelfalten ihrer dunkelblauen Hose saßen da, wo sie hingehörten. Aber das Umwerfendste: Eine blassblaue Ader zog sich von ihrer Schläfe bis unter ihr rechtes Auge; sie sah Greta Holthausen, meiner ersten Liebe, täuschend ähnlich. Das Mädchen war zwar jünger als Greta heute, und ihr Haar war dunkel und nicht blond. Trotzdem.

Das Mädchen blätterte um. Das Buch war alt und vergilbt. Sie gehörte vermutlich zu der Sorte Mädchen, die behaupteten, alte Bücher zu mögen, weil sie einen Geruch, eine Geschichte, eine persönliche Note besitzen. Alles Quark, dachte ich. Mir sind neue Bücher lieber, Bücher, die noch einen Funken Leben in sich haben und nicht durch tausend Hände gewandert sind.

Mann, war ich betrunken.

Ich lief weiter und betrachtete das Mädchen im Vorbeigehen aus den Augenwinkeln. Ich schärfte mir ein: Lass dir einen guten Spruch einfallen. Doch mein Schädel war eine leere Höhle, von deren kahlen Wänden das dumpfe Echo von »Take Five« widerhallte.

Das Mädchen strich sich das Haar aus dem Gesicht. Ihre schwarzen Pupillen waren riesengroß. Purpurroter Lippenstift zierte ihren Schmollmund. Davon abgesehen trug sie kein Make-up. Sie sah der Greta Holthausen von früher derart ähnlich, dass Gretas Gesicht sich wie eine Maske über das des Mädchens legte. Sie war die Fleisch gewordene Verführung.

Fast wäre ich auf einen Kaugummi getreten.

Die Pupillen des Mädchens schnellten zur Seite und kehrten dann zu dem Buch zurück. *Die Gesellschaftsreise* von Henry Green. Zunächst dachte ich, sie schaut mich an. Dann folgte ich ihrem Blick zu einem roten Wagen vor dem Volvo. Ein graues Etwas hüpfte um den Hinterreifen des Wagens.

Eine Taube, weiß mit grauem Spiralmuster, hockte zwischen Bordstein und Reifen. Sie hatte einen blutigen Flügel, unter dessen Gefieder blanker Knochen zum Vorschein kam. Ihre Federn standen nach allen Seiten ab. Ein Bein des Vogels hing nur noch am sprichwörtlichen Faden. Die Taube vollführte einen traurigen Tanz und hüpfte zuckend um den Reifen. Sie versuchte anscheinend, sich den Flügel wieder einzurenken.

Vielleicht war sie von einem Auto angefahren worden. Vielleicht war sie aber auch im Schlaf vom Baum gefallen, obwohl ich bezweifelte, dass es das überhaupt gab. Ich blieb stehen und schaute ihr zu. Die Taube löste allerlei Gefühle in mir aus, das Übliche, Sie wissen schon. Auch wenn man mir das wahrscheinlich nicht ansah.

Ich blickte das Mädchen an, und sie erwiderte den Blick. Ihre Miene war der Situation weitaus angemessener als meine. Sie verriet Verwirrung.

»Mit dem Vogel stimmt was nicht«, sagte sie.

»Ja«, bestätigte ich. »Dieser Taube geht es offensichtlich gar nicht gut.«

»Ich glaube, sie stirbt.«

»Dann *kann* irgendwas nicht stimmen.«

»Ich weiß nicht, was ich machen soll.«

»Die meisten Leute würden einem vermutlich raten, sie zu töten.« Ich spielte mit einer Fussel in meiner Jackentasche. Ich überlegte, wie ich über die Taube an das Mädchen herankommen könnte.

Sie benutzte ihren Zeigefinger als Lesezeichen und rutschte vom Kotflügel des Volvo. Ihre Hose war gebügelt und spannte sich über ihren schmalen, aber festen Hüften. Sie stellte sich neben mich, verschränkte die Arme und betrachtete den Vogel. Sie roch frisch wie ein kleines Kind. Ich hatte einen ekelhaften Cutty-Nachgeschmack im Mund und versuchte, möglichst nicht in ihre Richtung zu atmen.

»Ich musste mal einen Frosch töten«, sagte ich. »Aber das war ein Reptil.«

Das Mädchen nickte, ohne die Taube aus den Augen zu lassen. Sie schürzte die Lippen und zog die Mundwinkel herunter. Ein Bus fuhr vorbei. Der Geruch von verbranntem Benzin stieg mir in die Nase.

»Was sollen wir machen?«, fragte sie.

Ich zuckte die Achseln. »Die Entscheidung überlasse ich dir, du hast sie schließlich zuerst gesehen. Aber wenn ich sie töten soll, dann erledige ich das für dich.«

Sie fuhr zusammen, sah mich aber nicht an.

»Obwohl es mir weiß Gott keinen Spaß macht, hilflose Tiere umzubringen«, sagte ich. »Zumindest keine Tauben. Ich mag Tauben. Sie schnorren sich durchs Leben und werden dabei dick und fett. In Harlem gibt es einen Mann mit einem Taubenzirkus.«

Das Mädchen zündete sich eine Zigarette an. Ein teures Hermès-Tuch lag um ihre Schultern. Greta Holthausen hätte sich das gar nicht leisten können; ihre Eltern waren bettelarm, und sie wohnte in einem Haus mit einem Bretterverschlag als Garage.

»Meinst du, sie möchte sterben?«, fragte das Mädchen.

»Dann würde sie sich vermutlich einfach auf die Straße legen. Was wir Gnadentod nennen, setzt wahrscheinlich voraus, dass die Opfer dümmer sind als wir.«

»Meinst du, ein Tierarzt kriegt sie wieder hin?«

Ich zuckte die Achseln.

Sie zeigte auf den Volvo und schnippte mit den Fingern.

»Ich habe einen Karton im Wagen.«

Das Fenster war offen. Heiße Luft schlug mir ins Gesicht. Bis auf die verräucherte Windschutzscheibe war der Volvo sauber. Der Flügel der Taube schlug gegen die Innenseite des Pappkartons auf meinem Schoß. Der Takt synkopierte den Rhythmus der Musik im Autoradio.

Das Mädchen betrachtete den Vogel. Ihre Miene erstarrte auf halbem Wege zwischen höflichem Lächeln und Grimasse. Ihre Pupillen waren genauso dunkel wie die der Taube. Sie hatte zwar nichts gesagt, aber ich wusste, sie hatte mich nur deshalb gebeten, sie zu begleiten, weil ihr der sterbende Vogel Angst einjagte. Bis jetzt war sie kühl und abweisend und hatte mich weitestgehend ignoriert.

Ich betrachtete den Vogel. Sein kleiner Körper blähte sich bei jedem keuchenden, angsterfüllten Atemzug. Der Anblick war traurig und widerlich zugleich. Dann betrachtete ich das Mädchen. Sie weckte mein Verlangen. Sie versetzte jede Faser meines Körpers in fiebrige Erregung.

Wir fuhren an einem McDonald's vorbei.

»Da fällt mir ein«, sagte ich. »Ein streunender Hund oder eine Katze hätte unseren kleinen Freund bestimmt gefressen.«

Das Mädchen schaute in den Rückspiegel und wechselte die Spur.

»Daran habe ich auch schon gedacht«, sagte sie. Sie drückte den Rücken durch, wobei sich ihre kleinen Brüste hoben. »Ich konnte ihn einfach nicht da sitzen lassen. Aber den Hals umdrehen konnte ich ihm auch nicht.«

Mir hätte weder dies noch jenes etwas ausgemacht, aber das behielt ich wohlweislich für mich. Es war schließlich nur ein Vogel, noch dazu ein Exemplar einer der schäbigeren Arten dieses Planeten. Trotzdem tat es gut, Gutes zu tun, zumal es mich keinen Penny kostete. Die Liste mit den Tierärzten, die ich in einer Telefonzelle vor dem Museum aus den Gelben Seiten gerissen hatte, zerknitterte unter meinem Schenkel.

Das Mädchen sah mich an.

»Ich heiße Evelyn.«

»James. Wie ich sehe, liest du Henry Green?«

»Liest du viel?«

»Schilder, Postkarten, Filmabspänne.«

»Ich lese ihn – Green, meine ich – für die Uni. Aber das Buch gefällt mir. Ich würde es auch so lesen.«

»Schön für dich.«

»Du bist wohl nicht von hier?«

»Aus Saint Louis. Aber ich wohne seit fünf Jahren in New York.«

Vor dem Haus Nr. 32 in der West 22nd Street ging Evelyn vom Gas. Sie blickte an der Fassade hoch, dann schaute sie mich an und sagte: »Ja, hier ist es, hier sind wir richtig.« Ich sah auf meine Uhr. Eigentlich musste ich in zwei Minuten im Krankenhaus sein. Scheiß drauf, dachte ich.

»Es handelt sich also nicht um ein Haustier?«, wiederholte der Arzt. Er trug eine Theodore-Roosevelt-Brille. Bei näherer Betrachtung sah er überhaupt wie Teddy Roosevelt aus, genauer gesagt, wie ein Teddy Roosevelt, den man prima verarschen konnte. An der Wand hinter ihm hing ein Poster mit Bildern verschiedener Katzenarten.

»Nein«, antwortete ich.

»Aber wir haben sie ins Herz geschlossen«, sagte Evelyn. »Sie ist ganz zutraulich. Sie hat sich von James auf den Arm nehmen lassen.«

Der Tierarzt beugte sich blinzelnd über den Tisch, nahm die Brille ab und rieb sich die Augen. Neben mir stand ein Rollwagen aus Stahl. Ich suchte ihn nach potentieller Diebesbeute ab, während der Arzt anderweitig beschäftigt war. Nichts, was sich weiter verscherbeln ließ – ein Glas voll Wattekugeln, eine Schachtel Latexhandschuhe, eine Schachtel rote Thermometerspitzen, Verbandsmull, ein Foto von einer hässlichen Frau. Ich ließ das Foto von der hässlichen Frau in meiner Gesäßtasche verschwinden. Nur so zum Spaß.

»Also, ich würde vorschlagen, Sie lassen sie einschläfern«, meinte der Tierarzt.

Ich schüttelte enttäuscht den Kopf.

»Wir befinden uns hier in einer ethischen Grauzone«, sagte ich.

»Als ich mir als Kind den Arm gebrochen habe«, ergänzte Evelyn, »wollte mich auch niemand einschläfern lassen.«

»Und, ehrlich gesagt, Doc, das ist nur die Spitze des Eisberges«, setzte ich hinzu, und obwohl ich eigentlich nicht recht wusste, was das zu bedeuten hatte, fühlte ich mich wie ein Held. Das Mädchen starrte mich aus schwarzen Augen an.

Und so flickte der Tierarzt den Vogel wieder zusammen. Er rieb etwas Salbe in die Wunde und griff auf mein Drängen zu Nadel und Faden. Er fixierte den gebrochenen Flügel und legte ihm eine Baumwollschlinge an. Dann schiente er das Bein mit zwei Zungenspateln und umwickelte es mit Klebeband. Als er damit fertig war, gab uns der Arzt ein Fläschchen Medizin, von der wir zweimal täglich etwas auf die Wunde tröpfeln sollten, um etwaigen Infektionen vorzubeugen, und eine Packung Ersatzschlingen. Evelyn bezahlte die fünfundsiebzig Dollar mit ihrer MasterCard. Zum Abschied nickte uns der Tierarzt freundlich zu. Draußen war es nicht mehr ganz so heiß. Wir stiegen in Evelyns Volvo und fuhren über den Broadway zu mir nach Harlem.

Die Taube japste noch zweimal und war dann tot.

Ich grub das Loch mit bloßen Händen. Evelyn schichtete die ausgehobene Erde neben dem Loch zu einem kleinen Haufen auf. Es wimmelte von schwirrenden Insekten. Vögel zwitscherten und tschilpten. Aus den Baumkronen ringsum sprossen Wolkenkratzer, die den dunklen Himmel mit grellem Neonschein erhellten.

»Meinst du, so spät ist es im Park noch sicher?«, fragte Evelyn leise. Ihre Stimme klang leicht belegt.

»Ich habe ein Taschenmesser. Damit kann ich uns beschützen. Wenn mich jemand zu einer Messerstecherei herausfordert, läuft das wie in *West Side Story*.«

»Die Jets«, flüsterte sie. An den Knien ihrer blauen Hose klebte Erde.

»Und jetzt schmeiß sie rein, Ev.«

»Ich soll sie anfassen?«

Ich bückte mich und nahm die Taube vorsichtig aus dem Karton. Die Totenstarre hatte eingesetzt. Ich legte sie in ihr Grab. Als Evelyn die Erde in das Loch zurückschob, streifte ihre Hand die Härchen an meinem Handgelenk. Ein Erdkrümel lag auf dem offenen schwarzen Auge des Vogels. Und dann begrub ihn die Lawine unter sich. Ich klopfte die Erde mit den Handballen fest.

»Willst du nicht ein paar Worte sagen?«, fragte Evelyn.

»Ein paar Worte?«

»Ich fände das nur angemessen«, meinte sie. »Wir waren schließlich ihre letzten Freunde.«

»Na gut.« Ich räusperte mich und richtete den Blick gen Himmel. Ich reckte die geöffneten Hände in die Höhe und stellte mir vor, ich sähe aus wie Franz von Assisi. Schon fühlte ich mich wie ein Heiliger, und bei dem Gedanken an all die Sünden, die ich im Laufe meines Lebens begangen hatte, kamen mir unwillkürlich die Tränen.

»Herr, nimm diese Taube zu dir«, hob ich an. »Obwohl wir sie zu einem Tierarzt gebracht haben, der sie nicht leiden konnte, und wir sie für ein Männchen hielten, hat sie mich nicht gebissen und mich mit weiß Gott was für einer Krankheit angesteckt. Danke.«

»Das war wunderschön. Soll ich ihr aus Stöcken ein kleines Kreuz bauen?«

»Glaubst du etwa an dieses Zeug?«

»Nein. Ich könnte auch ein Yin-Yang-Symbol in die Erde ritzen.«

»Die einzige Religion, die noch schlimmer ist als die, auf deren Konto die meisten Kriege gehen, ist die, die gar keine Kriege angezettelt hat. Legen wir doch einfach einen Stein darauf, damit die erstbeste Katze sie nicht wieder ausgräbt.«

Gesagt, getan.

»Warte.« Ich holte das Foto von der hässlichen Frau aus meiner Gesäßtasche. »Da der Mann dieser Frau erheblichen Anteil an der Ermordung dieser Taube hatte, soll ihr dies zum Andenken gereichen.«

Ich legte das Foto auf den Stein. Evelyn quietschte und lachte, und ich lachte mit. Wir lachten beide.

Wir gingen den Hügel neben dem Grab hinauf: ein kleiner Kreis aus Erde mit einem Stein in der Mitte und dem Foto einer hässlichen Frau darauf. Wir betrachteten ihn. Am Himmel kreiste ein Düsenjet, die Tragflächen bewehrt mit kleinen roten Lichtern. Ich fragte mich, ob ich Grasflecken an der Hose hatte. Evelyn zündete sich eine Zigarette an, und ich tat es ihr nach. Ein Schwall kühler Luft strich über uns hinweg und vertrieb die drückende Hitze des Tages. Um diese Zeit hatten Nancy, Gary, Tar und ich als Kinder immer Glühwürmchen für unsere Insektenfarmen gefangen. Plötzlich schienen die Geräusche ringsum plastischer als sonst. Wenn Evelyn sich bewegte, hörte ich den knisternden Stoff ihrer Kleider, das Nikotin, das ihrer Lunge entströmte, ihren Hintern im Gras, die Halme, die unter ihrem Gewicht nachgaben und sich dann wieder aufrichteten. Der Rauch aus unseren Mündern vermischte sich und zerstob.

»Das hätten bestimmt nicht viele Jungs getan«, meinte sie.

»Jungs, hä? Dann bin ich also ein ›Junge‹.«

»Das war echt nett von dir.«

Ich zog achselzuckend an meiner Zigarette.

»Ich weiß nicht, aber ich glaube, ich muss dir was gestehen«, sagte ich. »Wenn ich dich nicht so umwerfend fände, wäre ich wahrscheinlch nicht mitgekommen.«

Evelyn zog die Knie an und stützte den Kopf darauf. Sie starrte in die Ferne, wo im Schutz der Bäume ein kleiner Brunnen plätscherte.

»Ich weiß auch nicht so genau, ob es mir in erster Linie um die Taube ging«, sagte Evelyn.

Der Meteor

»Wo warst du vorige Woche, Jamesie?«, fragte Lou.

»James war bei seiner neuen Flamme«, antwortete Bill. »Diese Woche übrigens auch. Sie ist neunzehn.«

»Neunzehn? Boah«, machte Lou. »Lass hören.« Er nahm mir die Schachtel Christmas Trees aus der Hand. Mir fiel auf, dass Lou ein Glied des rechten kleinen Fingers fehlte. Er war bandagiert.

»Nein«, sagte ich. »Was hast du mit deinem Finger gemacht?«

»Manche Leute«, antwortete Lou, »verstehen einfach keinen Spaß.«

»Dann sperr mal die Öhrchen auf«, sagte Bill. »Sie steht auf Wildlederjacken mit vielen Fransen, trägt Dauerwelle und hat eine zweite Möse am Hinterkopf.«

»Ne zweite Möse am Hinterkopf?«, rief Pennywhistle und wäre fast vom Alice-im-Wunderland-Pilz gefallen.

»Er macht nur Spaß«, erklärte ich.

»Ach so«, sagte Pennywhistle. »Mann, eh, wenn mir 'ne Alte mit 'ner Fotze am Hinterkopf übern Weg laufen würde, würd ich denken: ›Ist ja voll krass, eh.‹ So von wegen: ›Bin ich auf 'm Mars, eh, oder was?‹«

»Er und die Neue fahren übers Wochenende zusammen weg«, sagte Bill.

»Im Ernst?«, fragte Lou.

»Ich mag sie«, sagte ich.

Lou, Pennywhistle und Bill sahen sich an und fingen an zu lachen.

»Boah«, machte Pennywhistle. Er flitzte um den Pilz herum und richtete den Blick ängstlich gen Himmel.

»Was machst du denn da, du Spinner?«, fragte ich.

»Nach dem Meteor Ausschau halten«, sagte Pennywhistle. »Du MAGST jemand. Das ist ein sicheres Zeichen dafür, dass die Apokalypse kurz bevorsteht.«

Ich lächelte.

»Er mag auch noch andere Leute«, meinte Bill.

»Ach ja? Wen denn?«, fragte Lou.

»Mich.«

»Dich?«, sagte ich. »Ich kann dich nicht ausstehen. Aber zu zweit kommt man viel besser an Spielzeug ran.«

»Nee, komm, Alter, red keinen Scheiß. Gib zu, dass du mich magst.«

»Ich red keinen Scheiß. Für mich bist du einfach … da.«

Lou und Pennywhistle fingen an zu lachen.

»Nein, ohne Scheiß jetzt, James.«

»Was soll ich denn machen? Lügen? Ich hasse dich.«

»Lass den Scheiß!«

Lou und Pennywhistle lachten sich schlapp, und Bill wurde von Sekunde zu Sekunde wütender.

»Nein, im Ernst, Bill. Du bist im Grunde ganz im Ordnung. Aber du bist eben einfach ein Langweiler.«

»Er mag mich«, sagte Bill zu Lou. »Das weiß ich genau.«

Hiroshima war nichts dagegen

Evelyns Tante und Onkel machten eine Woche Urlaub in irgendeinem Ausland. Normalerweise wohnten sie auf Long Island, und während ihrer Abwesenheit nisteten wir uns bei ihnen ein. Über dem Kamin hing ein abscheulicher Rokokostich.

Evelyn war Schwertfisch kaufen gegangen. Die zierliche Hausbar hatte vier dünne Beinchen und durchbrochene Türen, die den Blick auf den Inhalt freigaben. Ich mixte mir einen Old Fashioned, zu Ehren von Evelyns Onkel, der mir eher konservativ zu sein schien. Nach dem vierten Glas putzte ich mir erst die Zähne, dann die Zunge und schließlich den Rachen, bis ich würgen musste und meine Whiskeyfahne verschwunden war.

Nach dem Schwertfisch-Essen zog Evelyn mit spitzen Fingern an meinen Bartstoppeln.

»Warum rasierst du dich eigentlich nie?«, fragte sie. Sie saß auf meinem Schoß und hatte die Knie über die Armlehne der Couch gelegt.

»Hab ich doch vor drei Tagen erst«, verteidigte ich mich.

»Ich bin ganz frisch rasiert, nur für dich. Fühl mal.« Evelyn nahm meine Hand, schob sie unter ihr Strandkleid, und ich betastete die glatte Haut an der Innenseite ihres Knies. Sie war beileibe nicht die erste Frau, die diesen Trick bei mir versuchte, und er verfehlte seine Wirkung nicht. Mein Schwanz bohrte sich in Evelyns Gesäßfalte. Sie kicherte vor Vergnügen und strampelte ein wenig mit den Beinen.

Evelyn nahm meinen kleinen Finger in die eine Hand und meinen Daumen in die andere.

»Ich würde dir gern zeigen, wo ich als Kind oft hingegangen bin«, sagte sie.

»Ist es weit?«

»Gleich um die Ecke.«

»Dann gehen wir.«

»Wir können auch fahren.«

Mein Mund erkundete die Furchen zwischen Evelyns Rippen. Abgesehen von den großen, erigierten Nippeln sah ihre Brust aus wie die eines Jungen. Ich zwirbelte den rechten Nippel zwischen Daumen und Zeigefinger. Meine Beine waren zu einem grotesken Knoten verrenkt und stießen ständig gegen die Wagentür. Waden und Füße umrahmten Evelyns Blick auf den Teich. Hier hatten sie und ihr Bruder als Kinder immer Bockspringen gespielt, wenn sie Tante und Onkel besuchten.

»Ich komme mir vor wie ein Teenager«, meinte Evelyn.

»Du bist doch erst neunzehn.«

»Dann eben wie auf der High School.«

Der Mond warf ein Lichtdreieck auf ihr Gesicht. Ihre unteren Lider standen ein klein wenig vor, sie sahen aus wie ein Lächeln.

Mit dem Ellbogen stieß ich den Aschenbecher an der Rückseite des Vordersitzes auf. Evelyn zog mir mit eiskalten Händen die Hose herunter. Mein Gürtel war offen und klirrte. Dann knöpfte sie mir das Hemd auf und zeichnete die sanfte Rundung meines Brustmuskels mit dem Fingernagel nach.

»Tattoos. Wie viele?«

»Zwei. Ich habe auch noch einen Schwanz auf meinen Schwanz tätowiert, nur größer. Die hier ist allerdings echt cool. Gefällt sie dir?«

Die Eidechse hatte feuerrote Augen und eine ausdruckslose Miene. Sie drehte sich um sich selbst. Evelyn küsste meine Brust und fuhr mit der Zungenspitze über den Schwanz der Eidechse.

»Ich stehe nicht auf Tattoos«, sagte sie.

Ich ließ die Fingerspitzen ihr Rückgrat entlanggleiten, über ihre Hüfte, unter ihr Strandkleid, an der Innenseite ihrer Schenkel hinauf. Ich wölbte die Hand über ihrem Venushügel. Die feuchte, geheimnisvolle Hitze unter dem dünnen Stoff ließ mein Herz schneller schlagen. Sie presste ihr verhülltes Loch gegen meine Hand, hob ihr Bein ein wenig an und klemmte den Knöchel unter die Kopfstütze. Ich schob ihr Höschen mit dem Daumen beiseite. Mein Finger tauchte in das weiche Zelt, die Nässe, suchte ihre Klitoris. Evelyn öffnete den Mund. Sie verzog das Gesicht zu einer Grimasse, die mich an die wollüstigen, schmerzverzerrten Mienen japanischer Pornomodels erinnerte. Um dieses Bild zu vertreiben, küsste ich sie gierig. Evelyns Zunge zuckte in meinem Mund. Ihre Hand umschloss meinen Schwanz.

»Komm«, murmelte sie.

Sie drehte meinen Schwanz zur Seite. Das war nicht besonders angenehm. Sie saugte an meiner Schulter. Die Plastiksitze quatschten von unserem Schweiß, als wir die Stellung wechselten. Evelyn umklammerte meinen Schwanz mit einem mächtigen Kung-Fu-Griff, und meine Eichel blähte sich mit Blut. Mein Atem ging schneller.

Ich sagte ihren Namen.

Und dann sagte ich: »Für dich würde ich mir mit einem Totschläger das Brustbein brechen. Für dich würde ich alles tun.«

»James, James«, keuchte Evelyn; mein neues Lieblingslied, ein Nr.-1-Hit auf dem Planeten meines Gehirns.

Wir lagen einen Augenblick lang still. Meine Schwanzspitze ruhte zwischen den Falten ihrer Möse. Warm.

»Belassen wir's dabei, okay?«, flüsterte ich. »Lass uns hier aufhören. Bis jetzt war alles total einmalig, stimmt's? Aber Sex ist im Prinzip immer dasselbe, egal, welcher Schwanz in welcher Möse steckt. Danach ist jede Beziehung gleich. Belassen wir's dabei, Evelyn. Trotzen wir der Versuchung, so zu sein wie alle anderen.«

Evelyn reckte mir lächelnd das Kinn entgegen und schüttelte den Kopf. Ich entdeckte drei Schweißtropfen auf ihrer Oberlippe. Sie packte meinen Speer, stieß die Hüften hoch und versenkte ihn in ihrem Loch.

Unsere Leiber schmatzten eine Weile vor sich hin. Evelyn kamen die Tränen. Sie war dabei, sich zu verlieben.

»Nicht«, flüsterte ich.

»Ich bin glücklich.«

»Zuverlässligkeit zählt nicht zu meinen hervorstechendsten Charaktereigenschaften.«

Evelyn packte meinen Kopf mit beiden Händen, zog ihn zu sich herunter, ganz nah, und rieb ihre Stirn an meiner. Es tat ein bisschen weh; sie konnte sich noch so viel Mühe geben, unsere beiden Schädel würden nicht zu einem verschmelzen.

Machen wir uns doch nichts vor, dachte ich. Geben wir uns keinen Illusionen hin. Ich küsste Evelyn auf die Wange.

Ich umklammerte ihre Hinterbacken, als seien sie alles, was ich je verloren hatte. Mein Schwanz stieß gegen ihren Gebärmuttermund. Da überfielen mich Gewissensbisse, wie immer, wenn meine Widerstandskraft nachließ.

Ich musste an die Schreie denken, an die Säfte, die aus dem offenen Schädel über meine Hand geflossen waren.

Die geballte Masse von Erinnerungen hetzte mich durch einen dunklen Tunnel. Ich krallte mich noch fester in Evelyns Arsch, damit ich nicht in den Tunnel gezogen wurde. Die Gesichter sämtlicher Frauen, die ich je gefickt hatte, zogen an meinem inneren Auge vorbei, starrten mich voller Ekel und Verachtung an. Wie sie mich alle hassten. Gebt endlich Ruhe!, dachte ich.

Ich stieß zweimal kräftig zu und spritzte meinen Samen in Evelyn Mako. Einen Augenblick lang gab es mich nicht mehr. Ich war nichts.

Evelyn zog meinen Kopf noch dichter an sich. Sie fing an zu quieken.

Verdammt, dachte ich. Ich sah aus dem Wagenfenster. Mücken umschwärmten eine Straßenlaterne. Evelyn küsste mich aufs Schlüsselbein. Sie vergrub ihr Gesicht an meinem Hals. Ich strich über ihr weiches, dunkles Haar.

Die Liebe ist ein seltsames Spiel.

Die Haare hingen ihr in die Augen. Ihre Augen waren wie Mandeln. Ihr Herz klopfte, klopfte, klopfte tausendmal.

»So einen Fick habe ich noch nie erlebt«, sagte sie. »Noch nie, ich wusste gar nicht, dass ich jemanden so intensiv spüren kann. Spürst du's auch? Ja, ich weiß, dass du es spürst.« Evelyn lag auf dem Rücksitz, und ich lag auf Evelyn. Ihr Hüfte schmiegte sich in die schweißnasse Kuhle meiner Hüfte. Sie strich mir mit den Fingern über die Stirn. »Hiroshima war nichts dagegen«, sagte sie.

Ich glitt von ihr herunter und hockte mich auf die Sitzkante. Ich musste den Kopf einziehen; das Dach des Volvo war sehr niedrig. Das Mondlicht spiegelte sich im Schweiß auf Evelyn Makos Bauch, ein wogendes kleines Lichtermeer. Das nennt man dann wohl *schmachten*, dachte ich. Ziemlich raffiniert, sie hat das echt gut drauf.

Ihre dunklen Augen warteten auf meine Stimme. Ich beugte mich zum Wagenfenster und wischte mit den Fingern ein Guckloch in den Beschlag. Da draußen war ein Teich; ich sah

Tennisplätze, einen Basketballkorb, die Statue eines Jungen, der ein Arm fehlte, Sträucher mit Tulpen davor, Häuser und Sterne. Es war dunkel. In dem einen oder anderen Haus brannte das eine oder andere Licht. Nach all den Jahren war ich wieder in der Vorstadt gelandet.

»Ja«, sagte ich. »Mir geht's genauso.« Eine Marlboro baumelte von meinen Lippen. Ich legte den Kopf ein wenig schief und betrachtete mich im Rückspiegel. Evelyn wusste nichts von den vier Old Fashioneds. Aber ich sah sie in meinem Gesicht, in meinen müden, blutunterlaufenen Augen. Ich riss ein Streichholz an und wölbte die Hände um die Flamme.

Evelyn wischte sich mit meinem Taschentuch die Möse ab.

»Ich wasche das für dich«, sagte sie.

»Vergiss es. Schmeiß es raus. Wichsflecken.«

Evelyn berührte mit feuchten Fingern meinen Rücken. Ich schielte durch den Kreis am Fenster. Eine Reihe von Enten watschelte in den Teich. Eine braune Mamaente führte – eins, zwei, drei, vier, fünf – fünf Küken ins Wasser.

»Kleine Enten«, sagte ich. Das Weiß des Rauchs, der von meiner Zigarette aufstieg, hob sich gegen das blaue Interieur des Wagens ab.

Evelyn schlang mir einen Arm um den Hals. Ihre Waden glitten über meinen Bauch, ihre Knöchel kreuzten sich an meinem Bauchnabel. Ihre Brustwarze streifte mein Schulterblatt. Ich spürte ihre Feuchtigkeit an meinem Steißbein. Evelyn, eine warme Decke auf meinem Rücken.

»Ich liebe dich«, flüsterte sie.

»Das geht mir ähnlich«, antwortete ich.

Sie rieb ihre Nase an meinem Nacken. Sie rieb ihre Nase an meiner Wirbelsäule. Dann küsste sie die Stelle, wo sie eben noch ihre Nase gerieben hatte, und mir lief ein Schauder über den Rücken.

»James«, sagte Evelyn. Ich spürte, wie sich ihre Lippen an meinem Hals zu einem Lächeln verzogen. Dann beugte sie sich seitlich über den Vordersitz und reckte den Arm nach der Kleenexschachtel auf dem Armaturenbrett. Ich legte ihr die Hand auf den Schenkel und hielt sie fest.

»Bleib so«, sagte ich. »Das ist schön. Als hätte mir jemand das Herz um den Körper geschlungen.«

»Aber das würde ja bedeuten, dass du kein Herz mehr in dir hast!«

Draußen zitterte das Gras im Wind. Ich hatte mich verzählt. Es waren sechs Entenküken, nicht fünf. Sie schwammen auf dem Teich und zogen langsam ihre Kreise.

Aber bitte mit Sahne

»Mensch, Damia, wie kann man nur so dämlich sein?«, sagte ich und schlug mir mit den Fäusten an die Stirn. »Nein, nein, nein. Du hättest dich bei sonst wem ausheulen können, und du suchst dir ausgerechnet Phil Sandine aus?« Ich sah Bill an. »O Gott, wir sind im Arsch. Wir sind total im Arsch.«

Damia saß in ihrer Wohnung auf der Couch. Ihre Augen waren verweint, und ihr Make-up war verschmiert. Sie hatte die Unterlippe vorgeschoben. Bill saß neben ihr und hielt sie im Arm.

»Tut mir Leid«, heulte sie. »Er hat gesagt, wenn ich mal Probleme hätte … könnte ich jederzeit zu ihm kommen … er hat gesagt, ich könnte ihm vertrauen.«

»*Verflucht noch mal!*« Ich schlug ein paarmal gegen die Wand. Als ich merkte, dass der Gips nachgab, schlug ich ein letztes Mal dagegen und hörte dann auf.

»Mir ging's dreckig … ich war fertig … und konnte mit niemandem darüber reden.«

»Und Bill? Ist Bill vielleicht niemand? *Ist Bill für dich etwa ein Niemand?!*«

Damia schluchzte.

Ich fuhr mit ruhiger Stimme fort. »Wenn du es nicht machen wolltest, hättest du es doch bloß zu sagen brauchen, Damia. Bill, James, ich will das nicht – das hätte vollkommen genügt.«

Bill starrte mich ungläubig an. Dann wanderte sein Blick zu Damia. Mit einem Mal war er wie ausgewechselt.

»Weißt du, was das für uns für Folgen haben könnte, Schatz?«, fragte er leise. »Wenn wir Pech haben, blühen uns dafür ein paar Jahre Gefängnis.«

»Gefängnis? Dass ich nicht lache. Zuchthaus! Dagegen ist der Knast der reinste Spaziergang.« Ich lief vor der Couch hektisch auf und ab. »Irgendein Zweimeter-Neo-Nazi wird uns in den Arsch ficken und uns mit seinem Riesenschwanz eine Portion Aids verpassen, die sich gewaschen hat, und wisst ihr, was ich dann denken werde? Ich werde denken, das ist *Damia*, die *ihren Schwanz* in *meinen Arsch* schiebt und mich mit *ihrem* Aids ansteckt!« Ich blieb stehen und sah auf sie herab. »Damia, wenn dieses Arschloch von Sandine damit zu den Bullen marschiert, bist du genauso dran wie wir. Ist dir das eigentlich klar? Ist dir klar, dass du die eigentliche Drahtzieherin bist?«

»Die eigentliche ... Drahtzieherin?«, echote Damia.

»Verdammt noch mal, du hast im Laufe eines Jahres Medikamente im Wert von vierzigtausend Dollar unter die Leute gebracht. Da sollte man doch meinen, du hättest dich ein bisschen schlau gemacht. Aber da du dazu offenbar zu blöd bist, will ich dir gerne auf die Sprünge helfen. Was Drogendealer angeht, herrscht vor dem Gesetz eine strenge, wohl durchdachte Hierarchie. Auf der untersten Stufe stehen kleine Pusher wie unsere lieben Freunde Lou und Pennywhistle. Zwar sind die Bullen heilfroh, wenn sie ihnen ins Netz gehen, würden die beiden allerdings mit Freuden gegen zwei ihrer Lieferanten, so genannte Zwischenhändler wie Bill und mich eintauschen. Aber der Heilige Gral, das Nonplusultra, der Volltreffer, bei dessen Festnahme die Scheißbullen vor Freude an die Decke springen und sich umarmen, das ist der Drahtzieher, bei dem alle Fäden zusammenlaufen und der die Drogen auf den Markt bringt. Und das, liebe Damia, du hirnlose Sumpfkuh, bist du!«

Damias Mund wurde immer größer. Stumme Tränen rollten ihr über die Wangen, dann erst kam der Schrei. Ich schnappte mir mein Jackett und knallte die Tür hinter mir zu.

Phil Sandine überquerte den Krankenhausparkplatz, holte seine Autoschlüssel aus der Hosentasche und schloss seinen Chevy Capris auf. Ich drückte meine Zigarette an der Backsteinmauer aus und ging auf ihn zu.

»Los«, sagte ich.

»Ist das der Wichser?«, fragte Pennywhistle.

»Ja.«

»Er hat wahrscheinlich sein Lebtag noch kein Spielzeug besessen.«

»Schon möglich.«

Phil Sandine war Bodybuilder und arbeitete wie Damia in der Apotheke. Er hatte dichte Locken, an den Seiten kurz und hinten lang. Er sah aus, als wäre er dem Umschlag eines Schnulzenromans entsprungen. Pennywhistle schlich sich von hinten an ihn heran und setzte ihm den Lauf der 38er ins Genick. Ich lehnte mich neben ihm an den Wagen und atmete tief ein.

»Ist die Tür schon auf?«, wollte Pennywhistle wissen.

Sandines Gesichtszüge entgleisten. Er wurde blass. Er nickte.

»Na gut, steigen wir ein«, sagte ich.

Sandine quetschte sich hinters Steuer, und Pennywhistle kletterte auf die Rückbank. Ich ging um den Wagen herum zur Beifahrertür. Als ich einstieg, wandte Sandine sich zu mir und sah mich Mitleid heischend an. Schweißperlen standen ihm auf der Stirn. Sein edles Cäsarenantlitz verzerrte sich zu einer weinerlichen Grimasse. Er tat mir Leid. Darum holte ich aus und schlug ihm so fest ich konnte ins Gesicht. Sein Kopf flog zur Seite. Ich hatte ihn unglücklich am Kinn erwischt, und meine Hand tat höllisch weh.

»Mensch, hast du sie noch alle?!«, rief Pennywhistle.

»Wieso? Er hat's verdient.« Ich rieb mir meine schmerzende Faust.

Sandine drehte sich zu mir um. Er heulte. Aus seiner Unterlippe quoll Blut.

»Es tut mir Leid! Ich schwöre, von mir erfährt niemand auch nur ein Sterbenswörtchen! Ich schwör's!«

»Scheiße, Alter, du hast echt 'ne harte Birne.« Ich knetete meine Fingerknöchel; die Hand war todsicher verstaucht. »Warum machst du so einen Scheiß, Sandine?«

Pennywhistle setzte ihm die Knarre an den Hinterkopf. Sandine hob die Hände. Er weinte wie ein kleines Kind.

»*Ja, Alter, warum machst du so einen Scheiß?*«, schrie Pennywhistle. »*Eigentlich müsste ich dich dafür auf der Stelle umlegen. Hast du gehört, du Penner? Wenn du auf die Idee kommst, irgendwem von dieser Geschichte zu erzählen, und sei es deiner Tante Matilda, dann mach ich dich platt! Du hast ja keine Ahnung, mit wem du dich hier anlegst, Bleichgesicht! Ich und meine Niggerkumpels stellen in null Komma nix eine Armee auf die Beine. Die Kiste ist ein paar Nummern zu groß für dich, du Arsch.*«

»Halt die Fresse, Pennywhistle«, sagte ich.

Penny klappte vor Erstaunen die Kinnlade herunter.

»Was?!«

»Ich hab gesagt, du sollst die Fresse halten. Lass den Scheiß.«

»Aber ich hab doch bloß genau das gesagt, was du wolltest.«

»Na und? Ich hab's mir eben anders überlegt.«

»Eh, Scheiße, Alter. Erst steigst du ein und haust ihm was

aufs Maul. Und dann soll ich auf einmal die Fresse halten. Weißt du eigentlich, wie lange ich gebraucht hab, um den Scheiß auswendig zu lernen?«

Sandines erhobene Hände zitterten. Ich sah ihn aus den Augenwinkeln an.

»Tut mir Leid, dass ich dich geschlagen habe«, murmelte ich.

»Und was soll ich jetzt machen?«, fragte er.

»Nimm erstmal die Pfoten runter. Wenn uns jemand so sieht, kommt er noch auf dumme Gedanken.«

Langsam ließ Sandine die Hände sinken. Pennywhistle sank ins Polster zurück.

»Das ist doch total unprofessionell«, klagte er. »Du hast mir ein Drehbuch gegeben und mir verklickert, was ich sagen soll. Zwei geschlagene Stunden hab ich den Mist gebüffelt. Ich bin stocksauer, Mann.«

»Gleich hau ich *dir* eine rein«, sagte ich.

»Mir? Du willst *mir* eine reinhauen?« Pennywhistle fing an zu lachen. »Ich brech zusammen.«

Ich sah Sandine an; ein seltsames, nervöses Lächeln spielte um seine Lippen. Jetzt musste ich Farbe bekennen. Ich wollte sauber bleiben. Evelyn zuliebe. Ich wagte den Sprung ins kalte Wasser.

»Pass auf«, sagte ich zu ihm. »Wir wollten dir eine Scheißangst einjagen und dir weismachen, dass wir dich umlegen, wenn du mit der Story zu den Bullen gehst. Außerdem hatten wir uns eine kleine Nummer ausgedacht, die darauf hinauslief, dass ich unschuldig bin, was nicht der Fall ist. Ich will dich nicht verarschen. Eigentlich hast du dir ja nichts zuschulden kommen lassen. Ich habe nichts dagegen, jemanden fertig zu machen, der es verdient hat, aber jetzt verstoße ich gegen meinen eigenen Moralkodex, nur um meine Haut zu retten. Das von vorhin tut mir echt Leid.«

»Schon gut«, sagte Sandine.

»Ha!«, rief Pennywhistle.

Ich zeigte auf mich.

»Ich bin kein übler Typ. Und wer es nicht verdient hat, dem tue ich normalerweise auch nicht weh. Ich glaube an die freie Marktwirtschaft, und ich finde, wenn jemand Drogen kaufen will, dann soll er das auch können. Ich habe kein Problem damit, den Reichen etwas wegzunehmen, in diesem Fall Saint Dominic's, das der katholischen Kirche gehört, die den Leuten in den armen Ländern dieser Welt einredet, dass sie in die Hölle kommen, wenn sie Verhütungsmittel benutzen. Das macht mich so wütend, dass ich keinerlei Gewissensbisse habe, ihnen etwas wegzunehmen. Zugegeben, das ist vielleicht nur eine lahme Ausrede.« Ich starrte in meinen Schoß. »Aber dieses Mädchen – Evelyn, sie heißt Evelyn –, die macht mich völlig fertig. Sie hat es sogar geschafft, mich vom Saufen abzuhalten. Ich bin jetzt seit acht Tagen trocken.« Ich blickte Sandine ins Gesicht. »Warst du schon mal verliebt?«

»Ich glaub, ich spinne, James«, sagte Pennywhistle. »*Zwei* geschlagene Stunden büffeln, und jetzt machst du hier einen auf *Herzblatt*.«

»Ja«, sagte Sandine. »Ich war schon mal verliebt.«

»Ja? Und? Wie war sie so?«

»Sie war … blond. Aus der Personalabteilung, hier im Krankenhaus.«

»Geiler Body? Hat sie trainiert?«

Sandine nickte.

»Wie hieß sie?«

»Michelle.«

»›Michelle‹ ist die weibliche Form von ›Michael‹, bedeutet auf Hebräisch ›Wer ist wie Gott?‹. Wusstest du das?«

»Nein.«

»Also stellst du jedesmal, wenn du ihren Namen sagst, eine Frage.« Ich zeichnete den silbernen Streifen am Armaturenbrett mit der Fingerspitze nach.

»Von wegen Frage. Vollidiot«, sagte Pennywhistle mit vor der Brust verschränkten Armen. »Das heißt nicht ›wer‹, sondern ›*der*‹ beziehungsweise ›*die* ist wie Gott‹. Also: Michelle, ›die da ist wie Gott‹.«

»Woher willst du das wissen?«, fragte ich.

»Ich *heiße* Michael«, stieß Pennywhistle wütend hervor. »Vollidiot.«

»Ach«, sagte ich. »Jedenfalls macht Evelyn mich irgendwie schwach. Mir ist nämlich durchaus klar, wie du das siehst. Du denkst, wir erpressen Damia. Ich müsste lügen, wenn ich behaupte, dass es mir am Arsch vorbeigeht, wenn sie aussteigt. Aber es wäre auch kein Weltuntergang. Ich schlage mich schon irgendwie durch.«

»Und hättest obendrein ein gutes Gewissen«, meinte Sandine.

Pennywhistle presste ihm den Zeigefinger an den Hinterkopf.

»Denk bloß nicht, du kannst dich bei ihm einschleimen, du Wichser«, sagte er.

Ich blickte von Sandine zu Penny. Da kam mir eine Idee.

»He, Phil. Hast du schon mal daran gedacht, dir auch ein kleines Stück vom großen Kuchen zu sichern?«

»Ein kleines Stück vom großen Kuchen?«

»Und zwar mit Sahne. Du bist doch für eine andere Abteilung zuständig als Damia, stimmt's?«

Sandine nickte.

»Da ist jede Menge Kohle drin. Angenommen, du zweigst alle vierzehn Tage oder so ein klein bisschen was ab und lässt es mir zukommen.«

»Nee, Mann, ohne mich.«

»Es müsste ja nicht für ewig sein, nur ein paar Mal, damit meine Partner sich darauf verlassen können, dass du sie nicht verpfeifst. Bezahlt wird cash auf die Kralle. Und du kannst jederzeit aussteigen. Tu dir was Gutes, Phil. Besorg dir 'ne neue Karre. Mit dem Capris hier machst du bei den Weibern keinen Stich mehr.«

Ich sah ihn an, zog die Augenbrauen hoch und tat, als würde ich Auto fahren. Ich wusste selbst nicht, was ich tat. Zuerst hatte ich mit offenen Karten spielen wollen, doch nun kam es mir vor, als hätte mich mein Instinkt von Anfang an in diese Richtung gelenkt.

Sandine nickte zögernd, und in seinem Gesicht machte sich ein Lächeln breit. Schon sah die Welt ganz anders aus. Schluss mit den billigen Robotern. Von nun an spielte ich in der Oberliga.

»Das ist die abgefahrenste Masche, die ich je erlebt habe«, meinte Pennywhistle.

Ein großes, magnetisches Etwas

Regentropfen prasselten gegen Charlies Schaufenster. In der Auslage standen Actionfiguren auf kleinen Metallstützen. Dahinter standen wir.

»Charlie. Das ist Evelyn. Ich wollte ihr mal den Laden zeigen.«

»Hi«, sagte Evelyn. Sie trug den karierten Rock, den ich ihr geschenkt hatte; er erinnerte mich an Greta Holthausens Uniform an der Saint Ambrose.

»Hallöchen, junges Fräulein.« Charlie streckte eine geschwollene Pranke aus. Zwischen Daumen und Zeigefinger prangte eine weißgelbe Eiterbeule. Sie legte ihre winzige Hand in seine Pfote. Er schüttelte sie stürmisch, und ihr dünner Arm bewegte sich heftig auf und ab.

Am anderen Ende des Ladens stand ein kleiner Junge und betrachtete eine Gruppe von Shogun-Kriegern. Er schlug die Faust in einen Baseballhandschuh.

»Geil, diese Scheißjapsen, Mann, eh, echt geil, diese Scheißjapsen!«, sagte er immer wieder vor sich hin.

Evelyn ging langsam durch den vorderen Teil des Ladens und ließ alles auf sich wirken. Sie legte ihre Handtasche auf den Ladentisch. Ich ging zu einer Glasvitrine voller Raumschiffe, fliegender Untertassen und anderer rostiger Flugmaschinen.

»He, Evelyn.« Ich winkte sie zu mir. »Komm mal her und sieh dir das an.«

Evelyn trat neben mich. Sie strich sich das Haar hinters Ohr. Ihr Ohr war eine kleine Untertasse.

»Das hier sind Blechspielzeuge, wie ich sie mir im Augenblick noch nicht leisten kann«, erklärte ich ihr.

»Du *könntest* sie dir leisten«, fuhr Charlie dazwischen, »wenn du dich an meinen Zahlungsplan halten und dir nicht alle zwei Tage einen billigen Hundert-Dollar-Roboter kaufen würdest.«

Evelyn bestaunte die Raumfahrzeuge. Aus einer der fliegenden Untertassen ragten drei Drähte. Am Ende jedes Drahtes hing ein Astronaut mit Helm.

»Mensch«, sagte sie. »Die sind ja toll.«

»Zwanziger- bis Fünfzigerjahre«, erklärte ich.

Charlie gesellte sich zu uns. Die Gesäßtasche seiner Jeans hing in Fetzen. Charlie zeigte auf ein Raumschiff. Ein Mann mit Waffe im Anschlag streckte den Kopf aus der Einstiegsluke.

»Das ist ein Buck Rogers von Marx«, sagte er. »Zum Aufziehen. Voll funktionstüchtig.«

»Wie viel kostet so was?«, fragte Evelyn.

»Ach, was soll's, ich geb ihn dir zum Sonderpreis. Fünf Riesen.«

»Ich glaub, ich spinne!«, stieß Evelyn hervor und ließ den Kopf kreisen, als ob ihr schwindlig wäre.

»Ha-ha. Nix für Kinder.«

Ich beugte mich zu der Vitrine.

»Charlie gehört zu den bösen Menschen, die die Geschichte kaputtmachen, indem sie ein Preisschild dranhängen«, sagte ich. »Das ist das Problem mit diesen Halsabschneidern. Sie entwerten die Dinge, ihre Schönheit und die damit verbundenen Erinnerungen, indem sie sie quantifizieren.«

Ich starrte in den Glaskasten. Buck Rogers machte ein ernstes Gesicht. Er runzelte die Stirn. Er hatte rote Lippen und rosige Wangen.

»Charlie ist ein Dire Wraith«, sagte ich.

»Ha-ha«, machte Charlie. »Was, bitte, ist ein Dire Wraith? Warte, ich glaube, da hinten habe ich einen.« Er watschelte neben uns her zum anderen Ende des Ladens.

»Weißt du, was mich wundert, James? Dass du hier mit einem schönen Mädchen aufkreuzt.«

»Wieso?«

»Ich weiß auch nicht. Ich sehe dich sonst immer nur mit Bill und hatte euch eigentlich für schwul gehalten.«

»Du bist ein echter Charmeur, Charlie.«

»Das muss man auch sein, wenn man einen Laden wie den hier am Laufen halten will. Qualität allein reicht nicht. Ich sage immer, es muss eine Persönlichkeit dahinter stehen.«

Evelyn blieb vor einer der vielen Glasvitrinen stehen. Sie deutete in eine Ecke.

»Da«, flüsterte sie.

»Mechanische Spieldosen«, sagte Charlie. Er zeigte auf eine Dose, von der sich so viel Lack gelöst hatte, dass sie fast schwarz war. Sie stellte einen Pitcher, einen Batter und einen Catcher dar, die auf einem Spielfeld standen. »Das ist die Darktown Battery«, fuhr er fort. »Man steckt einen Penny in den Pitcher. Dann zieht man seinen Arm zurück. Und *Zack!* wirft er dem Batter die Münze zu. Der Batter holt aus. Schlägt vorbei! Und dreht den Kopf, um zu sehen, wohin der Penny geflogen ist.« Charlie warf theatralisch den Kopf in den Nacken. »Der Penny ist im Bauch des Catchers verschwunden!« Charlie sah Evelyn an. Evelyn starrte auf die Darktown Battery. Ein verzücktes Lächeln spielte um ihre Lippen.

»Computer sind ein Scheiß dagegen«, meinte Charlie.

Auf dem Weg durch den Verkaufsraum fiel mein Blick auf eine winzige gelbe Frauenpuppe im Actionfigurenregal.

»Wahnsinn«, sagte ich. »Ellen.«

»Wer?«, fragte Evelyn.

»Ellen. Meine Nachbarin Nancy hatte so eine, als sie klein war. Wie viel, Charlie?«

»Mmmm … zwei-zehn.«

»Du bist ein echter Blutsauger, Alter.«

»Ha-ha! So ein Blödsinn. Kannst du dir mich als Vampir vorstellen?«

»Red keinen Quatsch. Und leg sie mir zurück, ja?«

»Ist gut. Aber sie heißt nicht Ellen. Sie war ursprünglich Kamerafrau im Ü-Wagen von Fisher-Price.«

»Ich weiß.«

Ich ging zu den fünf Regalen voller Roboter.

»Hier sind wir richtig«, sagte ich zu Evelyn. »Komm her.«

»Mensch, deine dämlichen Roboter interessieren Eva einen Dreck«, meinte Charlie. Er trampelte in den hinteren Teil des Ladens. »Sie möchte sich bestimmt viel lieber ein paar Puppen anschauen. Willst du dir meine Puppen anschauen, Süße? Ich hab jede Menge Puppen.«

»Lass sie in Ruhe, du fetter Pusher.«

»Ha-ha-ha-ha-ha«, lachte Charlie laut und gequält. Sein Lächeln war wie weggeblasen. Er quetschte sich hinter den Tresen und schrieb etwas in seine Kladde. Evelyn stellte sich neben mich.

»Du bist gemein zu ihm«, sagte sie.

»Er ist der Teufel höchstpersönlich.«

»Er ist nett und freundlich.«

»Reingefallen. Er ist der Herr der Finsternis.«

Evelyn knabberte an ihrem Mundwinkel.

»Von wegen Herr der Finsternis«, sagte sie.

»Das hier sind meine Roboter, Schatz.«

Auf dem oberen Regalbrett standen Hap Hazard, Space Explorer, Noguchi, Tomura, Topolino, Mr. Arom, Irwin: Man from Mars, Laser 008, ein paar Shogun-Krieger, Flashy Jim, Robbie, Mr. Mercury, ein Space Dog Tin, Moon Explorer, Interplanetary Explorer, Mister Atomic und einen total abgefahrenen Daiya. Darunter standen Mirror Man, Mighty 8, Hi Bounce, Billy Blastoff, Diamond Planet Robot, Changeman Robot, Chief Robot Man, Lantern Robot, Door Robot, Dino Robot, Thunder Robot, Atom Robot, Jupiter Robot, Powder Robot, Tuliphead Robot, Nando, ein Attacking Martian, noch ein Thunder Robot, Musical Drummer, Tetsujin 28 und immer so weiter, bis hinunter zu den kleinen Aufzieh-Shoguns und -Astro-Boys auf dem untersten Regalbrett. In Evelyns Augen glomm ein ganz neues Licht. Sie hatte den Blick. Mit Intelligenz, Geschmack oder Charakter hatte das nichts zu tun. Sondern damit, wie man die Geschichte sah, die der Welt und auch die eigene. Es ging um die Sehnsucht nach Unschuld. Bill hatte den Blick. Ich vermutlich auch. Und jetzt Evelyn.

Nach kaum hundert Metern blieb Evelyn plötzlich stehen und schlug sich die Hand vor den Mund.

»Au, Mist. Ich hab meine Handtasche vergessen.«

Es nieselte. Wir gingen beide leicht vornübergebeugt, damit wir auch ohne Schirm nicht allzu nass wurden.

»Dann gehen wir sie eben holen«, sagte ich.

»Ich geh allein. Du wartest hier.«

»Aber warum, Evelyn? Ich kann doch mitkommen.«

»Nein. Warte hier.« Evelyn wirbelte auf dem Absatz herum. Dann zog sie den Kopf ein und marschierte mit schlenkernden Fäusten zu Charlies Laden zurück. Ihr grün karierter Rock klebte ihr in dunklen, nassen Streifen an den Schenkeln. Beinahe wäre sie mit einer hoch gewachsenen Frau zusammengeprallt. Sie blickte zu ihr hoch. »Tschuldigung«, sagte sie, machte einen Bogen um die Frau und betrat Barlow's Fun Antiques.

Ich folgte ihr langsam. Unterwegs kam ich an einem Schnapsladen vorbei. Ich ging hinein. Ich betrachtete die Flaschen an den Wänden, atmete den staubigen Geruch tief ein.

»Ich Sie helfen?«, fragte der alte Chinese hinter der Theke.

»Nein. Nein.«

Ich ging wieder hinaus.

Ich hatte seit zwölf Tagen keinen Tropfen Alkohol getrunken. Und es ging mir gut dabei.

Ich blickte durch das Schaufenster von Barlow's. Hinter der Auslage mit den Actionfiguren sah ich Charlie und Evelyn am Ladentisch. Wie ich vermutet hatte, war die Handtasche nur ein Vorwand gewesen. Sie kaufte etwas für mich. Charlie steckte einen Gegenstand in eine kleine Tüte. Er nahm ihr Geld. Er sagte etwas. Evelyn lächelte höflich. Charlie sagte noch etwas. Diesmal lachte Evelyn.

Genau da passierte es. Etwas Großes, Magnetisches stach durch meine Eingeweide. Ich hielt mir den Bauch. Ich sah Evelyns offenen Mund, in dem die Zähne verrückt spielten wie eine wild gewordene Viehherde. Das große, magnetische Etwas fuhr mir durch Mark und Bein und ließ mich schaudern. Die Passanten dachten wahrscheinlich, ich hätte einen Anfall. Das Gefühl schnürte mir die Brust ab, flutete den Hohlraum hinter dem Solarplexus. Ich wand und krümmte mich, krallte die Finger in die Seiten. Im ersten Moment dachte ich, jetzt ist die Kacke am Dampfen, schließlich hatte ich oft genug davon gehört, wie die Seele den Körper verlässt, gen Himmel schwebt und von oben auf die Welt herabblickt. Doch stattdessen strahlte der Schauder von meinem Körperinnern aus und legte sich wie warme, weiche Watte auf meine Haut. Es war grauenhaft und angenehm zugleich. Es war infernalisch. Es war göttlich.

Ich fühlte mich für sie verantwortlich.

Mir kamen die Tränen. Ich schlug die Hände vors Gesicht und fing unwillkürlich an zu schluchzen. Der Verkehrslärm kehrte zurück, und die Welt nahm wieder feste Form an.

Als ich mich einigermaßen beruhigt hatte, kam Evelyn zur Tür heraus.

»Hi«, sagte sie und hielt wie zum Beweis ihre Handtasche hoch.

Ich nickte. Ich wischte mir übers Gesicht. Sie sah mich an.

»Ist was?«, fragte sie.

»Der Regen. Ich hasse diesen Scheißregen. Er ist völlig verseucht. Er brennt in den Augen!«

Niemand saß am Eingang zur C-Line in der 22nd Street. Der Regen wurde immer schlimmer und kleisterte Evelyn das Haar ins Gesicht. Unter ihren Augen hingen Wassertröpfchen.

»Dein Anzug«, sagte sie.

»Der hat schon Schlimmeres gesehen. Kotze, zum Beispiel.«

Evelyn packte mich am Ärmel meines Jacketts. Sie zog mich rückwärts mit sich, fort von der U-Bahn-Station.

»Ich muss zur Arbeit«, widersprach ich.

»Komm her.« Sie schleifte mich über den Gehsteig, vorbei an einem Dobermann, einem kleinen Jugen, einem Polizisten und einer alten Frau mit Gehhilfe. Sie zerrte mich in ein Buswartehäuschen. Der Regen plinkerte aufs Dach. Es klang wie ein Musikinstrument von einem anderen Stern.

»Ich bin sowieso schon spät dran«, sagte ich. »Ich hätte vor anderthalb Stunden zum Dienst antreten müssen.«

»Ich habe eine kleine Überraschung für dich. Ein Geschenk.« Sie strich sich das nasse Haar hinters Ohr und wühlte in ihrer Handtasche, bis sie gefunden hatte, was sie suchte. »Da ist es ja. Zu Thanksgiving.«

»Wann ist Thanksgiving?«

»Morgen, du Blödmann. Deshalb fahre ich heute Abend nach Philadelphia.«

Evelyn zog die kleine Tüte aus der Tasche, die ich sie in Charlies Laden hatte einstecken sehen. Ich wusste nicht, was drin war. Ich schob die Hand in die Tüte. Ich fühlte Plastik, warm, weil es die ganze Zeit in Evelyns Handtasche gelegen hatte. Ich zog es heraus. Es war Ellen. In ihrem gelben Hosenanzug sah sie richtig süß aus. Ich dachte daran, wie die kleine Figur vor Jahren dagelegen hatte, mit offenem Schädel, aus dem graue Hirnmasse quoll. Und jetzt hatte ich sie wieder, noch dazu so gut wie neu.

»Evelyn«, flüsterte ich. Wieder fühlte ich, wie sich das große, magnetische Etwas in mir regte. Mir kamen die Tränen. Ich versuchte die Kraft in meinem Innern zurückzudrängen, zu bekämpfen. Ohne Erfolg.

»James?«

»Das ist echt total komisch.« Ich fing an zu weinen und konnte nicht mehr aufhören. Ich hielt Ellen auf Armeslänge von mir gestreckt und taumelte ein paar Schritte vorwärts. Ich dachte: Das müssen Entzugserscheinungen sein.

»Was hast du? Fehlt dir was?«, fragte Evelyn mit ängstlicher Stimme.

Ich griff nach ihrer Hand. Sie zog sie nicht zurück. Ich drückte sie an meine Wange. Die Haut über ihren Fingerknöcheln war ganz weich. Ich presste ihre Finger auf meine Lippen und benetzte sie mit meinen Tränen.

»Evelyn«, wollte ich sagen, brachte jedoch nur ein vernuscheltes »Ev-la« heraus.

Evelyn sah besorgt drein und strich mir über die Wange. Etliche Leute hatten sich an der Bushaltestelle versammelt und sahen uns zu. Ich zog sie an mich. Ihr Kopf sank an meine Brust. Sie schloss mich in ihre spindeldürren Arme und drückte mich. Ich schob ihr einen Finger unters Kinn und hob ihren Kopf.

Meine Lippen streiften ihren Mund. Dort verweilten sie eine Zeit lang, die sanfteste Berührung der Welt. Wir rührten uns nicht. Und dann küsste sie mich. Meine Tränen versiegten. Evelyn kitzelte meine Zunge mit ihrer Zungenspitze, wie zwei Hunde im Park. Ihr Speichel war der reinste Nektar.

Ich löste mich von ihr.

»Ich liebe dich auch«, sagte ich. »Bei deinem Onkel hast du das zu mir gesagt, aber ich habe es nicht gesagt. Ich habe das noch nie zu jemandem gesagt, wenn ich nicht gerade besoffen oder nackt war.«

Evelyn kicherte.

»Prima!«, rief sie und streckte den Daumen hoch. Ich lächelte.

»Ich glaube, du musst jetzt in die Schule«, sagte ich.

»Und du musst zur Arbeit.«

»Ja.«

»Wir sehen uns später, ja?«, sagte sie.

Ich setzte mich auf die Bank im Wartehäuschen. Ich sah Evelyn nach, bis sie nur noch ein Punkt und schließlich ganz verschwunden war. Ich werde nie wieder trinken, Drogen nehmen oder fremdgehen.

»Fröhliches Thanksgiving«, murmelte ich.

»Fröhliches Thanksgiving«, erwiderte eine tiefe Stimme hinter mir.

Ich schrak zusammen. Ich drehte mich um. Hinter mir saß ein blinder Schwarzer mit weißem Stock und *augenlosen Höhlen*! Wo eigentlich seine Augen hätten sein müssen, klafften zwei schwarze Löcher mit nutzlosen, auf und ab flatternden Lidern. Mir entfuhr ein Aufschrei des Entsetzens. Ich starrte ihn an. Er lächelte.

»Ich habe nicht mit Ihnen geredet«, sagte ich.

»Das macht nichts, mein Junge. Trotzdem fröhliches Thanksgiving.«

»Ja. Fröhliches … also … meine Güte! Was ist mit Ihren Augen passiert?«

»Messer.«

»Fuck!«

Der dankbare Motorradfahrer

Die neuen Fisher-Price-Figuren hatten Arme und Beine. Sie waren genauso groß wie die Star-Wars-Figuren, kamen aber ein paar Jahre früher auf den Markt. Wir suchten uns vier davon aus und nannten sie das Action-Pack.

- **CHUBS!** Ihr Anführer. Den Gary für sich gepachtet hatte. Chubs trug eine rote Hose, ein weißes Hemd und eine blaue Krawatte. Wie der Name schon sagt, war er ziemlich pummelig. Außerdem hatte er graues Haar und war deutlich älter als die anderen Figuren. Laut Gary entwickelte Chubs Superkräfte, wenn er in Wut geriet. Eigentlich keine schlechte Idee. Aber wie üblich musste Gary es natürlich übertreiben, und Chubs wurde praktisch unbesiegbar, weil er seine Gegner allein kraft seines Atems vernichten konnte. Wir wirkten mäßigend auf Gary ein.
- **ELLEN!** Nancys Figur trug einen gelben Hosenanzug. Sie hatte eine Filmkamera. Mit der Filmkamera konnte man natürlich Filme drehen. Man konnte seine Gegner damit jedoch auch erstarren lassen. Das war nicht nur bei kriegerischen Auseinandersetzungen von Vorteil, sondern ließ die Gegner obendrein ziemlich lächerlich aussehen. Vor allem, wenn man sie nackt auszog (zwar konnte man sie nicht gänzlich entkleiden, aber wenn unsere Fantasie auf Hochtouren lief, gab es für uns kein Halten mehr) und ihnen Murmeln in

Schwanz und Hintern steckte. Zumeist jedoch hatte Ellen stürmische Affären mit den anderen Actionfiguren.

- **OSCAR JR.!** Tars Figur hatte einen roten Vollbart. Wir nannten sie entweder Oscar oder Junior. Oscar konnte Kung Fu.
- **LARRY!** Für Larry war ich zuständig. Er trug einen Raumanzug und hatte einen Astronautenhelm auf, weil er unter einer ähnlichen Krankheit litt wie John Travolta in *The Boy in the Plastic Bubble*. Larrys Immunsystem war gestört, und selbst ein gewöhnlicher Grippevirus konnte ihn binnen weniger Tage das Leben kosten. Deshalb der Astronautenhelm und der Sauerstofftank. Larry war zwar intelligent, aber völlig unsportlich. Er war ein miserabler Schütze und ein noch schlechterer Autofahrer. Er war berühmt für seine schwächliche Konstitution. Dafür hatte er eine Strahlenpistole, mit der man die Gedanken desjenigen kontrollieren konnte, auf den man damit schoss.

Lord Tyco stand auf dem Hügel, und seine Gewänder flatterten im Wind. Tyco war ein Satanist, ein Sadist, ein Perverser und hatte eine Glatze. Seine Gefolgsleute marschierten in geschlossener Formation neben ihm her. Ihre Zombieaugen starrten blicklos, empfindungslos ins Nichts. Sie waren nicht aus eigenem Willen hier, sondern weil der finstere Tyco ihre Gedanken kontrollierte.

Ich kniete hinter der Klimaanlage. Nancy, Gary und Tar krochen auf mich zu. Nancy hatte offensichtlich fürchterliche Angst.

»Sie kommen!«, japste sie. Sie trug ein ausgebleichtes T-Shirt, auf dem in glitzernden Kursivbuchstaben der Schriftzug Foxy Lady prangte.

Das Action-Pack stand zwischen unseren Knien. Gebannt

blickten Chubs, Larry, Ellen und Oscar jr. der Armee entgegen, die langsam den Hügel herabmarschiert kam: ein Godzilla, zwei riesige GI Joes, der Superheld Bulletman, eine überdimensionale Cher, mindestens zehn Erdlinge und über dreißig kleinere Fisher-Price-Figuren ohne Arme und Beine (Roboter). Hinter ihnen, bedrohlich knurrend, das gigantische Baby Alive, auf Händen und Knien.

Chubs fummelte, wie üblich, nervös an seinen Manschetten herum.

»Jesus, Maria und Josef«, flüsterte er. »So was Großes habe ich nicht mehr gesehen, seit die Troll Dolls in Jersey eingefallen sind. Es sind einfach zu viele.«

»Jesus, Maria und Josef«, sagte Oscar jr.

Das Pack hatte schon einmal gegen Lord Tyco gekämpft und war nur knapp mit dem Leben davongekommen. Doch nun standen ihnen doppelt so viele Widersacher gegenüber. Oscars Gesicht glänzte vor Schweiß. Zitternd krallte Ellen die Finger in ihre Oberarme. Von Larrys feuchtem Atem beschlug die Innenseite seines Astronautenhelms.

Tyco gab der Armee ein Zeichen. Seine Krieger blieben stehen, Waffen und Patronengürtel klirrten.

»Du da unten!« rief Tyco. »Chubs!«

Chubs nickte.

»Siehst du mein schlagkräftiges Heer?«, höhnte Tyco. »Spürst du seine ungeheure, unermessliche Macht? Gegen meine finsteren Untertanen hast du keine Chance, Chubs, du und dein jämmerliches Action-Pack! Jeder Rückzugsversuch wäre zwecklos. Wir können schneller laufen, und einige von uns können fliegen.« Tyco lispelte leicht. Mit widerlichen Spinnenfingern betastete er sein vorspringendes Kinn. »Ich nicht, aber ein paar von den anderen. Zum Beispiel Bulletman und Cher.

Aber großzügig wie ich nun einmal bin«, fuhr er fort, »will ich euch ein Angebot machen. Ihr übergebt mir das Mädchen, das sich Ellen nennt, und ich lasse euch unbehelligt ziehen.«

Larry tippt Chubs auf die Schulter.

»Was hat das Arschloch gesagt?«, fragte Larry. »Unter dem verfluchten Helm kann ich kaum was hören.«

»Er will Ellen.« Chubs' Augen waren rot und müde. Sein Gesicht war blass und hager. Er hatte schon zu viele tapfere Kameraden sterben sehen, und Ellen war für ihn wie eine Tochter. Chubs konnte keine eigenen Kinder haben, weil der Blitzstrahl, dem er seine Superkräfte verdankte, ihn seiner Zeugungsfähigkeit beraubt hatte.

»Ellen! Mach Sachen! Öfter mal was Neues!«, sagte Oscar jr.

Lord Tyco hatte es von Anfang an auf Ellen abgesehen. Sie war eine der wenigen weiblichen Actionfiguren. Und die meisten anderen waren entweder hässlich oder hatten zerschrammte Gesichter. Ellens Gesicht hingegen war noch genau so makellos und rein wie an dem Tag, als sie ihrem Karton entstiegen war.

Tyco war ein sexbesessenes Monster, das es gelegentlich sogar mit Stofftieren trieb.

Ellen kämpfte mit den Tränen. Doch schließlich vermochte sie den Wellen der Traurigkeit, die mit brutaler Gewalt an die Gestade ihres Herzens brandeten, nicht länger standzuhalten und begann hemmungslos zu weinen.

»Ich gehe mit ihm«, sagte sie. »Mir bleibt keine andere Wahl. Auch wenn er böse ist und mich früher oder später bumsen wird, ob ich will oder nicht. Ich muss gehen, um euch zu retten.«

»Nein!«, protestierte Larry. »Ellen, bleib hier!«

»Du willst ein Bier?«

»Nein. Ich hab gesagt: *BLEIB HIER.*«

»Ach so. Unter dem Helm kann man dich manchmal kaum verstehen.«

Sie vergoss noch ein paar Tränen und sagte dann: »Sie sind uns haushoch überlegen! Wenn ich hier bleibe, werden wir alle sterben. Es geht nicht anders.«

»Da ist was dran«, meinte Chubs. »Eine logische Überlegung.«

»Freundschaft hat mit Logik nichts zu tun«, widersprach Oscar jr.

»Hm. Auch da ist was dran«, sagte Chubs. »Du hast vermutlich Recht.«

Chubs wandte sich um und betrachtete Lord Tycos finstere Truppe.

»He, Tyco!«, brüllte er. »Heißer Tip: Fick dich ins Knie!«

Höllenfeuer loderten in Tycos Augen. Er genoss unseren Widerstand, weil er ihm einen willkommenen Vorwand bot, um seinen Blutdurst zu stillen. Die Satanisten setzten sich in Bewegung. Larry hielt nach dem mächtigsten Satanisten Ausschau, um mit seiner Strahlenpistole auf ihn zu schießen. (Lord Tyco selbst war immun gegen die Strahlenpistole; warum, wussten wir nicht.) Baby Alive, wer sonst?, dachte Larry. Er zielte … doch da kam der gigantische Bulletman über den Hügel gesaust und flog geradewegs auf ihn zu. Er packte Larry am Arm und warf ihn aus dem Gleichgewicht; Larry segelte hochkant durch die Luft und brach sich den Hals, als er gegen die Klimaanlage knallte. Er verlor das Bewusstsein.

Beim Angriff heulten Lord Tycos Truppen wie Dämonen. Kaum war Oscar jr. Baby Alives gewaltigem, baumdickem Arm um Haaresbreite entgangen, da fielen auch schon siebenundzwanzig winzige Fisher-Price-Figuren über ihn her. Cher nahm Chubs in den Schwitzkasten. Chubs schickte sie mit einem Schulterwurf zu Boden. Er wollte sich auf sie stürzen, doch sie trat ihm in den Bauch. Ellen tötete zwei Erdlinge. Einer der beiden GI Joes schlich sich von hinten an sie heran.

Ich hörte ein Knacken, dann einen wimmernden Schrei. Ich wandte den Kopf und sah, dass Oscar jr. mit dem Gesicht nach unten vor Tars Knien im Gras lag. Die kleineren, arm- und beinlosen Fisher-Price-Figuren scharten sich um ihn. Tar hatte in jeder Hand eine. Er schlug Oscar damit auf den Rücken, immer wieder. Ihm lief die Nase. Tränen rannen ihm in den Mund. Schluchzend stülpte er die Ober- über die Unterlippe. Er sah zu mir hoch, und aus seinen Augen sprach die nackte Angst.

»*Sie haben ihn umgebracht*«, heulte er. »*Sie haben ihn umgebracht. Oscar jr. ist tot.*«

»Larry ist bewusstlos«, sagte ich.

Chubs biss die Zähne zusammen. Er stemmte Cher in die Höhe und warf sie nach zwei Erdlingen, die umkippten wie Bowlingkegel. Nancy kreischte. Tar und ich fuhren herum. Die GI-Joe-Puppe hatte Ellen die Kamera aus der Hand gerissen und ihr dabei die Finger gebrochen. Er holte aus und zertrümmerte ihr mit der Kamera das Jochbein, worauf sie zu Boden ging. Ellen schlug die Arme über dem Kopf zusammen, um sich zu schützen, und kroch auf Knien durch das Gras. Doch Joe ließ die Kamera auf ihren Hinterkopf niedersausen, einmal, zweimal.

»*Arrrgh*«, machte Ellen. Ihr Schädel brach entzwei, und gräuliche Hirnmasse quoll heraus. Knochen und Fleischfetzen lagen überall verstreut. Ellens Augen trübten sich und brachen. Sie war tot. GI Joe warf die Kamera über den Zaun in den Garten der Delgesses. Er lief auf Chubs zu, bereit, ein zweites Mal zu töten. Doch dazu war es zu spät. Bulletman hatte Chubs den Kopf abgerissen. Er hielt ihn in die Höhe und wackelte mit den Knien wie ein Footballspieler nach einem Touchdown.

»Jimmy«, sagte Gary. »Tar heult.«

»Oscar jr. hat's erwischt«, antwortete ich.

»Hat Tar ihn denn nicht selber umgebracht?«

»Nein. Das waren die kleinen Roboter.«

»Hm. Chubs ist auch tot.«

»Hab ich gesehen. Tut mir Leid.«

»Vielleicht kauft mein Dad mir ja einen Neuen. Was meinst du, Jimmy?«

»Ich hätte nicht gedacht, dass sie alle draufgehen«, sagte ich. Ich kniete inmitten des Schlachtgetümmels, umgeben von Tod und Blut und Plastiksplittern.

Larry schlug langsam die Augen auf. Er hatte keinen heilen Knochen mehr im Leib. Er war gelähmt und konnte nur noch eine Hand bewegen. Er presste sie flach gegen die Klimaanlage.

»Gott steh mir bei«, flüsterte er.

»Larry kommt zu sich«, sagte Gary.

»Ich hab's gehört«, erwiderte ich.

»Bitte, lieber Gott ...« Seine Stimme war heiser. »Meine Pistole ...«

Seine Pistole lag am anderen Ende des Gartens. Er war zu schwach, um sie sich zu holen. Von einem Augenblick zum anderen war seine ganze Welt zusammengebrochen. Er fing an zu weinen. Ich kniete mich neben ihn. Gary und Nancy gesellten sich zu uns und knieten zu seinen Füßen nieder. Zu guter Letzt kam auch Tar angetrottet. Hinter ihm feierten die Satanisten johlend und pfeifend ihren Sieg. Zwei von ihnen spielten Fangen mit Chubs' Kopf. Lord Tyco starrte den Hügel hinab, wo Ellens Leichnam bäuchlings im Gras lag.

»Bitte, lieber Gott«, flüsterte Larry. Er war kurz davor, das Bewusstsein zu verlieren. Die Tränen sammelten sich in seinem Astronautenhelm. »Mein Genick ist gebrochen. Mein Rückenmark ist durchtrennt. Mein Rückenmark ist durchtrennt, meine Freunde sind tot … und die Satanisten reißen die Weltherrschaft an sich.«

Lord Tyco schlenderte zu Ellens Leiche. Er grinste. Er knöpfte sich die Hose auf. Larry sah Tyco aus den Augenwinkeln.

»Nein!«, schrie er. »So darf es nicht enden! *Lieber Gott, erhöre mein Flehen!*«

Gary, Tar und ich mussten mit ansehen, wie sich der kleine Mann hilflos im Gras wand. Wir wechseltem ratlose Blicke. Tar starrte mich an. Er stand auf. Dann bückte er sich, nahm die Pistole und drückte sie Larry zärtlich in die Hand.

»Da«, sagte Tar. Larry weinte heiße Freudentränen.

»Danke, Gott«, flüsterte er.

Lord Tyco zerrte Ellen die Hose herunter. Da er vergessen hatte, ihr den Gürtel aufzumachen, scheuerte die Hose die blaue Haut von Ellens Hüften. Tyco spreizte ihr die Beine. Dann nahm er seinen prallen Schwanz in die Hand und lenkte ihn in Ellens Möse.

Larry zielte mit seiner Pistole auf einen Motorradfahrer auf dem Hügelkamm. Wir kannten ihn noch nicht, aber er hieß Dan Occansion. Der grüne Strahl aus Larrys Waffe schoss den Hügel hinauf und drang in Occansions Körper.

»Töte Lord Tyco«, flüsterte Larry.

Occansion ließ seinen Feuerstuhl aufheulen. Lord Tyco rammte seinen Ständer unter hysterischem Gelächter in Ellens Leichnam. Das Motorrad raste den Hügel herab und glitt über eine Rampe aus Lehm. Tyco drehte sich um und sah, wie das Motorrad auf ihn zugeflogen kam.

»Hä?«, stieß er hervor.

Der Bösewicht hatte kaum noch Zeit, den Kopf zu schütteln. »Nein«, wollte er sagen, als traute er seinen Augen nicht.

Pflatsch. Das Vorderrad knallte Tyco ins Gesicht und riss ihm den Kopf ab, wenn auch nicht ganz. Sein Schädel baumelte nur noch an einem Hautfetzen und ein paar Nervensträngen. Unsicher stand Tyco auf. Im Augenblick des Todes sah er die Welt auf dem Kopf. Er öffnete den Mund zu einem letzten Schrei. Doch kein Laut drang über seine Lippen; seine Stimmbänder waren durchtrennt. Eine Blutfontäne schoss aus seinem Hals. Er breitete die Arme aus, um ins Gleichgewicht zurückzufinden. Vergebens. Sein lebloser Körper sank der Länge nach ins Gras. Und Tycos finstere Seele fuhr geradewegs zur Hölle.

Neben Larry hielt Dan Occansion an. Mit einer schwungvollen Bewegung trat er den Ständer herunter und stieg ab. Dann kniete er neben dem Mann nieder, der ihn von Lord Tycos satanischem Fluch erlöst hatte. Danke, wollte Occansion zu Larry sagen. Doch die Leichenstarre hatte schon eingesetzt.

In stiller Trauer, Robot Boy

Evelyn Mako hatte so kleine Hände, dass ich mir vermutlich ihre ganze Faust hätte in den Mund schieben können. Daran (und an Evelyns dunkle Augen) musste ich in den fünf Tagen, als sie in Philadelphia war, immer wieder denken. Gott hatte ein zartes Band zwischen ihr und meiner Seele geknüpft. Soviel stand fest. Ich fühlte mich unbesiegbar. Ich kam mir vor wie ein Idiot. Es war fantastisch. Ich war verliebt bis über beide Ohren – und wie üblich drauf und dran, alles kaputt zu machen.

Einen Tag vor Evelyns Rückkehr rief ich meinen Bruder an.

»Na?«, sagte ich.

»Was gibt's?«, fragte Tar.

»Tut mir Leid, dass ich dich damals vom Balkon werfen wollte«, antwortete ich.

»Du wolltest mich von einem Balkon werfen?«

»Ja, ich hab dir bloß nichts davon gesagt. Damals bei Damias Party hatte ich plötzlich den unwiderstehlichen Drang, dich vom Balkon zu werfen. Also, tut mir Leid.«

Er schwieg einen Augenblick.

»Schon gut«, meinte er schließlich. »Vergeben und vergessen. Mom lässt fragen, ob du über Weihnachten nach Hause kommst.«

»Vielleicht. Und vielleicht bringe ich sogar eine gute Freundin mit.«

»Echt?«, sagte Tar kichernd.

Wir unterhielten uns noch eine Weile über Sex mit unseren jeweiligen Freundinnen. Ich erzählte ihm, dass ich, als ich das erste Mal in Evelyns Scheide eindrang, das Gefühl hatte, alle Frauen, mit denen ich jemals im Bett gewesen war, gingen kreischend und mit erhobenen Fäusten auf mich los.

»Hm«, machte Tar. So was hatte er nie erlebt.

Tar erzählte mir, dass er und Amy neulich zum ersten Mal Analverkehr praktiziert hätten. Es sei sein erster Arschfick gewesen. Ich fand es erstaunlich, dass sie das nicht schon viel früher getan hatten; sie waren immerhin seit zwei Jahren zusammen. Als hätte man ein Museum und würde den Saal mit den Picassos nie betreten. Tar meinte, um Analverkehr werde viel zu viel Aufhebens gemacht. Amy war die ganze Sache peinlich. Tar hatte versprochen, niemandem etwas davon zu verraten, außer mir, natürlich. Ich musste schwören, es nicht weiterzuerzählen. Ich tat ihm den Gefallen.

Tar las mir eine Passage aus einem grottenschlecht geschriebenen Artikel in der *New York Post* vor, über ein tödlich an Leukämie erkranktes Kind. Nachdem wir uns eine Weile darüber lustig gemacht hatten, verabschiedeten wir uns eilig und legten auf. Es war unser bestes Gespräch seit mindestens vier Jahren.

Ich machte einen Ausflug ins Men's Warehouse, um mir einen neuen Anzug zu kaufen. Ich bezahlte achthundert Dollar für einen Dreiteiler von Hugo Boss. Es war mein erster neuer Anzug, seit ich ein kleiner Junge war. Ich betrachtete mich im Spiegel und war davon überzeugt, dass ich mich in derart schnieken Klamotten vor geilen Frauen kaum würde retten können. Bislang hatte ich gedacht, alte Anzüge seien cooler, aber das war vermutlich ein Irrtum. Jetzt, wo ich Geld hatte, wollte ich mir nur noch neue Anzüge kaufen.

Ich ging zum Zahnarzt. Fünfundzwanzig Jahre und noch immer kein einziges Loch! Ich ließ mir die Zähne bleichen. Ich klaute ein Buch mit Fotos von Munderkrankungen.

Ich ging nach Hause und legte mich hin. Als Bill kam, spielten wir Risiko. Statt einer Flagge bekam jedes Land eine Munderkrankung zugeordnet. Australien hatte Makroglossie, Frankreich Parodontitis und Kamtschatka Angina Ludovici. Ich sah auf die Uhr. In genau achtzehn Stunden würde Evelyn zurück sein, und ich würde sie zum Essen abholen.

Neuer Anzug, saubere Zähne und seit achtzehn Tagen trocken. In einem geklauten Dodge, den mir Lou geliehen hatte, holte ich Evelyn ab. Sie trug einen knielangen roten Faltenrock. Wir fuhren zum Essen ins Genet's, eines der teuersten New Yorker Restaurants. Wir ließen den Wagen parken. Ein Mann, der aus einem Mercedes stieg, warf mir einen abschätzigen Blick zu. Er fragte sich wohl, was ein Typ in einem verbeulten Dodge in diesem Edelschuppen zu suchen hatte. Ich zeigte ihm die kalte Schulter.

Das Interieur des Restaurants war elegant, dunkel und von Kerzenschein erhellt, mit schwarzen Glastrennwänden zwischen den Tischen.

»Evelyn, du kannst bestellen, was du möchtest.«

Ihre Augen lächelten. Sie waren dunkel und strahlend hell zugleich. Ich sagte: Ich liebe dich. Sie sagte: Ich dich auch. Ich sagte ihr, ich liebte sie mehr als ich je einen anderen Menschen lieben könnte. Sie sagte, ihr ginge es genauso. »Ich würde dich selbst dann noch lieben, wenn du von Kopf bis Fuß verbrannt wärst und lauter Pusteln und Narben im Gesicht hättest.«

Sie errötete.

Ein belgischer Kellner reichte mir die Weinkarte. Da ich von Wein nicht die geringste Ahnung hatte, bestellte ich eine nach einem Vogel benannte Flasche, die über hundert Dollar kostete.

»Nicht. Das ist wirklich nicht nötig«, sagte Evelyn. Ich tat es trotzdem.

Zuerst wollte ich Evelyn den Wein alleine trinken lassen, aber, verdammt nochmal, er kostete über hundert Dollar. Er schmeckte köstlich und ging runter wie Öl. Es war furchtbar romantisch, jetzt zu trinken, und sicher obendrein. Ich trank auf die göttlichen Segnungen des Alkohols.

Wir unterhielten uns über ihren Thanksgiving-Besuch. Evelyns Vater sei ein Weichei. Sie habe Stress mit ihrer Mutter. Ich trank einen Großteil des Weins allein und bestellte eine zweite Flasche. Evelyn ermahnte mich, langsamer zu trinken.

»Schon gut, schon gut«, erwiderte ich. Ich erklärte ihr, ich sei so aufgeregt, weil sie wieder da sei, und werde mich ab sofort zügeln.

Sie erzählte mir von ihrem Bruder, der kurz vor dem High-School-Abschluss stand und massive Probleme hatte. Ich erzählte ihr vom ersten Arschfick meines Bruders mit seiner Freundin. Sie stellte mit Erstaunen fest, dass auch die zweite Flasche fast leer war.

»He, komm«, sagte ich. »Wir haben was zu feiern! Du bist wieder da, alle sind glücklich und zufrieden! Reg dich ab.«

Schließlich musste ich achtzehn Tage nachholen. Nichts war schöner als ein guter Schluck, wenn man eine Weile nichts getrunken hatte. Langsam fühlte ich mich wieder wohl in meiner Haut.

Ich zahlte, stand auf und ging aufs Klo. Auf dem Weg dorthin stieß ich mit dem Schenkel gegen den Tisch eines Herrn mittleren Alters. Der Stoß war so leicht, dass ein normaler Mensch ihn gar nicht wahrgenommen hätte. Doch die Gattin des Herrn vermochte sich eines Kommentars nicht zu enthalten und murmelte etwas von wegen ich solle gefälligst meinen Rausch ausschlafen und ihr meinen besoffenen Anblick ersparen.

»Was?«, schnauzte ich. »Haben Sie mir was zu sagen?«

»Wie bitte?«, fragte der Herr mittleren Alters.

»Sie hat gesagt, ich soll ihr meinen besoffenen Anblick ersparen. Wie wär's, wenn sie uns den ekelhaften Anblick ihres Gesichts ersparen würde. Dabei kann einem nämlich echt der Appetit vergehen.«

Der Herr starrte mich an.

»Sie haben mich irgendwie so komisch angeguckt, als Sie in Ihrem Mercedes vorgefahren sind«, sagte ich. »Mein Dodge ist Ihnen wohl nicht gut genug?«

»Ich fahre keinen Mercedes.«

»Der Typ sah Ihnen aber verdammt ähnlich.«

»Wir möchten gern in Ruhe unseren Nachtisch essen. Wenn Sie bitte weitergehen würden.«

Evelyn trat neben mich. Sie hielt ihre Handtasche wie ein Eichhörnchen eine Nuss.

»He«, sagte sie.

»Evelyn«, sagte ich. »Evelyn, der Typ hier nervt. Er gibt mir die Schuld dafür, dass er Probleme hat.«

»Ich habe nichts dergleichen gesagt«, widersprach er.

Der belgische Kellner eilte herbei.

»Sir?«, fragte er. »Kann ich Ihnen eventuell behilflich sein?«

»Schmeißen Sie den Typ raus«, sagte ich. »Ich habe gerade für über fünfhundert Dollar bei Ihnen gegessen, und als ich auf die Toilette wollte, da haben dieser Mann und seine fette, hässliche Frau …«

»Sie ist nicht meine Frau«, erklärte er dem Kellner.

» … versucht, mir ein Bein zu stellen.«

»Das ist doch wohl die Höhe!«

»Weil ich einen Dodge fahre, aber« – ich sah dem Herrn mittleren Alters in die Augen – »eins will ich Ihnen sagen, Sir. Sie haben keine Ahnung, mit wem Sie es zu tun haben. Ich habe einen guten Freund, einen Schwarzen, nebenbei gesagt, der Ihnen mit Freuden einen Genickschuss verpassen würde, wenn ich ihm erzähle, dass Sie mir ein Bein stellen wollten! Er nennt sich Pennywhistle, obwohl er eigentlich Michael heißt!«

Die anderen Gäste starrten mich an. Evelyn war ebenso fassungslos wie sie.

»Er wollte mir ein *Bein* stellen!«, sagte ich zu Evelyn.

»Komm, wir gehen«, flehte sie.

»Nein«, protestierte ich. »Vorher mache ich was total Verrücktes!« Ich packte den Tisch des Herrn mittleren Alters. »Ich werfe den Tisch um und mache eine Szene!«

»Sir, bitte!«, beschwor der Kellner mich. »Ich muss Sie dringend auffordern, zu …«

»Komm, James, wir gehen.«

»Du denkst wohl, ich bring das nicht?«, fragte ich Evelyn. »DU WIRST DICH NOCH WUNDERN! UND WIE! DA HAB ICH SCHON GANZ ANDERE SACHEN GEBRACHT!« Ich tat, als wollte ich den Tisch umstoßen. Der Frau am Tisch entfuhr ein Schrei. Alle traten einen Schritt zurück. Jetzt wussten sie, wer hier das Sagen hatte. Gegen jemanden, dem alles scheißegal ist, hat man nicht den Hauch einer Chance.

Ich sah Evelyn an. Sie fing an zu weinen. Ihre Augen huschten hin und her. Sie wusste nicht, was sie tun sollte. Meine Kehle war wie zugeschnürt. Ich ließ den Tisch los.

»Siehst du«, sagte ich traurig. »Du kennst mich eben nicht. So was mache ich öfter. Wenn nicht Schlimmeres. Und ich weiß noch nicht mal, warum.«

»Ruf die Polizei«, sagte ein Kellner zum anderen. Evelyn schob mich vor sich her.

»Komm, James, wir gehen.«

Ich zeigte auf den älteren Herrn.

»Der Typ hat Schwein. Der Typ hat echt Schwein.« Ich torkelte zum Ausgang. Unterwegs lief ich gegen einen Tablettständer und warf ihn wütend zu Boden. Evelyn folgte mir, den Kopf schamhaft geneigt wie eine Geisha.

Evelyn stand mit versteinerter Miene neben mir, während wir auf unseren Wagen warteten. Sie sprach kein Wort. Der Parkplatzwächter gab mir die Schlüssel. Evelyn streckte die Hand aus.

»Was?«, fragte ich.

»Gib mir die Schlüssel. Ich fahre.«

»Meinetwegen«, sagte ich und gab sie ihr. »Du glaubst doch nicht im Ernst, dass ich mich deshalb mit dir streite. Fahr ruhig. Mir doch egal. Wenn du unbedingt willst. Ich fahre sowieso nicht gern. Ich lasse mich lieber fahren. Wer hätte nicht gern einen Chauffeur?«

Evelyn fuhr. Sie schwieg. Nach einer Weile hörte ich sie leise schniefen. Ich starrte sie an. Sie weinte.

»Warum machst du so was?«, fragte sie schließlich. »Den Tisch umwerfen. Rumbrüllen. Die Frau beschimpfen. Sie hatten dir doch nichts getan.«

»Ich weiß auch nicht«, sagte ich. »So bin ich nun mal.«

Evelyn fing an zu schluchzen.

Sie sagte, sie würde mich mitsamt dem Wagen absetzen und mit der U-Bahn nach Hause fahren. Ich fragte sie, was sie davon hielte, wenn ich mit zu ihr nach Hause käme und wir es in ihrem Bettchen miteinander trieben. Evelyn meinte, ihr sei im Augenblick nicht danach, mit mir zu schlafen. Da packte mich die Wut. Auf der Fußmatte lag eine Lenkradsperre. Ich hob sie auf und schlug das Beifahrerfenster damit ein. Die Scheibe zersprang in Tausende winziger Stücke. Evelyn schrie. Der Wagen geriet ins Schlingern, die Reifen quietschten.

»Bist du noch ganz dicht?!«, brüllte sie.

Mein Gesicht war mit Glassplittern gespickt.

»Das ist Sicherheitsglas«, erklärte ich. »Tut überhaupt nicht weh.«

»Du benimmst dich wie ein Irrer!«, kreischte sie.

»Du weißt rein gar nichts über mich! Du weißt rein gar nichts über mein Leben!«

»Was redest du denn da? Was soll das alles? Ich habe mich so auf dich gefreut!«

»Ich bin dir doch völlig scheißegal! Du hast doch keine Ahnung, wer ich bin, du in deiner spießigen, beschissenen Kleinmädchenwelt. Long Island! Rokokostiche! Ich lach mich tot! Woher wisst ihr eigentlich alle so genau, wie es in mir aussieht!«

»Ich fahre dich jetzt nach Hause, James. Wir reden morgen. Wenn du wieder nüchtern bist.«

Eine Zeit lang herrschte Schweigen. Wir fuhren vor uns hin. Die Lichter und Farben der Stadt verschwammen mir vor den Augen. Ich hatte das Gefühl, mich von außen zu sehen. Ich las einen Text, den ich nicht verstand, den niemand verstehen konnte. Und dennoch musste ich ihn sprechen. Die Worte liefen an meinem geistige Auge vorbei wie auf einem Teleprompter. Wenn ich nicht weiterlas, drohte ich in ein tiefes, schwarzes Loch zurückzufallen, an das ich nicht einmal denken wollte. Nicht ich lebe mein Leben, dachte ich. Mein Leben lebt mich.

»Nein«, sagte ich.

»Was?«

»Nichts. Ich wollte dir bloß sagen, dass ich dich nicht wiedersehen will.«

»Was soll das …«

»Und das hat nichts damit zu tun, dass ich betrunken bin, verdammt! Das hat nichts damit zu tun, dass ich betrunken bin. Ich musste mir nur ein bisschen Mut antrinken, Evelyn. Mit jemandem wie dir möchte ich einfach nichts zu tun haben.«

Evelyns Lippen waren leicht geöffnet und bildeten die Form eines Schmetterlingskokons oder einer Zuckerschote. Sie war wie vor den Kopf geschlagen.

»Tut mir Leid, aber so ist es nun mal«, sagte ich achselzuckend.

Der Rest der Fahrt verlief wort- und tränenlos. Evelyn setzte mich direkt vor der Haustür ab. Ich stieg aus.

»Ich stelle den Wagen da vorne hin«, sagte sie.

Ich trat dreimal gegen die Beifahrertür so fest ich konnte.

»Und ich will nie wieder etwas von dir hören!«, schrie sie.

Sie fuhr weiter und ließ mich an der Ecke stehen. Ich sah ihr nach. Langsam schwante mir, was ich angerichtet hatte. So etwas geht ziemlich an die Nieren und hängt einem ewig und drei Tage nach.

Der Sexperte

Die Bauers hatten einen Standplatz für ihr Wohnmobil ergattert. Neben jedem Standplatz ragten ein weißer Holzpfosten mit handgemalten roten Nummern sowie ein Metallpfosten mit Steckdosen in die Höhe. Der Campingplatz war eine von Wald umschlossene, wildwuchernde Rasenfläche mit ein paar Bäumen hier und da. Ich saß gegen das Wohnmobil gelehnt auf der Erde und wartete darauf, dass Gary vom Klo kam. Ich stützte die Unterarme auf die Knie, faltete die Hände und sah in den Himmel, der einen umwerfenden Anblick bot. Eine weiße Wolkenkette vor massivem, babyblauem Hintergrund.

Aufgrund seines Nervenleidens brauchte Gary eine halbe Ewigkeit zum Pinkeln. Plus fünf Minuten wegen seines krankhaften Hangs zum Händewaschen. Ich war ans Warten gewöhnt und vertrieb mir die Zeit, indem ich in den Kies griff und die Hand voll Steine zu drei säuberlich getrennten Stapeln aufschichtete: grau, braun und hellbraun. Dann warf ich die braunen Steine nach dem Pfosten mit den Steckdosen. Ich stellte mir vor, der Pfosten sei ein Nazi mit einer tiefen Narbe im Gesicht, die sich den Hals hinunter zog.

Garys Vater stieß die Tür des Wohnmobils auf. Er war ein Bär von einem Mann mit prallen Muskeln, die er sich in seinem Beruf als Dachdecker erarbeitet hatte. Er kam die Metalltreppe herunter und brachte das Wohnmobil zum Schaukeln.

»Hallo, Jimmy.«

»Ich versuche, den Pfosten mit den Steinen hier zu treffen«, sagte ich.

»Gar nicht so einfach.« Mr. Bauers von einem schmalen Haarkranz umstandene Glatze glänzte in der Sonne. Meine Mutter fand, er habe die schönsten blauen Augen, die sie je gesehen hatte. Er bewegte sich anmutig und elegant. Er hatte in der Navy gegen die Nazis gekämpft, und ich war davon überzeugt, dass er sein friedliches Naturell im Krieg gegen das Böse erworben hatte. Gary war stolz darauf, dass sein Vater gegen die Nazis gekämpft hatte. In dieser Hinsicht hatte er mir einiges voraus, da mein Vater damals noch gar nicht auf der Welt gewesen war.

»Haben Sie auch welche umgebracht?«, hatte ich Mr. Bauer einmal gefragt. Er saß in einem rostroten Sessel.

»Nein, Jimmy«, antwortete er. »Ich war auf einem Schiff. Da sah man nicht allzu viele Menschen sterben, zumindest nicht aus der Nähe.«

»Schade. Ich würde gern mal aus der Nähe sehen, wie ein Nazi in die Luft fliegt.«

Mr. Bauer hatte gelacht. Er nannte mich einen Sadisten. Ich grinste. Ich dachte, das sei so etwas wie ein Frechdachs.

Jetzt zog Mr. Bauer ein Verlängerungskabel vom Wohnmobil zu den Steckdosen.

»Wo ist Gary?«, wollte Mr. Bauer von mir wissen.

»Er kommt gerade vom Klo, ich sehe seinen dicken Kopf durchs Fenster.«

Gary sprang aus dem Wohnmobil, erst auf die erste Stufe, dann auf die zweite und schließlich auf die Erde. Er trug eine Fliege. »Fliegen«, hatte er einmal gesagt, »sind galant.« Garys Eltern hatten alles versucht, es ihm auszureden, doch seit er Cary Grant eine Fliege hatte tragen sehen, ließ er sich durch nichts davon abbringen. Cary Grant war sein Idol. In der vierten Klasse hatte er eine Zeit lang darauf bestanden, sein Name sei Cary Bauer. Gary versprach seinen Eltern, nicht mehr wie Cary Grant zu sprechen, wenn er die Fliege tragen dürfe. Sie willigten schweren Herzens ein. Mir gefiel sie auch nicht. Aber das war nicht ganz so peinlich wie ein bester Freund, der sprach wie Cary Grant.

»Ausgekackt«, verkündete Gary.

Er und ich schlichen um die Ecke des Wohnmobils, außer Hörweite seines Vaters. Mr. Bauer zog eine Art Staubsaugerschlauch aus einer Öffnung an der Unterseite des Wohnmobils und steckte ihn in ein Erdloch.

»Siehst du den Schlauch?«

»Logo«, sagte ich.

»Da geht die ganze Scheiße durch.«

»Ha-ha«, johlten wir.

»Dann stellen wir doch heute abend einen Eimer drunter, fangen sie auf und schütten sie wem über den Kopf«, schlug ich vor.

»Ha-ha«, johlten wir.

Ich hatte immer schon einen gesunden Humor.

Das Schild vor der Einfahrt des Campingplatzes war so dunkel, dass man den Schriftzug FRIENDLY VILLAGE kaum entziffern konnte. Die Metallteile der zig Wohnwagen ringsum funkelten grell in der Sonne. Eckige Wohnwagen. Runde Wohnwagen. Wohnanhänger. Und Wohnaufbauten. Die Bauers hatten einen eckigen, und das waren die besten. Sie waren Mitglieder in einem Campingabenteuerclub. Manchmal nahmen sie mich mit auf ihre Campingabenteuer. Gary und ich schliefen in einer Koje direkt über dem Fahrersitz. Das war wie Übernachten, nur dauerte es das ganze Wochenende. Außerdem konnten mich die Bauers nicht einfach nach Hause schicken, wenn Gary und ich uns prügelten. Das Schlimmste an diesen Campingabenteuern war, dass Garys Mutter die Hamburger durchbriet. Meine Mutter machte sie englisch. Das Beste war, dass wir auf diese Weise jede Menge Mädels aus dem ganzen Staat kennen lernten. Manchmal sprachen wir sie sogar an. Seit wir zwölf waren, verspürten wir ein starkes Verlangen, mit Mädchen zu sprechen. Doch obwohl wir über Sex durchaus Bescheid wussten, hatten wir allenfalls eine vage Vorstellung davon, wohin diese Gespräche führen sollten.

Jetzt saßen Gary und ich auf der Erde und bewarfen den Metallpfosten mit Steinen. Mr. Bauer hockte neben dem Kackschlauch. Er wickelte einen Tootsie-Lolli aus, schob ihn sich in den Mund und starrte auf die Straße.

»Deine Schwester treibt sich schon wieder mit dieser kleinen Schlampe, dieser Pinkerton, herum«, sagte Mr. Bauer.

»Ha-ha«, machten Gary und ich. Gary warf den Kopf in den Nacken.

»Schlampe!«, schnarrte er. Das Wort kannten wir aus *Penthouse*. *Penthouse* war der Atlas, der mir den Weg zum anderen Geschlecht gewiesen hatte. Das erste Heft entdeckten Gary und ich bei seinem Bruder. Es lag unter einer Matte im Badezimmerschrank. Zu meinem Erstaunen stellte ich fest, das Frauen Haare an der Möse hatten; ich kannte nur die von Nancy Zoomis und ein paar anderen Mädchen aus unserer Gegend. Wenn ich meine Eltern spätabends stöhnen hörte, stellte ich mir hinter der Tür das wildeste Penthouse-Szenario vor. War Mrs. Delgesse von nebenan herübergekommen, um sich eine Tasse Zucker auszuborgen, und jetzt machten sie einen flotten Dreier? Wurde meine Mutter gerade mit Honig übergossen? Benutzten sie Handschellen? Dildos? Videokameras? Liebeskugeln? Ich hielt mir die Ohren zu. Ich schloss die Augen. In den Jahren, die mich prägten, war das Fernsehen meine Mutter. *Penthouse* hingegen war die Tante, die mich des Öfteren in den Zoo mitnahm.

»Hüte deine Zunge, Gary«, mahnte Mr. Bauer.

»Mein Vater, der Heuchler«, sagte Gary.

Die Mädchen kamen die Straße entlang. Garys Schwester Laura war fünfzehn. Sie war spindeldürr und schlaksig. Ich fragte mich oft, wie sie wohl nackt aussah. Diese Pinkerton, die kleine Schlampe, hatte krauses rotes Haar und trug ein gelbes Frotteehemd. Sie war groß, hatte breite Hüften und riesige Brüste. Beim Sprechen wackelte sie mit einer Hand. Gary, sein Vater und ich sahen den Mädchen nach. Die kleine Pinkerton streckte die Brust heraus und imitierte jemanden. Laura gackerte hysterisch. Sie gingen am Swimmingpool vorbei; hinter ihnen planschten Kinder. Ein alter Mann, der gegenüber von uns in der Sonne lag, hob den Schirm seiner Baseballmütze, um einen Blick auf die Mädchen zu werfen. Sie liefen kichernd weiter.

»Komm, wir gehen zum See und fangen ein paar Frösche«, schlug Gary vor. »Wer den größten findet, hat gewonnen.«

»Seid vorsichtig, Jungs«, sagte Mr. Bauer.

Später, am Teich, landeten zwei Libellen auf meinem Arm. Sie hingen aneinander.

»Die vögeln!«, rief Gary.

»Ha-ha«, machten wir. Dann schlugen wir sie tot.

Unter einem Gebüsch am Ufer fing ich einen Frosch. Er war riesig. Ich musste beide Hände zu Hilfe nehmen, um ihn hochzuheben. Dem Frosch fehlte ein Bein.

»James, das ist Angie«, sagte Laura. »Angie, das ist James.« So etwas sagten normalerweise nur Erwachsene. Laura machte in letzter Zeit auf erwachsen.

Die Schlampe saß auf dem Campingtisch. Ihre enge Jeans

schlug Gräben in ihre breiten Hüften. Sie hatte viele Sommersprossen. Die Zigarette zwischen ihren Fingern ragte himmelwärts.

»He«, sagte sie. Jede ihrer Brüste war so groß wie der dreibeinige Frosch.

»He.« Ich hatte die Hände in den Taschen. Ich blies Trübsal. Auf dem ganzen Platz gab es nicht ein Mädel meines Alters. Erstaunlicherweise zündete sich auch Laura eine Zigarette an. Gary und ich hatten sie noch nie rauchen sehen.

»Wehe, du petzt«, warnte Laura.

Gary zuckte die Achseln. »Wer weiß? Vielleicht werde ich verrückt, habe mich nicht mehr unter Kontrolle, und mir rutscht was Dummes raus.«

»Du hältst die Fresse«, sagte Laura. »Du auch, James. Wehe, du sagst was.«

»Gib mal eine von den Kippen«, sagte ich.

»Wie alt bist du, Kleiner?«, fragte Angie.

»Alt genug, Kleine.«

»Du hast doch noch nie geraucht.«

Ich zeigte mit dem Finger auf sie.

»Zwei Wörter: Leck und mich«, sagte ich. »Ich hab schon oft geraucht.«

Sie grinste hämisch.

»Leck mich«, sagte sie.

»Selber«, sagte ich.

Und so weiter.

Schließlich gab sie mir die Zigaretten. Ich hatte gewonnen. Als ich an der Zigarette zog, lief ich rot an, hustete aber nicht. Trotzdem lachten mich die Mädchen aus.

Mr. und Mrs. Bauer waren beim Square Dance in einer Scheune am Rand des Campingplatzes. Dazu hatten sie weiße

Cowboyhüte aufgesetzt. Laura, Gary, Angie und ich saßen um den Küchentisch im Wohnmobil. Er ähnelte einem Tisch im Restaurant, mit harten Plastiksitzen. Das Fenster stand offen, und die laue Nachtluft wehte durch das Fliegengitter herein. Jeder von uns hielt ein Bier in der Hand. Angie hatte ein paar Jungs überredet, ihr welches zu kaufen.

»Ich habe einflussreiche Freunde«, sagte sie.

»Wohl eher ausflussreiche Freunde«, meinte Gary.

Bier schmeckte fast so eklig wie Lakritz. Wenn man große Schlucke nahm, war es nicht ganz so schlimm.

»Du hast doch noch nie Bier getrunken«, sagte Angie.

»Ich habe schon mehr Bier getrunken als deine ganze Familie zusammen«, log ich. Ich hatte nur ein paarmal Bier getrunken. Dafür plünderte ich seit Jahren die Bar meiner Eltern, wenn sie abends weggingen. Der Alkohol und ich hatten Bekanntschaft gemacht, als ich neun war, und wir wurden langsam, aber sicher dicke Freunde.

Ich merkte, dass Angie mich aus sumpfgrünen Augen anstarrte. Sie hatte eine breite Nase und ein Muttermal am Hals.

Wir bliesen den Rauch durchs Fliegengitter. Als ein Großteil davon wieder hereinwehte, bekam Gary Angst, dass seine Eltern etwas riechen könnten. Er ging auf die Toilette und wusch sich fünfmal hintereinander die Hände. Als er zurückkam, baumelte ihm die Fliege lose um den Hals.

Ein grünes Insekt lief an der Außenseite des Fliegengitters hoch. Ich schlug gegen das Gitter, und das Insekt flog davon. Es hatte erstaunlich große Flügel.

Mitten auf dem Tisch stand ein schwarzer Aschenbecher mit dem Bild eines Anglers in Gold. Angie Pinkerton aschte routiniert hinein. Ich versuchte, es ihr nachzumachen und meinen Bewegungen dabei etwas Männliches zu geben. Laura war leichenblass vom vielen Bier und Nikotin. Gary schaute dauernd aus dem Fenster und hielt nach seinen Eltern Ausschau. Angie erzählte, wie ein Typ namens Brian Eckert sie befummelt hatte. Obwohl Brian Eckert schon neunzehn war, hatte er ihr bloß immer wieder an den Unterarm statt an die Titten gegriffen.

»Wer will dich schon befummeln«, sagte ich.

»Wenn ich früher nicht genauso ein kleines Arschloch gewesen wäre wie du, würde ich dir jetzt die Fressleiste polieren«, meinte Angie.

»Ha – ›Fressleiste‹ – Niggersprech!«, rief ich.

»Meine Freundin Sheila ist schwarz und spricht überhaupt nicht so. Sondern wie eine Weiße.«

»Trotzdem«, wandte ich ein und sah Gary an. »Niggersprech.«

Gary hielt sich den Mund zu und lachte immer, wenn ich *Nigger* sagte.

»Jimmy, wenn du dieses Wort noch einmal in den Mund nimmst, sag ich's deiner Mom«, drohte Laura.

»Das würde ich dir nicht raten«, sagte ich, »sonst ziehe ich deiner Katze eins mit dem Spaten über.«

Die anderen starrten mich sprachlos an.

»Das traust du dich nicht«, flüsterte Gary.

»Wer weiß?«, sagte ich. »Aber Laura kann es ja mal drauf ankommen lassen und meinen Eltern erzählen, dass ich ›Nigger‹ gesagt hab.«

»HA!«, machte Gary und sah seine Schwester an. »Na los, Laura! Lass es drauf ankommen! Erzähl seinen Eltern, dass er ›Nigger‹ gesagt hat!«

Gary und ich lachten, weil wir den älteren Mädchen, zumindest zeitweilig, überlegen waren.

Angie schüttelte angewidert den Kopf.

»Du bist der perverseste kleine Junge der Welt«, meinte sie.

»Aber nicht halb so pervers wie ich!«, widersprach Gary, streckte den Hintern heraus und machte Furzgeräusche.

Dann spielten wir Mutprobe.

Ich wettete, dass Gary sich nicht trauen würde, sich ein Starburst-Kaubonbon zwei Minuten in den Arsch zu schieben und es danach zu essen. Er ließ sich nicht zwei Mal bitten.

Gary fragte mich auf Ehre und Gewissen, wie viele Mädchen ich schon gevögelt hätte. Siebenundzwanzig, sagte ich. Gary lachte sich halb tot, aber die Mädchen glaubten mir kein Wort.

»Du hast doch keinen Schimmer, wie man ein Mädchen vögelt«, meinte Angie.

Ich knallte meine Bierdose auf den Tisch.

»Und ob! Was meinst du, wieso siebenundzwanzig Tussen bei mir Schlange stehen?«

Angie hauchte mir ihre Bierfahne aus nächster Nähe ins Gesicht.

»Lass hören.«

»Den Schwanz in die Möse stecken! Und den Kitzler rubbeln!«

Angie sank wieder auf ihren Stuhl.

»Du kannst mir viel erzählen«, sagte sie.

»Sieben-und-zwanzig«, beharrte ich. In Wirklichkeit hatte ich noch nicht ein Mal onaniert.

Laura wettete, dass Angie sich nicht trauen würde, eine brennende Zigarette in den Mund zu nehmen. Angie ließ sich nicht zwei Mal bitten. Da sie den Trick offensichtlich schon beherrschte, beschwerte ich mich, dass ein TRICK keine MUTPROBE sei.

»Du kannst einem echt auf die Nerven gehen, weißt du das?«, meinte Angie.

»Vielleicht will ich das ja«, sagte ich.

»Vielleicht will ich das ja auch«, sagte Gary. Wir gaben uns die Hand.

»Meine Eltern sagen immer, Jimmy hätte ein Riesenego«, behauptete Laura.

»Gar nicht wahr!«, widersprach Gary.

»Wohl wahr, das weißt du genauso gut wie ich, Gary.«

Angie wettete, dass Laura sich nicht trauen würde, uns ihre Möse zu zeigen. Laura weigerte sich beharrlich. Und zeigte uns stattdessen einen Teil ihres Hinterns.

Ich zwang Gary, die entwürdigende Tatsache einzugestehen, dass er es mit neunundachtzig Frauen getrieben hatte.

Gary wettete, dass Angie sich nicht trauen würde, mit mir zu knutschen.

»Igitt!«, rief ich. »Ich knutsche doch auch keinen schrumpeligen, halb verfaulten Halloween-Kürbis, der bis Mitte November auf der Veranda steht.«

»Schnauze!«

»Selber Schnauze!«

Angies Kopf kam mit offenem Mund und ausgefahrener Zunge auf mich zu. Ich musste irgendwie reagieren. Ich beschloss, mich nicht zu rühren. Sie saugte sich an meinen Lippen fest und stieß mir die Zunge zwischen die Zähne. Dann ließ sie sie so fest hin und her schnellen, als wollte sie meine Wangen damit durchstoßen. Ich erforschte ihre Zunge zögernd mit der Zungenspitze. Es war mein erster Zungenkuss. Wir ließen es dabei bewenden.

»Nicht mal knutschen kannst du«, meinte ich.

»Schnauze«, sagte Angie.

Kurz darauf flüsterte sie Laura etwas ins Ohr. Laura und Gary gaben vor, draußen etwas nachsehen zu müssen. Ich ging auf die Toilette und pisste ungefähr drei Stunden.

Damals verbrachte ich unendlich viel Zeit damit, meinen Schwanz zu untersuchen, da mein Schwanz seit einiger Zeit wie der meines Vaters aussah. Er war ein ganzes Stück größer und eine Idee dunkler geworden. Winzige Härchen sprossen daraus hervor. An meinem Vater sah dieser Schwanz völlig normal aus, an mir jedoch wirkte er irgendwie fremd, weil alles andere an mir so klein war. Ich ging vor dem Spiegel auf und ab und hielt ihn in der Hand wie ein kleines Tier.

Als ich von der Toilette kam, stellte ich fest, dass Laura und Gary die Tür abgeschlossen hatten. Ich drehte mich zu Angie um. Sie hatte die Bierdosen beiseite geräumt und saß auf der Tischkante.

»Na los, du Sexperte«, sagte sie. »Dann zeig mal, was du draufhast.« Sie grinste hämisch. Ihre Augenlider standen auf Halbmast. Sie stemmte die Hüften hoch. Unter ihrer Jeans zeichneten sich die Umrisse ihrer Möse deutlich ab. Eine richtige Beule. Ich machte große Augen. Eine Möse war also genauso »da« wie ein Schwanz. Und nicht einfach nur ein Loch. Sie hatte eine Rille in der Mitte.

»Jetzt kannst du das machen, womit du vorhin so angegeben hast, Jimmy!«, brüllte Laura durch die Tür.

»Ja!«, brüllte Gary, der Verräter. Er kicherte.

»Lasst mich raus!«, kreischte ich. Ich wandte den Kopf und sah, wie Garys dunkles Haar vor dem Fenster auf und ab hüpfte, während er vergeblich versuchte, zu uns hereinzuspähen. Dann wanderte mein Blick zurück zu Angie Pinkerton. Das hatte ich alles nur dem Suff zu verdanken.

»Große Klappe, nichts dahinter«, lallte sie.

»Von wegen, aber du bist hässlich!«, widersprach ich.

»Schwule Sau!«, sagte sie.

Ich wandte mich wieder zur Tür. »Wenn ihr mich nicht sofort hier rauslasst, trete ich die Tür ein! Ich sag euren Eltern, dass ihr mich eingesperrt habt, obwohl ich Platzangst habe!«

Sofort wurde die Tür geöffnet.

Ich taumelte angetrunken auf die Treppe des Wohnmobils hinaus.

»Was hast du da drin gemacht, Jimmy?«, fragte Gary.

Ich riss triumphierend die Arme hoch.

»Ich hab sie gevögelt!«

»Gar nicht wahr! Gar nicht wahr!«, brüllte Angie hinter mir.

»Wohl wahr!«, sagte Gary. »Jimmy hat sie gevögelt!«

Gary und ich rissen die Arme hoch. Wir jubelten; wir johlten; wir umarmten uns und feierten meinen glorreichen Sieg.

Slapstick-Bacchanalien

Bill und ich mussten dem Lärm der Stadt entfliehen. Ich wollte keine Häuser, Straßenschilder oder Denkmäler mehr sehen, die mich an Evelyn erinnerten. Außerdem mussten wir dringend ausnüchtern. Wir waren körperlich am Ende. Seit ich Evelyn aus unerfindlichen Gründen den Laufpass gegeben hatte, soff ich wie ein Loch. Sie rief nicht zurück. Ich hustete in einer Tour, und Bill konnte nicht einmal mehr eine Tasse Kaffee zum Mund führen, ohne zu zittern und die Hälfte zu verschütten. Wir nahmen uns fünf Tage frei und fuhren nach Long Island, zu Bills Vater und dessen zweiter Frau. Pillen und Alkohol ließen wir zu Hause. Auf Long Island wollten wir uns das Hirn durchpusten lassen und körperlich wieder zu Kräften kommen.

Doch schon als wir aus dem Bus stiegen, schwitzte Bill und kratzte sich unter den Achseln.

»Ich halt das nicht mehr aus«, sagte er.

»Alles rein psychisch«, meinte ich.

Er teilte diese Ansicht nicht.

Wir kamen bei seinen Leuten an. Bills Stiefmutter hatte große Brüste. Bill ging nach nebenan, um einen alten Bekannten anzurufen. Der alte Bekannte besorgte ihm fünfzehn Gramm Speed in Pulverform. Bill sniefte das Zeug durch einen entzwei geschnittenen Strohhalm.

»Das mach mal schön allein, Alter«, sagte ich. »Ich bin hierher gekommen, um clean zu werden.«

Ich ging durchs Haus und sah mir allerlei interssante Dinge an, Familienfotos an der Wand, darunter eins von Bill auf einem kleinen Elefanten, Küchenutensilien und so weiter. Dann ging ich zu Bill zurück und zog eine Line. Ich ließ den Strohhalm in der Nase, legte den Kopf in den Nacken und sah zu, wie sich der Deckenventilator langsam drehte.

»Scheiße«, brummte ich.

»Wie soll man dem Lärm der Stadt entfliehen, wenn man den Lärm der Stadt im Kopf hat?«, fragte Bill.

Wir gingen in eine Disco namens Hawaiian Retreat. Dort lernten wir zwei Mädchen namens Karen und Gerry kennen, die am Long Island Community College studierten. Karen war die Hübschere von beiden, sie hatte langes braunes Haar, einen flachen Bauch und Lippen, die aussahen, als seien sie mit Collagen aufgespritzt, in Wahrheit jedoch echt waren. Gerry hatte rot gefärbtes Haar und hellgrüne Augen. Ihr Kopf sah aus wie ein Weihnachtsbaum. Die beiden waren zwanzig, aggressiv und voll auf Acid.

Wir gingen zu viert auf den Parkplatz hinaus. Bill und ich hatten vergessen, wo wir den Honda Civic seiner Stiefmutter abgestellt hatten.

»Scheiße, verfluchte!«, sagte ich.

Wir beschlossen, das habe bis zum nächsten Morgen Zeit. Die Mädchen nahmen uns in einem Impala mit zu Karens Bruder. Solange ihr Bruder verreist war, hütete sie seinen Hund. Der Hund war weggelaufen, was sie jedoch nicht weiter zu kümmern schien.

»Nein, wieso?«, sagte sie (sie hatte eine heisere Stimme). »Hunde haben einen dermaßen guten Orientierungssinn, man glaubt es kaum. Im Fernsehen habe ich neulich was gesehen über einen Hund, dessen Familie umgezogen ist und ihn im leeren Haus zurückgelassen hat. *Der Hund ist ihrer Fährte durchs ganz Land gefolgt.* Ein halbes Jahr später machen sie die Tür auf und – *ta-ta-ta-ta!* – steht der Köter auf der Matte und wedelt mit dem Schwanz. Hallo, Leute. Davon abgesehen, dass ihm ein Bein fehlte und ihm das Fell ausgegangen war, ging es ihm prima. Ich weiß nicht, wie er sich durchgeschlagen und was er gefressen hatte. Vielleicht Eichhörnchen oder verkrüppelte Vögel.«

»Wieso sollte ein Köter ausgerechnet zu den Leuten zurück wollen, die ihn ausgesetzt haben?«, fragte Bill.

»Aus demselben Grund, aus dem du Spielzeug sammelst«, sagte ich.

»Heilige Scheiße, ich kann durch meine Hand sehen!«, rief Gerry. Sie saß am Steuer.

In der halbwegs luxuriös eingerichteten Bude von Karens Bruder quetschten wir uns zu viert auf eine Couch. Ich griff Bill in die Tasche und holte den Beutel mit dem Speed heraus.

»Huch!«, machte Bill. Ich hatte ihn aus Versehen gekitzelt.

Vor der Couch stand ein Glastisch. Auf dem Tisch stand eine Reihe von Figuren aus Baccarat-Kristall: Hunde, ein Koala, eine Mutter mit Kind, mehrere Tulpen, ein Elefant, ein Bär mit Fisch, ein Fisch ohne Bär, Trauben, ein Wasserturm, ein Aschenbecher, ein Kätzchen, ein Tümmler, der über eine Welle sprang und – *Um Gottes Willen, was ist denn das?*, dachte ich. *Eine Baccarat-Figur von einem zerstückelten Kind mit einer Kettensäge daneben.*

»He, Karen, was ist denn *das*?!«

»Zwei kleine Schweinchen und ein Huhn.«

»Ach so.«

Wir schoben die Baccarat-Figuren beiseite und snieften das Speed direkt vom Tisch.

Ich knutschte ein bisschen mit Karen. Ihre Aggressivität hatte etwas Erfrischendes. Sie griff durch meinen Hosenschlitz und packte meinen Schwanz.

»Du siehst ja so was von geil aus«, sagte sie. »Dieser Anzug. Dieser geile Anzug.«

Sie ließ die Hand meinen Rücken hinabgleiten und bohrte mir durch die Hose den Finger in den Arsch.

»Huh!«, machte ich.

»Das gefällt dir, was? Soll ich dich in den Arsch ficken?«

»Äh, wie meinst 'n das?«

»Ich hab dich in der Disco beobachtet. Ich steh auf deine geilen Augen. Du hast wunderschöne Augen.«

Ich wandte den Kopf und hustete Schleim in meine hohle Hand. Nachdem ich ihn mir angesehen hatte, wischte ich ihn an der Armlehne der Couch ab. Karen glitt mit den Fingerknöcheln über meine Wange.

»Du bist wie ein Engel«, sagte sie.

Karen und ich fummelten noch eine Weile. Sie hatte die Hand in meiner Hose und wichste mir den Schwanz. Ich hatte ihr die Hose ein Stück heruntergezogen und zwei Finger in ihr.

»Soll ich deine kleine Schlampe sein!?«, sagte sie, hielt meine beiden Finger einen Moment in ihrer Möse fest und ließ sie dann wieder los. Ein reichlich abgefahrener Trick, der mich, ehrlich gesagt, ziemlich scharf machte. Da fing ich wieder an zu husten. Diesmal hörte es nicht wieder auf. Ich lief ins Bad und kotzte jede Menge blutigen gelbgrünen Schleim. Dann drückte ich die Spülung.

Als ich zurückkam, hatte Bill meinen Platz eingenommen. Er wälzte sich mit Karen auf dem Boden. Das Schwein!

Ich setzte mich neben Gerry auf die Couch. Sie weinte.

»Was ist?«, fragte ich.

Sie zeigte auf Bill.

»Ich liebe ihn«, sagte sie. »Er sieht aus wie Brad Pitt.«

Ich rauchte eine Zigarette, und dann fingen Gerry und ich an zu knutschen. Ich vergaß immer wieder, wen ich da küsste. Evelyn? Karen? Ich musste jedesmal die Augen öffnen, um zu sehen, mit wem ich es zu tun hatte, und das war eine herbe Enttäuschung. Eine Kleine namens Gerry. Wir hatten keine Ahnung, wofür diese Abkürzung stand. Unsere Zungen saugten sich aneinander fest. Wir wälzten uns auf der Couch. Ihr Latexkleid war bis über die Hüften hochgerutscht. Ich war wieder mal der Dumme.

Bill lag rücklings auf dem Boden. Hose und Boxer Shorts hingen ihm auf den Knöcheln. Seine weißen, mit schwarzen Härchen gespickten Beine sahen zum Totlachen aus. Karen hatte ihre Bluse ausgezogen. Statt Brüsten hatte sie nur zwei winzige, eingedellte Warzen. Sie beugte sich über Bills halb steifen Schwanz. Sie schnipste ihn auf und ab, von seinem Bauch auf seinen Schenkel. Bill hatte einen ziemlich großen Pimmel. Dann tat Karen, als sei Bills Schwanz der Joystick zu einem Videospiel. Sie riss ihn hin und her und machte Laser- und Explosionsgeräusche.

Bill sah zu mir herüber und zuckte lächelnd die Achseln.

»Was soll's«, sagte er. Er hatte eine blutige Nase. Rote Rinnsale rannen aus beiden Nasenlöchern. Der Teppich rings um seinen Kopf war rot gesprenkelt. Seine Hand lag auf einer halb vollen Flasche Jack Daniel's.

»Ich bin gar nicht betrunken«, sagte er.

»Wo ist die Flasche Wodka?«

»Hab ich getrunken. Und ich bin gar nicht betrunken.«

»Du hast eine ganze Flasche Wodka und den ganzen Whiskey getrunken?«

»Und ich bin gar nicht betrunken.«

Bill bohrte Karen einen Finger in die Wange. Karen hob den Blick und sah sein blutiges Gesicht. Sie fing an zu lachen.

»Heilige Scheiße!«, rief sie. »Zieht euch das rein! Heilige Scheiße nochmal!«

Sie drehte sich lachend zu mir um und deutete mit einer Hand auf Bills Gesicht, während sie mit der anderen seinen Schwanz festhielt. Ich zeigte mit dem Finger auf sie.

»Hä-hä«, machte ich. Hustend. »Superlustig.«

»Bill, du siehst aus, als ob ein Werwolf über dich hergefallen wär«, sagte sie kopfschüttelnd. Sie kriegte sich gar nicht mehr ein. Dann beugte sie sich noch weiter herunter und nahm seinen Schwanz in den Mund. Ihr Kopf glitt auf und ab.

Ich wandte mich wieder Gerry zu. Sie langweilte sich mit mir und lag bäuchlings auf der Couch. Ich schob ihr die Spitze meiner Wodkaflasche zwischen die Beine und strich damit über den Schritt ihres Höschens. Gerry stieß die Hüften dagegen. Sie summte die Werbemelodie von Dr. Pepper. Schließlich schob ich das Höschen beiseite und steckte ihr einen Finger in die Möse. Das gefiel ihr, deshalb zog ich den Finger wieder heraus und steckte den Flaschenhals hinein.

»Aaargh«, machte sie leise.

Ich stieß ihn tiefer hinein.

Gerry schrie. Sie rappelte sich mühsam hoch, bis sie schließlich mit wackligen Beinen auf der Couch stand. Die Wodkaflasche steckte noch immer in ihr und baumelte zwischen ihren Beinen.

»*Wahnsinn*«, stieß ich hervor.

»Du mieser Wichser!«, brüllte sie.

»Was ist denn?«

»Du hast mir eine Flasche in die Muschi gesteckt!«

»Ein Sexspielzeug«, sagte ich.

Gerry riss die Flasche heraus und zog sie mir über den Schädel. Ich taumelte rückwärts und schlug mir die Hände schützend über den Kopf. Sie sprang von der Couch und schlug ein zweites Mal zu. Die Flasche bekam einen Sprung, ging aber nicht zu Bruch.

»Perverses Schwein!«, brüllte Gerry.

Ich lag zusammengerollt auf dem Boden. Sie ging mit der Flasche nach nebenan und legte sich ins Bett. Ich betastete die Wunde. Sie blutete nicht. Durch die Glastüren konnte ich in den Garten mit Swimmingpool hinaussehen. Mein Ständer beulte meine Hose aus. Ich beschloss, mich an den Pool zu setzen und mir in Ruhe einen runterzuholen.

Bill und Karen fickten. Sein weißer Arsch hob und senkte sich. Sein rot verschmiertes Gesicht war zu einer Grimasse verzerrt. Karen hatte ein paar Tropfen von Bills Blut im Gesicht. Sie stieß Obszönitäten hervor, sagte ihm, was er alles mit ihr anstellen sollte. Als ich vorbeiging, fiel ihr Blick auf mich.

»Wo willst du hin?«, fragte sie.

»Nach draußen.«

Die viertelvolle Flasche Jack lag neben ihnen auf dem Boden. Als ich sie aufheben wollte, fiel ich um. Ich legte mich auf die Seite, klemmte mir die Flasche zwischen die Beine und presste sie gegen meinen erigierten Schwanz. Bill schwitzte und biss die Zähne zusammen, während er Karen fickte. Er schien Schmerzen zu haben, was dem Arschloch recht geschah, schließlich war er mir in den Rücken gefallen und hatte sie mir weggeschnappt. Er schlug die Augen auf. Er wirkte traurig und verbittert.

»Ich bin total fertig«, sagte er.

Karen sah mir ins Gesicht.

»Du hast echt wunderschöne Augen, Mann«, meinte sie. »Die sehen aus wie aus dem All. Mann, sind die blau.« Sie griff unter Bills aufgestütztem Arm hindurch, nahm die Wimpern meines rechten Auges zwischen die Finger und zog ganz leicht daran, so dass sich das Lid vom Augapfel löste.

»Was machst du da?«, fragte ich.

»Komm her«, befahl sie.

Karen zog mich zu sich herunter und reckte den Hals, um mich zu küssen. Sie schob mir ihre Zunge zwischen die Zähne und in den Mund. Ich erwiderte den Kuss. So küssten wir uns eine Weile, während Bill sie fickte.

»James«, flüsterte Bill.

Ich machte mich von Karen los und sah ihn an.

»Das irritiert mich irgendwie«, sagte er. »Lass das.«

»Au, Scheiße. Sorry, Bill. Ich bin nicht mehr ganz klar im Kopf. Mist. Scheiße. Hä-hä. Vielleicht bin ich ja doch schwul.«

»Nein, nein. Es ist bloß komisch.«

»Ja.«

»In Sachen Sex war ich schon immer eher konservativ.«

»Gut, aber es kann doch nicht schaden, wenn man öfter mal was Neues ausprobiert. Stimmt's, Karen?«

»Fick meine geile Schlampenfotze«, sagte sie.

»Ja, schon«, stieß Bill hervor. »Aber dieses Dreierding macht mich irgendwie ... Alter, ich kann mich nicht konzentrieren, wenn du andauernd dazwischenlaberst.«

Karen zwickte mich, ein wenig zu fest, in die Unterlippe. Es tat weh. Sie sah mir in die Augen, während sie Bill die Hüften entgegenstemmte.

»Fick mich«, sagte sie.

Ich trank einen Schluck Whiskey, obwohl ich auf der Seite lag. Das meiste ging daneben und floss auf den Teppich. Ich sah zu, wie der Fleck sich ausbreitete und im Flor versickerte, bis er rings um Bills Knie alles durchtränkt hatte. Auch Bills Knie war blutig, kein Wunder, schließlich scheuerte es die ganze Zeit über den Teppich. Er ruckelte hin und her. Karen ließ einen Finger über meine untere Zahnreihe gleiten. Sie stöhnte.

Bills Schwanz rutschte aus Karens Loch. Er war höchstens halb steif. Bill nahm ihn hastig in die Hand und stopfte ihn wieder hinein. Er drehte sich kopfschüttelnd zu mir um.

»Ich probier's und probier's und probier's«, sagte er, den Tränen nahe. »Aber ich kann nicht.« Er stieß wieder zu. Karen hob die Augenbrauen und sah mich an.

»Hat er ihn wieder reingesteckt?«, fragte sie.

»Ja.«

»Scheiße. Ich merk kaum was davon. Na dann, los! Arrgh!«

Ohne mich aus den Augen zu lassen, stemmte sie ihm ihr Becken entgegen. Plötzlich glitt ihre Hand nach unten, zu meinem Schwanz. Er war noch immer hart. Karen zog ihn durch den Hosenschlitz. Sie versuchte, mir mit einer Hand den Gürtel aufzumachen, was ihr jedoch nicht gelang, weil sie erstens auf Halluzinogenen war, zweitens gefickt wurde und sich der Gürtel drittens nur schwer öffnen ließ. Ich half ihr. Sie schloss die Hand um meinen Schwanz und fing an, mich zu wichsen. Ihr Blick wanderte zu Bill, der die Augen geschlossen hielt, dann wieder zurück zu mir.

»Spritz mich voll«, sagte sie. »Komm. Fick meine Hand. Komm.«

Ich schloss die Augen. Mein Saft schoss mit erstaunlichem Druck aus mir heraus. Bill schrie auf. Ich öffnete die Augen. Ich hatte ihm auf den Schenkel gespritzt.

»Ach du Scheiße! Verflucht noch mal!«, schrie er. »Wie ist denn das passiert?«

»Hä-hä-hä«, machte ich und stieß mir versehentlich den Hals der Whiskeyflasche ins Auge. »Tut mir Leid, Bill.«

Karen fing an zu lachen. Sie und ich lachten Bill aus. Das war die süße Rache dafür, dass er mich hintergangen hatte.

»Wisch das weg!«, sagte er.
»Womit?«, sagte ich.
»Reg dich ab, Bill«, sagte Karen. Sie zog seinen Kopf zu sich herunter und biss ihm in die Unterlippe. Erst einmal, dann noch einmal. Dann küssten sie sich und fickten weiter. Ich sah auf meinen nassen, verschrumpelten Schwanz hinunter.
Zündete mir eine Zigarette an.
Stand auf und ging nach draußen, an den Pool.

Ich stand auf dem Sprungbrett. Die Spitzen meiner Rockport-Schuhe ragten über die Kante. Der Mond kabbelte in der mageren Dünung, und die skelettierten Überreste von Blättern schwammen vorbei. Ein Stück Borke trieb unter mir auf dem Wasser, vielleicht war es aber auch ein Hundehaufen und sah nur so aus wie ein Stück Borke.
Eine innere Stimme flüsterte: »Beug dich vor.«
Ich gehorchte. Ich hob das rechte Bein und streckte es nach hinten, sodass mein Oberkörper automatisch vornüberkippte, wie einer dieser Plastikvögel mit Zylinder auf dem Kopf, der den Schnabel immer wieder in einem Martiniglas versenkt. Um das Gleichgewicht nicht zu verlieren nahm ich die Jack-Daniel's-Flasche in die andere Hand.
Der kühle Wind brannte in meinen Poren. Die Poolbeleuchtung überzog meinen Körper mit einem Wellenmuster. Ich war der Tiger mit wabernden Streifen! Ich beugte mich noch weiter vor, dem Wasser entgegen. Mein Wassergeist blickte zu mir herauf. Ich beugte mich noch weiter hinab, um mich zu küssen. Ich fiel nicht. Ich würde auch nicht fallen. Narziss hatte einfach nicht mein Stehvermögen.

Am nächsten Tag ging es Bill und mir gelinde gesagt sehr, sehr schlecht. Ich schwor hoch und heilig, nie wieder einen Tropfen

Alkohol zu trinken, geschweige denn Drogen zu nehmen. Karen fuhr uns zum Hawaiian Retreat, und wir fanden den Honda Civic auf dem Parkplatz. Weder Bill noch ich gaben ihr einen Abschiedskuss. Wir stellten den Honda bei Bills Leuten ab und hinterließen eine Nachricht. Dann nahmen wir den ersten Bus zurück nach Manhattan.

»Ich pack's nicht, dass du mir echt aufs Bein gespritzt hast«, sagte Bill.

Das brachte mich zum Lachen. Was wiederum ihn zum Lachen brachte. Bald darauf lagen wir uns hysterisch kreischend in den Armen, und der ganze Bus starrte uns an. Dann kotzte ich Blut.

»Tut mir Leid«, sagte ich. »Was riecht denn hier so komisch?«

»Ich hab mir in die Hose geschissen«, antwortete Bill und fing an zu weinen. »Ich hab meinen Schließmuskel nicht mehr unter Kontrolle.«

»Gott!«, rief ich und wollte mich in den hinteren Teil des Busses verziehen. Da meldete sich mein schlechtes Gewissen. Schließlich hatte ich ihm aufs Bein gespritzt. Also setzte ich mich wieder neben ihn.

»Danke«, sagte er.

»Überlegen wir uns ein interessantes Gesprächsthema«, schlug ich vor.

Wir wechselten kein Wort mehr, bis wir in Manhattan ankamen.

Heimlichtuerei

»Evelyn, hier ist James.«

Langes Schweigen. Ich konnte sie atmen hören.

»Kennst du mich noch?«, fragte ich kleinlaut.

»Ha.«

»Es tut mir Leid, Evelyn. Ich sollte nicht trinken, wenn du ...«

»Du bist doch schon wieder betrunken.«

»Das ist reiner Zufall.«

»Was willst du?«

»Es tut mir Leid«, sagte ich.

Schweigen.

»Was willst du?«

»Was machst du über Weihnachten, Evelyn?«

»Blöde Frage. Ich fahre zu meinen Eltern nach Philadelphia. Ich glaub, ich leg jetzt auf.«

»Nein! Warte! Pass auf, meine Mutter hat meine Nummer rausgekriegt. Jetzt ruft sie mich andauernd an und versucht, mich dazu zu überreden, Weihnachten zu Hause in Saint Louis zu verbringen. Sie hat Tar auf mich angesetzt!«

»Was regst du dich denn so auf?«

»Diese Arschgeigen wollen mich fertig machen.«

»Ich hab dir doch gesagt, dass ich nie wieder von dir hören will, James. Du brauchst dringend psychiatrische Hilfe. Ich weiß auch nicht, was mit dir los ist.«

»Ich weiß. Aber warte. Evelyn. Evelyn, was macht ihr denn so zu Hause über Weihnachten?«

»Essen, in die Kirche gehen.«

»Essen?«

»Ja.«

»Und was?«

»Was man zu Weihnachten eben so isst.«

»Und in welche Kirche geht ihr?«

»Warum interessiert dich das?«

»Nur so.«

»Zur Mittagsmesse in die Saint Gabriel's. Ich leg jetzt auf.«

»Ich bin das letzte Mal mit achtzehn über Weihnachten nach Hause gefahren. Das Einzige, was wir machen, ist streiten. Immer irgendeine beschissene Dreierkonstellation. Mal Tar und ich gegen meinen Alten. Mal er und ich gegen Tar. Und immer geht was Wertvolles zu Bruch.«

»Wie spät ist es?«

»Aber dieses Jahr bin ich der Außenseiter, Evelyn, darum weiß ich, was mir blüht. Evelyn. Diese dämlichen Arschgeigen. Also pass mal auf. Pass auf. Mir ist da gerade eine Superidee gekommen.«

Evelyn schwieg.

»Bist du noch dran?«

»Ja. Ich will nicht mit dir reden, James. Das führt zu nichts.«

»Ich möchte, dass du über Weihnachten mit zu uns kommst.«

»Was?!«

»AHA!«

»Hast du sie noch alle?«

»Hör doch erstmal zu. Ich bezahl die Fahrt.«

»Nein! Nein!«

»Doch. Ich bezahl die Fahrt. Geld hab ich genug.«

»Nein! Ohne mich!«

»Ich leg sogar noch tausend Dollar drauf.«

»Tausend ...? James, womit verdienst du dein Geld?«

Ich starrte einen Augenblick auf die Risse in der Zimmerwand.

»Ich klaue im Krankenhaus Medikamente und verkaufe sie«, sagte ich.

»Ach.«

»Mit Erfolg! VERDAMMTE SCHEISSE NOCH MAL, WAS SOLL EIGENTLICH AUF EINMAL DIESE DÄMLICHE FRAGEREI?! ... Warte, warte! Nicht auflegen!«

»Daran sieht man, wie kaputt du bist. Du bist ein völlig anderer Mensch als der, mit dem ich auf Long Island war.«

»Weinst du?«

»Nein. Warum sollte ich?«

»Du bist enttäuscht von mir.«

»Du hast mir so viel verheimlicht.«

»Okay, pass auf. Folgendes. Also, Tar – DIESER WICHSER – hat den großen Vorteil, dass er eine Freundin hat, Amy. Er hat eine NETTE Beziehung mit einem NETTEN Mädchen, das ihm meine Eltern vom Hals hält.«

»Dann willst du mich also als Stoßdämpfer missbrauchen?«

»Tausend Dollar!«

»Ohne mich. Ich muss jetzt Schluss machen.«

»Nicht auflegen. Evelyn.«

»Was?«

»Ich erobere dich zurück. Und wenn ich dafür mein Leben ändern muss.«

»Wohl kaum, James.«

Sie legte auf.

Sue Lopmeyers Höschen

Gary und ich standen auf dem Parkplatz, an der Bordsteinkante. Die Sonne war warm. Es war Mai. Das achte Schuljahr lag endgültig hinter uns. Heute war unser letzter Tag an der Saint Ambrose. Gott sei Dank, dachte ich. Gary und ich balancierten auf der Bordsteinkante und sahen den anderen beim Pressballspielen zu. Gary schwankte und breitete die Arme aus. Er spielte schon lange nicht mehr Pressball, weil die Jungs sich einen Spaß daraus machten, auf ihn zu zielen und ihm dabei jedesmal die Brille von der Nase flog. Ich *durfte* nicht mehr Pressball spielen. Das war schade, denn Pressball gehörte zu den wenigen Sportarten, die mir Spaß machten und für die ich Talent besaß. Hätte es eine Pressball-Profiliga gegeben, hätte ich den Sport zu meinem Beruf gemacht. Doch Monsignore Abman meinte, ich hätte eine grausame Ader. »Pressball und Sadisten passen nicht zusammen«, hatte er gesagt.

Gary hatte lauter rote Flecken im Gesicht. Wir hatten Ohrfeigen gespielt. Wobei Gary zumeist den Kürzeren zog, weil ich schneller, größer und stärker war als er. Aber wenn ich zu oft gewann, wurde er wütend und ging mir an die Kehle. Es war eine heikle Sache.

Wir standen nebeneinander an der Bordsteinkante. Wir versuchten, (jeder) auf einem Bein zu stehen, wie die Störche. Nach ein paar Minuten setzten wir uns auf die Bordsteinkante.

»Acht Jahre«, sagte Gary.

»Acht grausame Jahre«, ergänzte ich.

»Och, *so* schlimm war es nun auch wieder nicht.«

Als Sue Lopmeyer ausholte und den Pressball warf, flog ihr Rock hinten hoch, sodass ich ihr Höschen sehen konnte. Ihr Schenkel war kräftig und muskulös. In letzter Zeit dachte ich nur noch daran, Mädchen zu vögeln. Es war über ein Jahr her, dass ich es mit einem schwarzen Mädchen namens Stacey Kees getrieben hatte, während eines Sommerkurses in Naturkunde. Wir machten es im Wald, es dauerte nur wenige Minuten und war nicht der Rede wert. Jetzt, mit dreizehn, hatte ich das Gefühl, dass es mir etwas mehr Spaß machen könnte.

Gary hatte die Wäscheschau offenbar verpasst. Er starrte auf einen Punkt im Rinnstein zwischen seinen Füßen und verzog das Gesicht.

»Und was ist nächstes Jahr?«, flüsterte er.

»Nächstes Jahr vögeln wir jede Menge Weiber.«

»Und wenn sie gemein zu mir sind? Wenn die anderen Kinder in der Schule gemein zu mir sind?« Er biss sich auf die Unterlippe; sein Kinn bebte.

Ich wusste, was er meinte. Er meinte, dass Tar, Nancy und ich ihn dann nicht mehr würden beschützen können. Tar war erst in der siebten Klasse. Und wir kamen jeder auf eine andere High School.

Hallo, Mark, wie geht's?

Mark Lipton sah eigentlich ganz nett aus. Er war im Garten und harkte Laub zusammen. Er trug einen grün gestreiften Pulli.

Draußen wurde es langsam kühl. Bald würde die Sonne untergehen.

Tar und ich trampelten durch das Laub. Wir waren ganz fickrig, eine Mischung aus Angst, Wut und Vorfreude. Ich wusste nie so genau, wo das eine anfing und das andere aufhörte. Meine Hände zitterten.

»He. Bist du Mark Lipton?«, fragte ich, obwohl ich sehr wohl wusste, wer er war. Walt Lang hatte ihn uns gezeigt.

Mark lächelte. Er hatte kurzes blondes Haar und makellose Zähne. Er war genauso alt wie ich, sechzehn, sah aber wesentlich älter aus.

»Ja. Warum?«

Ich knabberte an meinem Daumen, eine nervöse Angewohnheit, die ich auf der High School angenommen hatte.

»Mein Bruder und ich würden gern wissen, wieso du so ein mieser Schwanzlutscher bist«, stieß ich hervor.

Mark Lipton klappte die Kinnlade herunter.

»Waaaaas?«, fragte er und setzte mühsam ein verwirrtes Lächeln auf.

»Nichts«, sagte Tar. »War nur ein Witz. Kann ich den Rechen mal sehen?«

»Was? Wozu?«

»Bei unserem gehen immer diese kleinen Dinger – wie heißen sie noch gleich? – ach ja: die Zinken ab. Der hier sieht stabiler aus. Ich wollte ihn mir bloß mal anschauen.«

Mark Lipton sah mich, noch immer verwirrt lächelnd, an.

»Wieso hast du Schwanzlutscher zu mir gesagt?«

Ich zuckte die Achseln.

»Er hat eben einen etwas abseitigen Humor«, meinte Tar. »Komm schon, lass mal sehen, das Teil.«

Mark Lipton zögerte. Dann gab er Tar den Rechen. Tar nahm ihn in Augenschein. »Hm«, machte er. Dann schlug er Mark Lipton damit ins Gesicht.

Mark Lipton schrie auf und fiel bäuchlings in den Blätterhaufen. Er wollte aufstehen, schaffte es aber nicht, weil Tar ihm mit dem Rechen immer wieder auf den Rücken schlug. Mark sah aus, als wollte er in den Blättern schwimmen. Es war zum Totlachen.

Ich trat ihm zwischen die Rippen. Ich trat ihn ein zweites Mal. Und dann trat ich ihm ins Gesicht. Ich packte ihn an den Haaren und zog seinen Kopf zu mir heran. Er heulte. Mein Atem schnarrte leise. Er glotzte mich ungläubig an.

»Warum?«, stieß er hervor. Ihm lief Blut aus dem Mund.

»Wenn du Gary Bauer noch einmal anrührst, bringen wir dich um. Darauf kannst du Gift nehmen. Und falls du auf die Idee kommen solltest, es uns heimzuzahlen, bringst du uns am besten um. Andernfalls bringen wir *dich* um. Darauf kannst du Gift nehmen. Wir bringen dich um.«

Tar ließ den Rechen niedersausen und zerfetzte ihm damit das Ohr.

Ich schlug ihm in die Fresse, bis meine Hand mit den blutigen Abdrücken seiner Zähne übersät war.

»Garys Kopf!«, kreischte ich und schlug zu. »Gehört!« Wieder schlug ich zu. »Nicht!« Irgendetwas klemmte zwischen meinen Fingern. Ein Zahn. »Ins Klo!«

Mark Lipton drehte die Augen nach hinten. Tar ließ den Rechen sinken und sah zu mir herab. Die Rückseite von Mark Liptons Hemd hatte Hunderte winziger Löcher.

»Ist er bewusstlos?«, fragte er.

Ich nickte.

Tar ließ den Rechen fallen. Ich stand auf. Mir meine zerschundene Hand massierend, ging ich zurück zum Wagen.

»He, warte!«, rief Tar. Er hockte neben Mark Lipton, zog dem Jungen das Portemonnaie aus der Gesäßtasche, durchsuchte es und hielt das Geld hoch.

»Acht Dollar«, sagte Tar und lief mir nach, das Geld fest umklammernd.

Liebeslied

Gary rannte mit dem Kopf immer wieder gegen einen Telefonmast.

»Spinnt der?«, fragte ich.

»Scheiße, jetzt dreht er vollends durch«, meinte Tar.

Tar und ich liefen wie zwei betrunkene Keystone Kops auf unseren Freund zu und zerrten ihn von dem Telefonmast fort. So etwas passierte uns vieren in letzter Zeit des Öfteren, und meistens traf es Gary. Zwei Wochen zuvor hatte er sich aus Wut über sich selbst eine Brustwarze mit Feuerzeugbenzin eingerieben und sie angezündet. Das hier war zwar nichts dagegen, aber trotzdem alles andere als ein gutes Zeichen.

»Gary! Dein Kopf!«, schrie ich. »Verflucht noch mal!«

Blut lief ihm vom Haaransatz aus über das ganze Gesicht. Gary sah sich benommen um und fing an zu weinen.

»Alle Mädchen hassen mich!«, sagte er. »Sie hassen mich!«

»Tar, geh Nancy holen.«

»Ja«, sagte Tar. »Sie ist schließlich auch ein Mädchen.«

Tar rannte zu dem Haus, wo die Party nach wie vor in vollem Gange war. Hauptsächlich Typen in Baseballjacken und blondierte Weiber in Izod-Klamotten. Ich war mit meinem Bruder in den Garten gegangen, um einen Joint zu rauchen. Ich hatte keinen Bock auf die Party. Diese Leute hassten mich. Außerdem gab es keinen Alk mehr. Zum Glück hatten Tar und ich schon in der Mittagspause an der U High angefangen zu saufen.

»Quatsch, Gary, die Mädels hassen dich doch nicht.« Ich legte ihm einen Arm um die Schultern. Wir gingen mit ihm ein Stück weiter, wo nicht so viele Teenager herumstanden. »Sie finden dich höchstens ein bisschen merkwürdig. Sie haben Angst vor jemandem, der so hart drauf ist wie du und mit dem Kopf gegen einen Telefonmast rennt. Weil sie genau wissen, dass so ein Typ ihnen das Hirn aus dem Schädel fickt. Mädels in unserem Alter haben einfach Angst vor Sex.« Ich setzte Gary auf den Bordstein. Er rieb sich mit den Fäusten die Augen.

»Und warum bin ich dann noch Jungfrau?«

»Du bist erst fünfzehn. Immer mit der Ruhe, Mann. Ehrlich gesagt, ich glaube, ich bin hier der Freak. Nicht du.«

Er zerrte an meinem Hemd.

»Aber Nancy ist doch auch keine mehr!«, jammerte er.

»Sie ist ja auch vier Monate älter als du. Du hast also noch vier Monate Zeit. Du bist doch nicht etwa sauer, weil Nancy mit einem Typen im Bett war?«

Gary legte den Kopf in meinen Schoß und schluchzte.

»Ich bin besoffen«, sagte er.

»Aber das ist doch kein Grund zum Heulen.«

»Ich möchte endlich mal wieder richtig leben.«

»Glaub mir, du lebst.«

»Mir geht's ja sowas von beschissen.«

»He. Schhh.«

Ich strich Gary mit den Fingern zärtlich durchs Haar.

Kurz darauf stand Nancy vor uns. Sie hatte ihre pinkfarbene Hose an und klammerte sich beidhändig an ein Bier.

»Was ist los?«

Tar beugte sich zu Gary hinunter. Er war völlig fertig, wie immer, wenn es einem von uns nicht gut ging.

»Guck, Gary, Nancy ist da!«, rief Tar. »Guck! Sie ist ein Mädchen! Nancy, kannst du Gary leiden?«

»Ja«, antwortete sie.

»Siehst du? Mädchen hassen dich nämlich überhaupt nicht!«

»Was ist los?«, fragte Nancy noch einmal.

»Er ist schlecht drauf«, sagte ich. Gary hielt meine Hand. Er verdrehte die Augen und sah Nancy an.

»Hi«, sagte er heiser. »Tut mir Leid, dass ich so blöd bin.«

»Du bist nicht blöd, Gary«, sagte Tar. »Du bist lediglich sensibler als andere Menschen. Weil du was Besonderes bist.«

»Stück mal ein Rück«, sagte Nancy und klopfte mir auf die Schulter. Sie setzte sich neben mich auf den Bordstein und zog Gary zu sich herüber, sodass sein Kopf in ihrem Schoß lag und sein Oberkörper in meinem.

»Wo ist dein Taschentuch, Gary?«, fragte sie.

»In meiner Hosentasche.«

»Tar, holst du Garys Taschentuch aus seiner Hosentasche?«, sagte Nancy.

Tar bückte sich und griff Gary in die Hosentasche.

»Geh ihm nicht an den Schwanz«, sagte ich. »Hä-hä-hä.«

»Das wird schon wieder, Gary, bestimmt«, sagte Tar, zog das weiße Taschentuch aus Garys Hosentasche und gab es Nancy. Gary, Tar und ich hatten beschlossen, Taschentücher seien cool und hatten seither immer eins dabei.

Nancy machte sich an Garys Kopf zu schaffen und wischte ihm das Blut von Stirn und Gesicht. Tar kniete sich vor Nancy hin und strich Garys Haar zurück, damit sie auch an die schwerer zugänglichen Stellen herankam.

Stewart, der Trottel, der Nancy gevögelt hatte, stand in seinem dämlichen Schuljackett hinter uns.

»Was ist denn mit *dem* los?«, wollte er von Nancy wissen.

»Das hat er öfter«, sagte sie.

»Auf der Party habe ich gehört, er wär mit der Birne gegen einen Strommast gerannt.«

»Gary ist eben anders als die anderen.« Sie bedachte Gary mit einem Lächeln.

»Wie peinlich«, sagte Gary.

»Willst du mich verarschen?«, fragte Stewart und stand auf. »Los, Nance, wir hauen ab. Lass den Schwachkopf in Ruhe und komm mit.«

Tars Blick trübte sich. Er blickte zu Stew hoch und stand auf. Mein Bruder reichte Stewart zwar kaum bis zum Kinn, trotzdem trat er dicht vor ihn hin, nur noch ein paar Zentimeter trennten die beiden. Er starrte Stewart in die Augen.

»He, *Stew*«, sagte er. »He, *Stew*.«

»Was ist?«

»Geh wieder rein.«

»Was? Wieso?«

»Weil ich sonst deine Mutter anrufe und ihr erzähle, dass du und Nancy vorehelichen Geschlechtsverkehr praktiziert habt.«

»*Was?*«

»Du hast mich schon verstanden.«

Tar trat einen Schritt zurück und riss die Fäuste hoch. Er hüpfte tänzelnd auf und ab und schlug eine Folge kurzer Haken in die Luft.

»Na los, Stew, o du Träger eines bekloppten Namens, wehr dich.«

»Ich warne dich, Stewart«, sagte Nancy. »Rühr ihn nicht an.«

»Du bist doch viel kleiner als ich!«

»Na und, wenn mein Bruder mir hilft, schlagen wir dich locker zu Brei. Dafür sind wir berühmt. Also los, zeig, was du draufhast!«

»Drauf geschissen! Dann hol ich eben meine Freunde!«

»*Huuuu!* Na, dann mach doch! Hol die Dumpfnasen! Los, Stewart! Du nennst Gary nicht noch einmal einen Schwachkopf! Gegen ihn bist du ein Fliegendreck, du fette, hirnamputierte kleine Schwuchtel!«

»Mensch, Alter, du hast doch ein totales Rad ab!«, meinte Stewart. »Nancy, kommst du jetzt mit oder was?«

»Verpiss dich, Stewart«, sagte sie. »Ich ruf dich morgen an.«

»Ihr habt sie doch nicht mehr alle. Die anderen haben ganz Recht.« Er schürzte die Lippen, schüttelte angewidert den Kopf und ging davon.

»Geht's wieder, Gary?«, fragte ich.

Er drückte meine Hand. Nancy wischte ihm das restliche Blut aus dem Gesicht.

»Danke, Jimmy. Tut mir Leid, dass ich euch auf die Nerven gehe. Ich fühl mich schon besser.« Er starrte in den Himmel. Er lächelte. »Guckt mal, die Sterne.«

Wir blickten nach oben. Der Nachthimmel war ein einziges Meer weißer Sterne, die beinahe taghell zu uns herabstrahlten.

»Schön«, meinte Nancy.

»Wunderschön«, ergänzte Tar. »So was Schönes hab ich noch nie gesehen.« Tar kniete sich vorsichtig neben Garys Kopf.

Garys Kopf war etwas ganz Besonderes für uns. Er wies uns den Weg zu wahrer Schönheit, so wie er uns jetzt den Himmel gezeigt hatte. Er dachte sich immer neue Streiche aus und empfand so etwas wie unsterbliche Liebe; in ihm steckte ein nahezu unerschöpfliches geografisches Wissen, und er machte sich Gedanken, auf die – davon war ich fest überzeugt – seit Anbeginn der Menschheit noch niemand je gekommen war. Er wurde häufig unterschätzt. Aber mit einem Mal wurde mir klar, wie viel er mir bedeutete, und ich hatte es satt, dass er sich selbst im Weg stand.

Ich beugte mich zu Gary hinunter.

»Wir lieben dich«, flüsterte ich ihm ins Ohr. So etwas hatte ich noch zu niemandem gesagt, doch in diesem Moment erschien es mir notwendiger denn je. Nancy drückte einen Kuss auf Garys saubere Stirn. Mein kleiner Bruder, unser Beschützer, legte die Hand auf Garys und meine Hände. Gary klammerte sich daran fest, und dann legte Nancy ihre Hand auf unsere Hände und drückte sie.

Das war das einzig Gute auf der Welt, dachte ich. Dass die anderen drei immer da sein würden, wenn einer von uns durchzudrehen drohte. So gesehen, waren wir eine tadellos funktionierende Maschine.

Mittwoch, 21. Dezember

Ein fetter Mann versank in einem Sofa. Ich sah ihn am Ende des Flurs, im Wohnzimmer. Er trug ausgebleichte, blau karierte Boxershorts. Von ein paar dünnen weißen Strähnen abgesehen, hatte der Mann eine Glatze; seit unserer letzten Begegnung war er kahl geworden. Das Licht im Zimmer hatte etwas Theatralisches. Es brannten keine Lampen. Schmale, schräg einfallende Sonnenstrahlen stachen durch die Jalousien. Vor allem aber erhellten die flackernden Farben des Fernsehers das Zimmer und strahlten den Mann von unten an. Bei näherer Betrachtung war es jedoch keineswegs das Licht, das mich so sehr faszinierte. In den dicken Armen des Mannes lag eine Babypuppe. Er wiegte sie leise hin und her. Das Gesicht der Puppe ähnelte dem eines Clowns; dichte schwarze Wimpern, kirschrote Wangen, graue Augen und eine vergnügte Miene. Auch die Augen des fetten Mannes waren grau, silbergrau. Doch seine Miene war eher hingebungsvoll als vergnügt. Er wickelte sich das Haar der Puppe um die Finger. Im Fernsehen lief eine alte Anwaltsserie. Der Fernsehanwalt sah gut aus, elegant, mit dunklen Locken. Er stand schweigend vor den Geschworenen und hob langsam die Hand. Der fette Mann war auch Anwalt. Er war Spezialist für Personenschäden und den meisten Einwohnern von Saint Louis aus seinen Fernsehwerbespots bekannt. Jetzt saß er mit einer Babypuppe im Arm auf dem Sofa. Er ließ den Finger über die Wange der Puppe gleiten. Die

Zärtlichkeit dieser Geste tat weh. Seltsam, dass ein schäbiges Stück Plastik diese Liebe wachzurufen vermochte, womöglich zum allerersten Mal.

Tar und Amy stanken von der langen Fahrt. Sie sahen aus wie zwei Junkies vor dem Exitus, mit violetten Schatten unter den Augen. Ihre Hässlichkeit war tröstlich. Ich stieg aus dem gemieteten Taurus und knallte die Tür zu. Von einer Überdosis Nikotin, Koffein und Speed dröhnte mir der Schädel. Ich schwang mir meine prallvolle Tasche über die Schulter und bekam dadurch bedenkliche Schlagseite. Ich sah zum Haus meiner Eltern hinauf. Während meiner fünfjährigen Abwesenheit hatten sie ihr ehemals gelbes Domizil braun streichen lassen. Tar ging voran, die Auffahrt hinauf. Er schleppte drei riesige Schalenkoffer. Amy begnügte sich mit einer winzigen Reisetasche.

»Was ist, Ame, hast du Angst, dass dir ein Fingernagel abbricht?«, fragte ich.

»Allmählich reicht's, James«, murmelte sie.

Ich hatte mich über Amys Musikgeschmack, Tars Geschnarche und andere heikle Themen ausgelassen. Zugegeben, ich war leicht gereizt; sie hatten versprochen, den Mietwagen zu bezahlen, *unter der Bedingung*, dass ich nichts trank. Dabei hatte ich schon seit dem Abend, als ich Evelyn tausend Dollar angeboten hatte, falls sie mit zu meinen Eltern fuhr, keinen Tropfen mehr getrunken. Aber dass ich dabei war, mein Leben zu ändern, ging die beiden einen Scheißdreck an.

Vor der Haustür beugte Amy sich zu meinem Bruder und tuschelte ihm etwas ins Ohr. Auf diese Weise demonstrierten sie ihr Missfallen durch kindisches Getuschel. Insgeheim nannte ich die beiden nur noch Die Sensibelchen.

Die Sonne verschwand fast hinter den rosa Wolken über

dem Haus. Der Vorgarten meiner Eltern war mit Raureif überzogen. Die Kälte stieg mir in die Nase. Troll Court war menschenleer. Dennoch war mir die Straße noch genauso vertraut wie früher. Vielleicht hatte ich mich überhaupt nur deshalb breitschlagen lassen, über Weihnachten nach Hause zu fahren. Oder weil mir das endlose Generve meiner Mutter auf den Geist gegangen war.

Lennon, die Hündin der Delgesses, hinkte um das Rasenoval in der Mitte des Nachbargartens.

»He, Lennon!«, rief Tar. »Lennon!«

Doch die Hündin hörte ihn nicht. Vermutlich taub. Das alte Mädchen trottete steif von Busch zu Busch und hockte sich dann hin.

Tar stieß ohne anzuklopfen die Haustür auf. Im Gegensatz zu mir hatte sich mein Bruder jedes Jahr nach Hause gewagt. Die letzten beiden Male in Amys Begleitung.

Unser Vater saß im Wohnzimmer am Ende des Flurs auf der Couch vor dem Fernseher. Zunächst sah er uns gar nicht hereinkommen. Nirgends brannte Licht. Er hielt eine Babypuppe in den Armen.

?, dachte ich.

Mein Vater wandte den Kopf. Seine Miene hellte sich auf.

»Ha-ha he!«, rief er und kam schwerfällig in den Flur, um uns zur Begrüßung zu umarmen. Die Puppe brachte er mit. Ich ließ mich widerstrebend in seine dicken Arme nehmen.

»Jimmy, Jimmy«, flüsterte er mir ins Ohr. »Ich bin ja so froh, dass du wieder da bist.«

»Ja«, sagte ich. Die Puppe war zwischen unseren Schultern eingeklemmt. Sie und ich starrten einander ins Gesicht. Im Fernsehen schwadronierte ein Anwalt vor sich hin.

»*Und Tar!*«, rief mein Vater.

»He, du alter Schwindler!«, rief Tar.

»Ha-ha«, machte mein Vater. Sie fielen sich um den Hals. Das war ihnen offenbar in Fleisch und Blut übergegangen.

Die Babypuppe trug einen gelben Schlafanzug. Auf dem Schlafanzug war eine Ente. Die Ente hatte den Kopf zurückgelegt. Sie quakte einen lächelnden Stern an. Mein Vater nahm Amy in den Arm und küsste sie auf die Wange. Ich deutete auf die Babypuppe.

»Dad, was, bitte schön, ist das?«

Tar trat mich mit dem Außenrist. Mein Vater betrachtete die Puppe.

»Also, das … äh …«, murmelte er.

Da kam meine Mutter die Treppe heruntergetrampelt.

»Hallo!«, rief sie. »Hallo!« Meine Mutter umarmte mich steif. Hinter ihr hielt mein Vater die Puppe im Arm wie ein echtes Baby.

»Lass dich anschauen«, sagte sie. »Fünf Jahre!«

»Na ja, ich hatte eben viel um die Ohren.«

»Fünf Jahre sind zu viel.«

»Jetzt lass den Jungen doch erst mal zu sich kommen, Lynea«, sagte mein Vater.

»He, Mom, Dad hat eine Babypuppe auf dem Arm. Was soll das?«

Tar trat mich erneut, fester diesmal. Er funkelte mich an.

»Wenn du mich noch ein Mal trittst …«, drohte ich. »Würde mir jetzt vielleicht jemand erklären, weshalb mein Vater mit einer Puppe im Arm herumläuft?«

Im Fernsehen lief Musik.

»Karen hat mir dazu geraten«, sagte mein Vater schließlich.

»Ich kenne keine Karen.«

»Das ist die Therapeutin deines Vaters«, erklärte meine Mom. »Billy ist eine neuartige Therapie.«

Mein Vater hieß Bill.

»Billy?«, sagte ich. »Sie sieht aus wie ein Mädchen.«

Meine Mutter klatschte in die Hände.

»Nun denn!«, rief sie. »Jimmy, nimm deine Tasche. Wir haben dich im Keller einquartiert, wenn's recht ist.«

»Ja, schon. Aber ...«

»Gut«, sagte meine Mutter. »Dann komm. Wir haben alles für die Rückkehr des verlorenen Sohnes zurechtgemacht.«

Sie ging den Flur entlang. Ich sah meinen Bruder an. Der zog eine Grimasse und schüttelte traurig und angewidert den Kopf. Ich sah Amy an. Sie heuchelte Interesse für eine Vitrine voller Hummelfiguren. Ich sah meinen Vater an. Er konnte mir nicht in die Augen schauen. Ich ließ ihn stehen. Nach fünf Jahren hätte ich mir eigentlich denken können, dass ich nicht mehr dazugehörte.

Ich stellte meine Tasche auf den orangefarbenen Teppich. Seit meinem Auszug war der Keller unterteilt und mit Teppichboden ausgelegt worden.

»Mensch«, staunte ich. »Ich dachte, es wäre alles noch genau wie früher.«

»Du warst eben schon lange nicht mehr zu Hause«, sagte meine Mutter.

An einer Wand lag ein Futon. Die rechteckigen Fenster unter der Decke hatten jetzt Jalousien. Meine Mutter zog eine Kommodenschublade auf und öffnete den Reißverschluss meiner Tasche.

»Ich kann allein auspacken, Mum.«

»Lass nur.« Sie entnahm ihr eine Hand voll Unterwäsche. »Wegen Billy.«

»Du meinst die Puppe.«

»Ja.«

Oben hörte man Amy und meinen Bruder ins Gästezimmer tappen. Der Fernseher wurde lauter gestellt. Meine Mutter legte meine Unterwäsche in die Schublade. Sie stand kerzengerade. Sie schob sich die Brille auf den Nasenrücken und sah mich an.

»Ich wäre dir dankbar, wenn du deinen Vater nicht damit aufziehen würdest. Er ist in letzter Zeit sehr empfindlich.«

»Also, das kapier ich nicht. Warum sollte ein erwachsener Mann empfindlich sein, wenn man ihn auf seine Puppe anspricht?«

»Lass das. Seine Psychologin hat sie ihm ... hat ihm Billy verordnet. Sie dachte, das würde deinem Vater helfen, wenigstens einen Teil des Urvertrauens zu gewinnen, das er als Kind nicht bekommen hat.«

»Verstehe ich nicht.«

»Es geht um sein so genanntes inneres Kind. Darum heißt die Puppe Billy.«

»Och nee. Um Gottes willen, Mom. Das ist doch totaler Schwachsinn. Und obendrein pervers, perverser Scheißdreck.«

»Ich muss doch sehr bitten«, sagte meine Mutter. Sie beugte sich über meine Tasche. »Vielleicht hilft es ihm ja. Ich muss gestehen, er macht in letzter Zeit viel mehr im Haushalt.«

Sie entnahm ihr eine Hand voll Socken.

Mein Vater wog fast hundertfünfzig Kilo. Als er zu den Anonymen Alkoholikern ging und mit dem Trinken aufhörte, nahm er sogar noch weiter zu. Obwohl ich es peinlich fand, dass er eine Babypuppe durch die Gegend schleppte, erklärte ich Tar an diesem Abend Folgendes: »Weißt du, was? Ich dachte immer, unser Vater wäre nur so fett, weil er sich aus irgendeinem Grund für sein Skelett schämt. Als müsste er jeden sichtbaren

Knochen so lange mit immer neuen Fettschichten polstern, bis er verschwunden ist.«

»Hm«, machte Tar. »Komische Theorie.«

»Ich weiß. Deshalb rücke ich ja auch erst jetzt damit heraus. Aber wenn ich's mir recht überlege, finde ich sie heute eigentlich noch überzeugender als früher. Es gibt bestimmt Millionen echter psychischer Erkrankungen, auf die die Psychologen noch gar nicht gekommen sind. Und Skelettscham ist eine davon. Vielleicht ist die Babypuppe sein Skelett, und die Beschäftigung mit ihr hilft ihm, seine Scham nach und nach abzubauen. Klingt das plausibel?«

»Nein.«

»Vielleicht hab ich mich nicht klar genug ausgedrückt.«

»Ja. Ich geh ins Bett.« Tar verschwand im Gästezimmer.

Donnerstag, 22. Dezember

Kaum hatte es geklingelt, stand Tar auch schon am Küchentisch. Er trug ein Seidenhemd. Ich sah, wie die Sonne, die durch die offene Haustür fiel, den Flur erhellte. Tar deutete mit einem Nicken hinter sich.

»Besuch für dich«, sagte er.

Nancys Gesicht hatte sich nicht verändert: hübsch (je nach Perspektive), gerade Nase, braunes Haar, schöne, wenn auch etwas eng stehende Augen, lange Schneidezähne. Sie stützte sich mit der Hand am Türrahmen ab. Nickte. Grinste. Als ich sie sah, verlangsamte ich unwillkürlich meine Schritte.

»Boah. Mensch. Nancy.«

Sie lachte. »Wie du siehst. Ich wollte nur mal fragen, ob du vielleicht zum Spielen rauskommst.«

»Genau das hast du getan, als ich dich das letzte Mal gesehen hab.«

Nancy lachte. Sie trug Jeans und einen braunen Pulli. Sie war spindeldürr; seit meinem letzten Besuch hatte sie ein paar Pfund abgenommen. Hinter ihr zog sich eine Reihe verschiedenfarbiger Häuser den Hügel hinauf.

»Mensch, du siehst nicht übel aus«, sagte ich.

»*Nicht übel?* Vielen Dank, sehr freundlich.«

»Komm, du weißt schon, was ich meine. Gut. Echt gut. Gesund.«

Wir sahen uns eine Weile nickend an. Sie stellte sich gerade hin.

»Willst du mich nicht in den Arm nehmen?«, fragte sie.

»Doch, doch.«

Wir versuchten es erst links, dann rechts herum. Als wir uns schließlich geeinigt hatten, schlang sie mir die Arme um den Hals. Sie kniff die Augen zu und drückte mich. So schaukelten wir ein Weilchen hin und her.

»He, Süße«, sagte ich.

»Wie lange? Fünf Jahre.«

»Fünf Jahre.«

Ich schloss einen Moment die Augen. Als ich sie wieder aufschlug, sah ich die sanfte Rundung ihres Hinterns in ihrer Jeans. Die Umarmung, die Wärme und ihr Anblick sorgten für einen Blutandrang in meinem Unterleib. Sie lehnte sich ein wenig zurück und sah mich an. Ihr Gesicht war nur Zentimeter von meinem entfernt. Sie fuhr mit den Fingerknöcheln über meine Koteletten.

»Hast du die schon lange?«

»Nur ab und zu.«

Sie gab mir einen Schmatz aufs Kinn. Dann schmiegte sie den Kopf an meine Brust und drückte mich ein zweites Mal. Nancy war mir vertrauter als meine Eltern oder ihr Haus.

»O Gott, ich denke noch immer fast jeden Tag an dich«, sagte sie. »Ich frage mich, was du wohl gerade machst. Oder stelle dich mir auf dem Empire State Building vor.«

»Da sitze ich meistens. Normalerweise habe ich eine klitzekleine weiße Frau in der Hand, und Hubschrauber schießen mit Raketen auf mich.« Ich stieß sie von mir. »He, Nancy.«

»Was?«

Ich zeigte quer über die Straße auf das Haus, in dem früher die Streckers gewohnt hatten.

»Siehst du das Gebüsch da drüben?«

Sie nickte.

»Was hältst du davon, wenn wir uns dahinter verkriechen? Ich zeig dir meins, wenn du mir deins zeigst.«

»*Ha-ha-ha-ha-ha!*«, machte Nancy, dasselbe laute Wiehern wie früher. Sie hielt sich die Hand vor den Mund. Doch das half nichts. Ihr Gelächter überwand dieses Hindernis mit Leichtigkeit und traf mich mitten ins Herz.

Tar, Amy und ich standen am Küchenfenster und sahen meinem Vater zu. Er schleppte eine Schaufel durch den Vorgarten. Er hatte eine orangefarbene Wollmütze auf dem Kopf.

»Wie heißen diese Dinger, diese Tragen noch mal?«, fragte ich.

»Papoose«, antwortete Tar.

»Ach, ja.«

Mein Vater hatte eine Papoose mit der Babypuppe darin auf dem Rücken. Er stieß das Schaufelblatt in den gefrorenen Boden rings um einen Baum.

»Wenn diese Papoose jemand sieht«, sagte ich, »denkt er doch, der alte Gunn ist vollends durchgeknallt.«

»Ich finde das irgendwie süß«, meinte Amy.

»Faulende Bananen riechen süß.«

Amy schaufelte sich einen Löffel Fruity Pebbles in den Mund. Ich legte meine Zigarette in den Aschenbecher auf dem Tisch.

»Mom hat mir erzählt, wenn er zur Arbeit geht, muss sie für die Puppe den Babysitter spielen«, nuschelte Tar mit vollem Mund. »Für ihn ist sie ein Baby, um das sich ständig jemand kümmern muss.«

»Und? Macht sie's?«

Tar zuckte die Achseln. »Angeblich.«

»Ach was«, sagte ich. »Mum stellt das Teil in irgendein Regal, und wenn sie ihn abends kommen sieht, nimmt sie es auf den Arm und macht verrückte Augen.«

Tar runzelte die Stirn. »Was, bitte, sind verrückte Augen?«

»Hm, na, das, was du machst, wenn du Amy in den Arsch fickst.«

Tar ließ den Löffel in seinen Teller fallen und funkelte mich wütend an. Amy klappte die Kinnlade herunter. Sie starrte Tar fassunglos an.

»Du hast es ihm erzählt«, sagte sie.

»He, keiner hat mir was erzählt. Mir ist bloß aufgefallen, dass du in letzter Zeit ein bisschen wacklig auf den Beinen bist. Hä-hä.«

Amy boxte Tar auf den Oberarm. Ich trank einen Schluck Kaffee, um mein Grinsen zu verbergen.

»Deshalb brauchst du dich doch nicht zu schämen, Ame«, meinte ich. »Was Strammes zwischen die Backen hat noch keinem geschadet.«

Tar griff über den Tisch und schnipste mir gegen die Schläfe.

»Au! Fuck«, sagte ich.

Ich nahm meine brennende Zigarette aus dem Aschenbecher und warf sie nach ihm.

»Uncool, James. Au Scheiße! Scheiße! Wo ist sie hin?« Tar stand auf, klopfte sich von oben bis unten ab, und suchte nach der Zigarette. Amy scharwenzelte um ihn herum und versuchte, ebenfalls, sie zu finden.

»Hä-hä-hä.« Ich nippte an meinem Kaffee.

»Au! Jetzt hab ich mich verbrannt! Nein! Bitte nicht!« Tar machte einen Satz rückwärts. Mit angsterfüllter Miene und spitzen Fingern pickte er die Zigarette aus der Hemdfalte, in der sie sich verfangen hatte. Neben seiner Brusttasche prangte ein braunes Loch. Amy rieb das Loch entsetzt zwischen den Fingern.

»Verdammt noch mal, das ist ein Fünfzigdollarhemd!«, rief Tar.

»Jetzt nicht mehr.« Ich trank einen Schluck Kaffee. Er stand stocksteif da, jeder Muskel zum Zerreißen gespannt. Sein Blick schweifte über den Tisch. An Amys Teller blieb er hängen. Ich wich langsam zurück.

»Nein, Tar ... nicht«, sagte ich.

Tar schloss die Finger um den Tellerrand. Ich stand auf. Tar warf den Teller nach mir. Winzige Fruity Pebbles klebten an meinem Anzug. Amy brach in hysterisches Gelächter aus.

»Na prima.« Ich schnappte mir meine Kaffeetasse und warf sie nach Tar und Amy. Die Sensibelchen schrien auf. Sie waren über und über mit Kaffee bekleckert. Amy schnappte sich einen Salzstreuer.

»Au bitte bitte bitte, Amy«, sagte ich. »Bitte nicht. Bitte, alles, bloß kein Salz. Hä-hä-hä.«

Amy schmiss den ganzen Streuer.

»Au!«, rief ich. Er prallte von meiner Stirn ab. Ich betastete die Stelle, wo er mich getroffen hatte.

Kalte Flüssigkeit lief mir übers Gesicht. Ich drehte mich um. Tar schüttete mir eine Flasche Coca-Cola über den Kopf. Ich packte den unteren Teil der Flasche und versuchte, sie ihm zu entwinden. Plötzlich war alles voller Cola: wir, der Tisch, die Gardinen, die Zettel, die mit Magneten an der Kühlschranktür befestigt waren. Tar und ich stürzten zu Boden. Weder er noch ich bekamen die auslaufende Flasche zu fassen. Plötzlich ein Furzgeräusch. In Tars Haaren landete ein gelber Strahl. Ein zweiter landete auf meiner Nase. Amy stand über uns und bespritzte uns mit Senf. Ich schlang die Arme um ihre Knie, und sie knickte ein. Tar lachte. Ich lachte. Amy lachte. Da erscholl die donnernde Stimme meiner Mutter:

»Was ... zum Teufel ... ist hier los?« Sie stand in einer knallig geblümten Bluse in der Tür. Sie hatte die Hände in die Hüften gestemmt. Eine vertraute Pose, auch wenn ich sie seit zwölf Jahren nicht gesehen hatte.

»Oh!«, rief Amy. »Wir machen das gleich wieder sauber!« Sie lag auf dem Boden. Die Haare hingen ihr ins Gesicht. Ihre Beine klemmten unter Tars Hintern. Ich saß auf Tars Beinen.

»Wie mein Kühlschrank aussieht«, sagte meine Mutter. »Und mein Kalender.«

»Amy ist auf mich und Tar losgegangen, Mom«, behauptete ich.

»Ja«, bestätigte Tar. »Wir haben versucht, sie davon abzuhalten, aber sie hat wie eine Verrückte mit allem Möglichen um sich geworfen. Und dabei die ganze Zeit geschrien: ›Ich hasse eure Mutter, eure Mutter ist ein Miststück.‹«

»Gar nicht wahr! Wirklich, Mrs. Gunn!«

»Wem glaubst du mehr, Mom, dieser Fremden oder deinen dich liebenden Söhnen?«, fragte ich. »Hä-hä-hä.« Ich zog die durchweichte Zigarettenpackung aus meiner Hemdtasche.

Meine Mutter stöhnte. »Los, macht sauber.« Kopfschüttelnd verließ sie die Küche.

»Ha-ha-ha«, lachten wir. Amy hielt sich die Augen zu. Ich schob mir eine Zigarette in den Mund. Tar sah mich an.

»He, James«, sagte er. »Ich muss dir was zeigen.«

»Dan Occansion!«, rief ich. Tar war mit mir in den Abstellraum im Keller gegangen. An den Wänden standen Regale voller Kisten und Kartons. Dan ruhte in Tars ausgestreckten Händen. Das Rot an Dans Helm war verblasst. Und einige der blauen Streifen, die sich seinen Körper hinabzogen, waren abgeblättert. Der schwarze Fleck auf seinem Rücken war noch da. Aber davon abgesehen machte der alte Knabe eigentlich einen ganz gesunden Eindruck.

»Er sieht nicht einen Tag älter aus«, sagte ich. »Wo hast du ihn gefunden?«

»In einer von den Schachteln hier. Ich habe mein High-School-Abschlusszeugnis gesucht.«

»Wozu denn das?«

»Hab ich vergessen.«

»Wer ist Dan Ocanjan?«, fragte Amy.

»Nicht Ocanjan, sondern OCCANSION, du blöde Fotze«, sagte ich. »Dan, der Stuntman.«

Dan/Dad

Bei Dans berühmtestem Stunt banden wir seinen Fuß an einen Drachen. Dafür war ich zuständig, weil ich am besten Knoten machen konnte. Gary und ich stritten uns darum, wer die Spindel halten durfte. Tar interessierte das nicht; er kletterte an der Regenrinne hoch aufs Dach. Diesen Stunt wollte er sich aus der Nähe ansehen. Der Drachen war schwarz, mit zwei großen grünen Augen. Grüne Bänder flatterten an seinem Schwanz. An diesem Tag herrschte extrem starker Wind. Nancys Mom hatte extra für uns den Wetterbericht im Radio gehört.

»Ja«, hatte sie gesagt. »Heute wird es ziemlich stürmisch.«

Der Drachen stieg, Stück um Stück. Er schoss über den Himmel, und Tar flitzte über unser Dach.

»Nicht runterfallen!«, kreischte Nancy.

Dan hing mit dem Fuß am Drachen. Er breitete die Arme aus.

»Ich bin der beste Stuntman der Welt!«, brüllte Dan. »Evel Knievel ist ein Scheiß dagegen!«

Gary klatschte johlend in die Hände. Er presste sich die gefalteten Hände unters Kinn. Ich gab Schnur, ließ Dan noch höher steigen. Tar streckte die Hand über die Dachkante, um ihn zu berühren.

Vor dem 4. Juli lagerten in einem Nebenraum von Frickles Fireworks Unmengen riesiger Feuerwerksraketen. Ein Schild warnte: *Jugendlichen unter 18 Jahren ist der Aufenthalt in diesem Teil des Ladens strengstens untersagt.* Weder Frickles noch sein Personal kümmerten sich um das Schild; manchmal hat der liebe Gott eben doch ein Einsehen. Mit den meisten Raketen, die wir kauften, bombardierten Gary und ich uns gegenseitig. Nur einmal musste einer von uns ins Krankenhaus (Gary). Die größte und leistungsstärkste Rakete hieß SuperBuzz. Davon hatten wir nur eine. Und die war für Dan Occansion reserviert.

»Woher willst du wissen, dass er dabei nicht explodiert?«, fragte Nancy.

»Dan hat gesagt, dass er es schafft«, beteuerte Tar.

Wir wussten, dass wir uns darauf verlassen konnten. Tar und Dan waren wie Pech und Schwefel. Statt wie sonst mit Schnur befestigten wir Dan mit Draht an der SuperBuzz. Wir banden ihn mit dem Rücken an die Rakete, damit sein Gesicht unversehrt blieb, falls er sich tatsächlich verbrannte. Wir steckten den Stab der Rakete in einen Haufen Kieselsteine. Dan lächelte, wie vor jedem neuen Stunt. Andere mochten ihn deshalb für einen Dummkopf halten, für uns war er ein tapferer, tollkühner Held. Ich entzündete die Lunte. Sie flackerte, und ein Funkenregen ergoss sich über unsere Füße.

»Tschüs, Dan«, sagte Nancy.

»Geil!«, brüllte Dan. »Ich fliege ins All!«

Die SuperBuzz stieg in den Himmel.

»Wir lieben dich, Dan!«, rief Gary.

»Menschenskind, Gary, werd doch endlich erwachsen«, sagte Nancy.

Am höchsten Punkt ihrer Flugbahn explodierte Dans Rakete. Dann stürzte sie auf eine Baustelle in der benachbarten Neubausiedlung.

»Ach du Scheiße«, sagte Tar.

Wir wussten nicht, wo sie niedergegangen war. Wir hatten

nicht damit gerechnet, dass wir nach der Landung Schwierigkeiten haben könnten, sie zu finden. Zu viert unternahmen wir einen Streifzug über die Baustelle. Es war ein Sonntag, sie war menschenleer. Wir suchten in den Gärten. Wir suchten auf den Dächern der bereits fertig gestellten Häuser und im Innern der Rohbauten. Garys Atem ging unregelmäßig.

»Keine Angst, Gary«, sagte ich. »Wir werden ihn schon finden.« Ich legte ihm die Hand auf den Rücken.

Als es dunkel wurde, marschierten wir nach Hause, Taschenlampen holen.

»Um diese Zeit geht ihr mir nicht mehr vor die Tür«, entschied meine Mutter.

Tar fing an zu weinen.

»Aber Dan ist weg!«, sagte er.

»Dan könnt ihr auch morgen früh noch suchen«, meinte sie.

»Aber dann ist er vielleicht schon tot!«, heulte er.

»Was?«

»Vielleicht hat ihn bis dahin jemand anders gefunden, Mom«, erklärte ich.

»Wer interessiert sich schon für euer dämliches Männchen?«

»Kinder sind ganz *scharf* auf so was, Mrs. Gunn«, sagte Nancy.

Tar schrie lauter.

»Wir passen auch auf«, versprach ich.

Meine Mutter gab nach. Wie immer, wenn Tar heulte.

Vor der Tür sah Tar mich lächelnd an. Er hatte die Hände in den Hosentaschen.

Einer der Rohbauten war nichts weiter als ein Holzgerüst. Wir hatten ihn beim ersten Mal nicht genauer untersucht. Ich inspizierte eben die Regenrinnen an den vier Ecken des Hauses, als ich Nancy brüllen hörte. »Oh!« Ich spähte hinein. Sie lag auf Händen und Knien und sah durch ein Loch im Fußboden in den darunter liegenden Keller.

»Ich glaub, ich hab ihn gefunden«, flüsterte sie.

Ich ging ins Haus und stieg in das Loch hinab.

»Lebt er noch?«, erkundigte sich Gary.

Dan war von Kopf bis Fuß pechschwarz und verkohlt. Er war mit Draht an der Papphülle der Rakete befestigt. Sein Atem ging nur noch ganz schwach.

»Ja, aber er sieht ziemlich mitgenommen aus«, sagte ich.

Schweigend und mit hängendem Kopf trotteten wir nach Hause; Dan war total im Arsch. In der Waschküche pflegten wir seine Wunden. Wir badeten ihn im Spülbecken. Zu unserem Erstaunen ließ sich das Schwarz fast gänzlich abwaschen. Dan kam wieder zu sich.

»He, he, he!«, sagte er. »Mir fehlt nichts, Baby!«

Es blieb nur ein kleiner Fleck am Rücken. Gary legte mir grinsend die Hand auf die Schulter und drückte sie.

Ein anderes Mal setzte Dan sich hinter das Steuer eines Buggys und fuhr damit vom Dach ins Planschbecken im Garten. Großer Jubel.

Mit einem Stück Draht an der hinteren Stoßstange des Autos unserer Mutter befestigt, ließ Dan sich bis zu unserer Großmutter schleifen, ohne größere Blessuren davon zu tragen. Tar stellte Dan unserer Großmutter vor.

»Aha«, machte sie und glitt mit der Fingerspitze an ihrer Ohrmuschel entlang.

»In der Bibel steht, Tar, in der Bibel steht, ihr sollt euch keinen falschen Götzen machen«, murmelte sie und sah unsere Mutter ängstlich an.

»Aber Dan ist doch keine Statue, Grandma«, sagte ich.

»Trotzdem. Ich kann das nicht gutheißen.« Wieder sah sie unsere Mutter an. Und setzte dann, wie als Entschuldigung, halblaut hinzu: »Wirklich, Lynea. Auch wenn du das nicht verstehst. Und du brauchst mich gar nicht so anzuschauen. *Das zieht nicht.*«

»Los, Jungs«, sagte unsere Mutter. »Geht nach unten, spielen.«

Der Keller unserer Großmutter war alt, modrig und düster. In einer Glasvitrine stand ihr toter Kater Socks. Sie hatte ihn ausstopfen lassen. Er starrte scheeläugig über uns hinweg. Seine Augen waren von einem ganz anderen Grün als zu Lebzeiten. Auf dem Boden stand ein kleiner Plastikplattenspieler, den meine Großmutter für uns gekauft hatte. Daneben ein Karton mit Kinderplatten. Ich legte eine Platte namens *Sing Along Circus* auf. Dan saß mit ausgestreckten Beinen auf dem Label, während sich die Platte drehte. Tar schielte Socks aus den Augenwinkeln an.

»Keine falschen Götzen«, flüsterte er mit hoher Stimme. Wir kicherten nervös.

Da sagte Dan laut: »Mit Verlaub, Leute, aber die Alte hat doch nicht mehr alle Tassen im Schrank.«

Tar und ich schlugen uns die Hände vors Gesicht und schütteten uns aus vor Lachen. An jenem Tag erfanden wir einen Tanz namens *The Crazy Lady*. Dabei wackelten wir mit dem Arsch und fuhren uns mit den Fingerspitzen über die Ohrmuscheln.

Wir banden Dan Occansion einer Ente auf den Rücken.

In einem schwachen Moment gestand uns Dan, dass seine Eltern ihn nicht liebten. Mit Entsetzen mussten wir ansehen, dass er weinte. Es war rührend, aber unangenehm. Was sagt man in so einer Situation?

Anders als die meisten Actionfiguren jener Zeit konnte Dan Occansion die Knie anwinkeln.

He, Leute, kommt mal her. Ich muss euch was zeigen. Das haut euch um. Hier drüben, zwischen den Bäumen. Ja, genau. Passt auf, da ragt eine Wurzel aus der Erde. Gut. Seid ihr so weit? Hier. Ha! Da wärt ihr nie drauf gekommen, was? Dass ich euch ein totes Eichhörnchen zeige! Mannomann, schaut euch das an! Dem sind die Augen rausgefault. Man kann sogar die Rippen sehen. Boah, Mann, und wie das stinkt. Ihr müsst näher ran. Riecht ihr's? Was hast du denn, Gary, alter Junge? Schiss vor einem toten Eichhörnchen? Schiss, dass es dich anspringt und beißt? Ha! Das wär der Hammer. Mannomann. Was heißt hier, du musst gleich kotzen, Nance? Wieso? Ist doch bloß ein Eichhörnchen. Ein TOTES Eichhörnchen. He, Süße, wo willst du denn hin? Beweg sofort deinen knochigen, kleinen Arsch hierher. Jetzt komm schon. Ich überlege gerade, was für einen Stunt ich mit dem toten Vieh abziehen könnte. Ich beiße nicht … Nun komm schon, Nancy. Komm zurück. He, das wird echt stark. Ich könnte ihm zum Beispiel meinen Kopf zwischen die Rippen stecken, durch die Haut. Weich genug ist sie auf jeden Fall. Klar ist das eklig. Aber ein ekliger Stunt ist was Besonderes, so wie manche Leute Goldfische essen. Ich bin immerhin der größte Stuntman ALLER Zeiten, schon vergessen? Ihr traut mir das wohl nicht zu? He. Ich sag's dir nicht noch mal. Ich heiße nicht Jimmy. Sondern Dan.

William Gunn entstammte einer irischen Rechtsanwaltsfamilie aus Saint Louis, die ein derart isoliertes, klösterlich abgeschiedenes Leben führte, dass sie auch in der dritten Generation noch mit merklichem Akzent sprach. Mit vierzehn fing er an zu saufen und hörte erst fünfundzwanzig Jahre später wieder damit auf. William hielt sich für einen Frauenhelden, doch da er erstens nervös und zweitens katholisch war, hatte er sich sein Leben lang mit nur einer Möse näher befassen dürfen, und die gehörte seiner Frau.

William und Lynea Chylnek heirateten an einem wunderschönen Sommertag, und von da an ging es bergab. Als ein knappes Jahr darauf sein erster Sohn James das Licht der Welt erblickte, war William sturzbetrunken. Er presste die Hand gegen die Scheibe der Entbindungsstation und stammelte unter Tränen, der Junge sei das schönste Baby, das er je gesehen habe. Kaum ein Jahr später kam sein zweiter Sohn zur Welt. Der zweite Sohn hieß Joseph, doch weil seine Haut bei der Geburt so dunkel war, nannte William ihn Tar Baby. Verkürzt zu Tar, blieb dieser Spitzname an ihm hängen, und der Kleine hörte fortan auf keinen anderen Namen mehr.

William fühlte sich in Gegenwart der Kinder unwohl. Er wusste nicht, wie er sie anfassen sollte. Er nahm sie niemals in den Arm. Und arbeitete so viel, dass seine Frau die beiden Jungs im Wesentlichen allein erzog. Selbst wenn er körperlich anwesend war, war er geistig abwesend und versteckte sich hinter einer Zeitung oder sah stundenlang fern.

Es sei denn, er war betrunken. Wenn er betrunken war, spielte William bis in die Puppen mit den Kindern. Sie durften auf ihm reiten, und er war ein Monster, ein Pony, ein Drache. Er hielt sich die Hände wie ein Elchgeweih an den Kopf und krachte wiederholt gegen die Möbel, wobei das eine oder andere gute Stück zu Bruch ging. Seine Kinder lachten. Er schlug im Spaß mit Handtüchern nach ihnen. Er tat, als wolle er sie fressen. Er ließ die Badewanne voll laufen und warf sie wie Bomben hinein.

Doch wenn sie am nächsten Morgen von neuem auf seinen Rücken springen und weiterspielen wollten, hatte Willam einen Kater. Er stieß sie brutal beiseite, wobei er seinem jüngeren Sohn einmal sogar den Finger brach.

William neigte seit jeher zur Gewalttätigkeit. Mit neunzehn wurde er festgenommen, weil er die Hand eines Mannes in eine Wagentür geklemmt und diese mehrmals zugeschlagen hatte. Mit dreiundzwanzig warf er einen fünfundfünfzigjährigen Versicherungsvertreter durch ein Fenster. Er ohrfeigte, boxte oder trat seine Söhne, weil er nicht wusste, wie er sie sonst zum Schweigen bringen sollte. Zweimal schlug er auch seine Frau. Wovon die ganze Familie profitierte, weil er danach gut zwei Wochen unglaublich lieb und nett war.

»Wenn's nach mir ginge, könnte er Mom alle zwei Wochen verprügeln«, sagte James einmal.

»Und wenn er dazu keine Zeit hat, erledige ich das für ihn«, ergänzte Tar.

Freitag, 23. Dezember

»Ich habe keine Ahnung, wo Tar steckt«, sagte ich. »Ich glaube, er ist mit Amy ins Science Center.«

»Wolltest du nicht mit ins Science Center?«, fragte mein Vater.

Wir saßen uns auf der Couch gegenüber.

»Nein. Nein. Ich gehe lieber wieder in den Keller und arbeite an meinem eigenen Experiment. Das Science Center kann mir gestohlen bleiben.«

»An deinem Experiment?«

Ich lehnte mich zurück und stierte in die Glotze.

»Ja. Ich baue einen Roboter, Dad. Dir kann ich's ja sagen. Die Welt wird es sowieso bald erfahren.«

»Was? Einen Roboter?«

»Ja. Und zwar einen ziemlich großen. Du wirst dir vor Angst in die Hose machen.«

»*Was?*«

»Nichts«, sagte ich. »Vergiss es.«

Mein Vater sah mich einen Augenblick lang ratlos an und wandte sich dann wieder dem Fernseher zu. Zwei Männer »wischten« den Curlingstein von einem Ende der Bahn zum anderen. Curling ist die beste Sportart der Welt. Ich habe zwar nicht den leisesten Schimmer, worum es dabei geht, aber es sieht ganz so aus, als könnten Hausmeister es darin weit bringen, und dem kleinen Mann gilt meine Sympathie.

Die Babypuppe lag in den Armen meines Vaters, über dem spannenden Curling-Match hatte er sie völlig vergessen. Ich nahm einen tiefen Lungenzug. Im Kühlschrank lag Bier, doch ich hatte mir vorgenommen, es nicht anzurühren. Nancy und ich wollten abends zusammen weggehen, und ich wollte nicht schon betrunken sein, wenn sie mich abholen kam. Ein Spieler des roten Teams hatte den Stein berührt.

»*Ach*, jetzt ist er aus«, sagte mein Vater. »Jetzt ist er aus.«

»Er hat's vergeigt«, bekräftigte ich. »Die anderen Spieler machen ihn bestimmt zur Schnecke.«

»Wenn sie ihm nicht sogar den Schrubber wegnehmen.« Mein Vater lachte.

Ich sah meinen Vater an; sein ganzer Körper bebte.

»Hä-hä. He, Dad. Zeig doch mal die Puppe.«

Mein Vater war misstrauisch.

»Tu ihr nichts.«

»Nee.«

Er gab mir das Baby. Ich packte es unter den Achseln und hielt es auf Armeslänge von mir gestreckt. Ich hob es vorsichtig hoch, prüfte sein Gewicht.

»Sieht doch gar nicht so übel aus, die Kleine«, sagte ich schließlich. »Hübscher Schlafanzug.«

Ich sah meinen Vater an. Er grinste ziemlich dämlich und hatte Tränen in den Augen.

»Danke, Jimmy. Das ist wirklich nett von dir.«

»Ich schaue sie mir doch bloß an, Dad.«

Mich und Nancy trennten nicht nur Jahre, sondern auch Erfahrungen. Andere Männer spielten eine wichtigere Rolle in ihrem Leben: ein Exmann und ein kleiner Sohn, dessen Namen ich vergessen hatte. Und andere Schwänze hatten Körperöffnungen erkundet, die für mich tabu waren, seit dort ein erster zarter Flaum spross. Aber im rechten Licht besehen, war ihr Gesicht das exakte Spiegelbild meines eigenen. Vielleicht fehlten ihr dieselben Dinge, das Geheimnisvolle, die Magie. Natürlich kann man die Welt von früher nicht zurückholen. Aber vielleicht genügte es ja, wenn wir uns gegenseitig etwas vormachten.

Früher hatten wir nur unseren Eltern etwas vorgemacht.

Eine kleine Narbe verunzierte das Fältchen neben Nancys Auge. Sowohl die Narbe als auch das Fältchen waren neu, und ich überlegte, ob sie zu ihr passten. Die Musik war so laut, dass ich brüllen musste: Ich fragte sie, woher die Narbe stamme.

»Von einem Ring«, brüllte Nancy zurück. Die Musicbox spielte »96 Tears«, weshalb ich Mühe hatte, mich auf Nancy zu konzentrieren. Ich hatte »96 Tears« seit Ewigkeiten nicht gehört. Wir saßen in einer versteckt gelegenen irischen Kneipe namens O'Corrigan's; überall dunkles Holz und grünes Leder. Draußen floss der Mississippi vorbei, der mich jedes Mal an dickflüssige Schokolade denken ließ, die in der Hershey's-Fabrik in einen Trichter rann. Nancy und ich hockten nebeneinander an der Theke. Nancy trug eine enge braune Cordhose. Sie brachte mich auf Gedanken, die ich bei meiner ältesten Freundin eigentlich nicht hätte haben dürfen. Ihre Schenkel hatten unter der Geburt des Kindes, wie immer es auch heißen mochte, augenscheinlich nicht gelitten. Ich schob die Zungenspitze zwischen meine Schneidezähne und pulte ein Stück des Hähnchens heraus, das wir zuvor gegessen hatten. Fünf Jahre. Zu Hause war es nicht halb so schlimm, wie ich befürchtet hatte.

»Die habe ich von einem Ring«, wiederholte Nancy.

»Du sprichst in Rätseln.«

»Von Jerrys Ring.« Nancy streckte den rechten Arm aus und verpasste sich in Zeitlupe einen Fausthieb auf den Unterkiefer.

Um ihre Lippen spielte ein sonderbares Lächeln. So nahm sie jeden Schicksalsschlag, den ihr das Leben verpasste.

»Er hat dich verprügelt?«, fragte ich. Meine Miene verriet leise Verwunderung.

»I'm gonna cry ninety-six tears.«

»Wir haben uns gegenseitig verprügelt«, schrie sie. »Aber er hatte einfach mehr Kraft als ich.«

»Scheiße. Soll ich ihm die Fresse polieren? Kein Problem. Lust dazu hätte ich.«

Nancy nippte kichernd an ihrem Long Island Ice Tea. Dann schüttelte sie den Kopf und sah mich an.

»Ich dachte, darüber wärst du endlich hinweg, Jimmy.«

»Bin ich auch. Aber für dich würde ich eine Ausnahme machen. Wenn es dir hilft.«

»Es hat Gary nicht geholfen. Und es wird mir auch nicht helfen.«

»Gary«, sagte ich. Ich wollte keinen Gedanken mehr an dieses Arschloch verschwenden. Gerade kamen zwei schnucklige Studentinnen zur Tür herein und lenkten mich ab. Sie hoben die Hände und winkten kokett. Sie trugen Armreifen en masse.

»I'm gonna cry, cry, cry, cry.«

Nancy saugte an dem winzigen Strohhalm. Dann hob sie den Kopf und erwiderte meinen Blick. Ihre Augen waren dunkelbraun, blutunterlaufen, ein wenig matt vielleicht, aber dennoch bezaubernd. Nach einer Weile fragte sie mich, weshalb ich nach so langer Zeit wieder nach Hause gekommen sei.

»Weil ich hier etwas zurückgelassen habe«, antwortete ich.

»Und was?«

Der Barmann nahm einen Vierteldollar von der Theke und ließ ihn diskret in seiner hohlen Hand verschwinden. Ich wich Nancys Blick aus.

»Ninety-six tears.«

»Meine Kindheit«, sagte ich. Sie stieß ein freudloses Lachen hervor. Ich wischte mir mit dem Handrücken über den Mund.

Ich bestellte ein Bier.

Nancy konnte anscheinend einiges vertragen.

»Trinkst du öfter so viel?« Ich zeigte auf ihr Glas. Am Rand prangte ein Lippenstiftabdruck.

»Meine Mutter sagt immer, wenn ich nicht bald damit aufhöre, ende ich noch wie du.«

Ich machte ein verwirrtes Gesicht. »96 Tears« wurde von »Every Picture Tells a Story« abgelöst.

»Es kursieren allerhand Geschichten über dich«, sagte sie.

»Ach ja? Was denn für welche?«

»Knastgeschichten. Es heißt, du wärst völlig verbittert und würdest dein Leben wegwerfen.«

»Alles maßlos übertrieben.«

»Dachte ich mir.«

»Trotzdem. Lieber solche Geschichten als gar keine«, meinte ich.

»So kann man das natürlich auch sehen.«

Ein geschniegelter Schönling mit Schickimickifrisur beugte sich über den Tisch der Studentinnen. »*Moi?*«, hörte ich ihn sagen.

»Am liebsten würde ich den Typ umbringen«, sagte ich. »Ihn langsam zu Tode foltern.«

Nancy fragte, ob ich Lust hätte, ein wenig Gras zu rauchen.

Ich wollte noch eine Weile mit ihr zusammen sein. Wir gingen in den Keller meiner Eltern. »Irre«, meinte Nancy. »Hier sieht's ja ganz anders aus als früher.«

Sie holte ein Pfeifchen aus der Tasche ihrer Jeansjacke. Da entdeckte sie die Figur auf dem Lampentisch.

»Dan Occansion«, sagte sie. Ich warf ihr ein Bier zu.

»Ja. Er ist wieder da.«

Nancy glitt mit dem Fingernagel über Dans Brust.

»Ich halt's nicht aus«, sagte sie. »Dan Occansion. Ich glaub, ich war in ihn verknallt.«

»Alle waren in ihn verknallt.«

»Weißt du noch, wie es mir fast hochgekommen ist, als du seinen Kopf im Wald in das tote Eichhörnchen stecken wolltest?«

»Hm.« Ich ging auf die Toilette, die meine Eltern hatten einbauen lassen.

»Wo hast du ihn gefunden?«, rief Nancy von nebenan. Mein Urin pladderte ins Becken. Ein paar Tropfen landeten daneben.

»Tar hat ihn in einem Karton entdeckt«, rief ich zurück. »Einen Drachen haben wir auch gefunden. Mal sehen, vielleicht probieren wir morgen einen neuen Stunt aus.« Ich schüttelte ab.

Als ich von der Toilette kam, zog Nancy an dem Pfeifchen.

»Das soll wohl ein Witz sein?«, röchelte sie.

»Nein, nein, im Ernst.«

»Kann ich mitkommen?«

»Morgen ist Heiligabend.«

»Scheiß drauf. Wenn Dan einen Stunt bringt, will ich dabei sein. Weißt du noch, wie wir ihn einer Ente auf den Rücken gebunden haben?«

»Ja, ja. Tar und ich sind sie heute alle der Reihe nach durchgegangen. Amy meinte, ich sollte seine Biografie schreiben.« Ich saugte am Pfeifchen.

»Kann ich mitkommen?«

Ich zuckte die Achseln. »Klar.«

»Gib mal die Pfeife.«

Ich reichte sie ihr.

»He, Nancy, weißt du noch, wie das war?«

»Wie was war?«

»Als wir noch Kinder waren?«

»Inwiefern? Meinst du, dass wir dauernd erwachsen sein wollten, es aber nie konnten?«

»Nein, um Gottes willen, nein, das wollte ich nie. Ich meine, dass fast alles, was wir uns vorstellten, auch wahr wurde. Wir haben wirklich daran geglaubt. Weißt du noch, wie Tar geweint hat, weil Oscar jr. tot war?«

Nancy starrte mich an.

»Ja«, antwortete sie und sank auf die Couch.

»Mann, das war das Größte«, sagte ich. »Ich weiß noch genau, wie es aussah, als Ellen das Hirn aus dem Hinterkopf quoll.«

»Scheiße. Ellen. Mensch.« Ich bildete mir ein, Nancy sei nahe dran, bittere Tränen über den schmerzlichen Verlust ihrer Freundin zu vergießen. Wer weiß?

»Aber mal im Ernst, James. Wenn man älter wird, sieht man so was doch oft genug in echt.«

»Schon, aber ich empfinde nichts mehr dabei.«

»Du arbeitest doch in einem Krankenhaus?«

»Ja.«

»Und? Hast du schon mal einen Menschen sterben sehen?«

»Ja. Aber es kam mir irgendwie echter vor, als die Menschen noch aus Plastik waren.«

Nancy sagte: Weißt du noch? Wie wir das Schminkzeug von deiner Muter geklaut und Brendan als Mädchen verkleidet haben? Er war das Blumenmädchen. Ich hab gehört, er ist jetzt Transvestit, im Ernst. Gary hat meistens den Trauzeugen gemacht. Scheiße, was Steve und Corey waren, hab ich vergessen. Ich konnte die beiden sowieso nie auseinander halten. Du vielleicht? Also, ich nicht. Ich glaube, sie waren Ministranten. Und weil sie Methodisten waren, dachten sie, sie wären wer weiß wie wichtig. Mann, wie viel Bier haben wir eigentlich schon getrunken? Moment mal. Ich muss dringend pissen.

Aaaah.

Nancy sagte: Tar war immer der Pfarrer. Immer. Und wenn er nicht der Pfarrer sein durfte, fing er an zu heulen. Gott, manchmal war er eine echte Nervensäge. Während ihr Jungs den Altar und all das aufbauten, flochten Kelly und ich Kränze aus Narzissen, die wir uns dann aufsetzten. Weißt du noch? Die waren für ... Gott, bin ich besoffen, wieso vergesse ich, wenn ich mit dir zusammen bin, dass ich ein Kind hab? ... Aus irgendeinem Grund dachten Kelly und ich, dass ein Brautpaar immer Kränze aufhat. Kann sein, dass wir das in einem Disney-Film gesehen hatten. Ja, ich glaube. Und dann ging's los, Jimmy. Erst kamst du raus, ganz langsam, die Hände zum Gebet vor der Brust gefaltet. An der Veranda, vor dem Altar, bist du stehen geblieben. Robert hat meinen Vater gespielt. Er hat mich zum Altar geführt. Ich weiß noch genau, wie du immer zu mir nach hinten geguckt hast, ganz ernst, mit diesem bescheuerten Kränzchen auf dem Kopf. Das war echt toll. Tar las erst irgendwelchen Quatsch aus seiner gigantischen Bibel vor. Und stellte uns dann die üblichen Fragen und so weiter. JA. JA. Und zum Schluss hast du mich geküsst. Ich hatte ganz weiche Knie. Gary hat geklatscht. Das war echt toll. Weißt du, was? Ich glaube, das hat mir noch besser gefallen als die Dinosaurier.

Nein, im Ernst.

Ziemlich chaotisch, das Ganze. Nancy war auf der blauen Couch zusammengesackt, und ihr Kopf ruhte auf der Lehne. Ihre Knie waren leicht geöffnet, so dass ihre Schenkel im

Schritt zu einem schmalen V zusammenliefen. Sie hatte die Augen geschlossen. Der Eyeliner auf ihren Lidern war verwischt, hier und da schimmerte die Haut darunter durch. Die gerahmte Todesanzeige meines Großvaters hing hinter ihr an der Wand. Ich lag auf den Knien. Ich hielt Nancys Hand. Ich hielt Nancys Hand mit beiden Händen. Ich legte die Wange an das Vinylpolster. Es roch nach Vinyl und Lint. Ein Tropfen Spucke neben meinem Mund.

»Lass uns heiraten«, sagte ich.

»Ha-ha.«

»Nein, wirklich, im Ernst. Lass uns heiraten. Wir könnten noch heute Nacht nach Las Vegas fahren.«

»Jimmy!« Giggelnd zog Nancy ihre Hand zurück.

Ich setzte mich auf meinen Arsch.

»Wir sind doch schon mindestens dreißig oder vierzig Mal da raufgetrampt«, sagte ich. »Was macht da schon ein Mal mehr oder weniger?«

Sie schlug sich den Arm vor die Augen, weil das Neonlicht sie blendete.

»Ich bin betrunken«, sagte sie.

»Ich finde, wir sollten heiraten.«

Nancy stützte sich auf die Ellbogen. Ihre Augen waren rot und verquollen.

»Ich habe ein Kind.«

»Ach, ja, stimmt. Das hatte ich ganz vergessen. Ich nehme alles zurück. Das hätte leicht ins Auge gehen können.«

Nancy knallte mir eins der Sofakissen an den Kopf. Es klatschte. Der Reißverschluss traf mich am Auge.

»Was spricht gegen Kinder?«, fragte sie in einem Ton, der verriet, dass auch sie da ihre Zweifel hatte. Wieder knallte sie mir das Kissen an den Kopf.

»Nichts. Ich will bloß keins haben.«

»Wieso nicht?«

»Ich weiß auch nicht. Ich hätte zum Beispiel echt Schiss, dass ich auf die Idee kommen könnte, es zu ficken. Und das wär doch ätzend, oder? Stell dir vor, du hast ein Blag, so ein süßes kleines geiles Sextierchen, das ständig um dich rumscharwenzelt. Und du sollst es umarmen, knutschen und auf den Schoß nehmen, darfst es aber nicht ficken.«

»Das ist ja ekelhaft.«

»Du kennst mich nicht. Ich werde von Jahr zu Jahr ekelhafter.« Ich sah sie an. Ich stehe auf schöne Wangenknochen, und Nancys Wangenknochen waren wunderschön. Sie lehnte sich zurück. Sie starrte mich an. Ich starrte sie an. Wir schwiegen eine Weile.

»Was ist?«, fragte Nancy.

»He, Nancy?«

»Ja, was denn?«

»Weißt du noch, was ich heute Nachmittag gesagt hab?«

Sie zögerte kurz mit der Antwort. »Was denn?«

»Ich zeig dir meins, wenn du mir deins zeigst.«

Nancys Bluse spannte über ihren Brüsten. Sie hoben und senkten sich, immer wieder, immer schneller. Ihre Bluse war hellbraun. Sie starrte mich an. Ihre Lippen waren leicht geöffnet. Das Neonlicht schimmerte als weißer Schnörkel in ihrem Lippenstift.

»Na schön«, sagte sie schließlich.

»Okay.«

Sie starrte mich immer noch an.

»Das ist dein Ernst«, stellte sie fest.

»Man nennt Amerika nicht umsonst das Land der unbegrenzten Möglichkeiten.«

Ihr Atem ging schneller, flacher. Meiner auch, leicht zeitversetzt. Nancy richtete sich ein wenig auf.

»Okay«, flüsterte sie kaum hörbar, ein sanfter Hauch. »Aber du zuerst.«

»Ja. Gut.«

Meine Finger wanderten zu meinem Gürtel, öffneten die Schnalle, zogen die Lasche heraus. Geschafft. Der Reißverschluss machte ein kratzendes Geräusch, als ich ihn aufzog. Ich zerrte mir Hose und Boxershorts über die Hüften. Mein Schwanz erhob sein rot behelmtes Haupt. Die Eichel war prall von Blut. Nancy sah mit halb geschlossenen Lidern zu, wie ich meine Hose ganz herunterzog; ich beobachtete sie aus den Augenwinkeln. Jetzt richtete auch der Schaft sich auf, ziemlich groß, ein stolzes Tier.

»O Gott«, sagte Nancy und schlug sich die Hände vors Gesicht. Ihr Hals war leicht gerötet. »Jimmy ...«

Nur mit Mühe widerstand ich dem Drang, meinen Schwanz in die Hand zu nehmen.

»Und jetzt du«, sagte ich. »Alte Liebe ...«

»Dass ich nicht lache. Gott, wie albern.«

»Jetzt du.«

Ihre Hände zitterten. Sie löste ihren Gürtel. Sie knöpfte sich die Hose auf. Es schien eine Ewigkeit zu dauern. Ich sah den Gummibund ihres Höschens, grauschwarz. Sie hielt einen Augenblick inne.

»Okay, okay«, sagte sie.

Sie schaute an die Decke, während sie sich unter Verrenkungen aus ihrer Hose wand. Wieder verbarg sie das Gesicht in ihren Händen.

»Jimmy ...«

Sie holte tief Luft. Sie setzte sich auf. Als sie die Daumen in den Bund ihres Höschens schob, trafen sich unsere Blicke.

»Also gut«, sagte sie. »Ich weiß auch nicht, wieso ich ...«

Sie zog es herunter und stieg heraus. Das Höschen fiel zu einem Knäuel zusammen und blieb zu ihren Füßen liegen. Sie presste die Schenkel fest zusammen. Trotzdem gab es genug zu sehen. Ihr schwarzes Schamhaar glänzte feucht. Darunter ein zarter Hauch von Rot.

»Nancy«, flüsterte ich.

Sie hielt sich den Mund zu. Ich streckte die Hand aus. Ich streifte ihre Knie mit meinem Finger. Sie nickte, schloss die Augen.

»Okay, okay, ist gut«, flüsterte sie.

Meine Finger krochen zwischen ihre Schenkel, strichen flüchtig über ihre Scham. Eine Duftwolke schlug mir entgegen. Mir war, als hätte ich einen Blumenladen betreten. Sanft drückte ich ihr Schambein. Nancy stieß einen bebenden Seufzer aus. Meine Finger bahnten sich einen Weg durch das lockige Dickicht ihres Schamhaars. Ein Finger glitt an ihren Schamlippen entlang. Nancy schauderte. Meine Fingerspitze berührte ihre Klitoris. Sie spreizte die Schenkel noch ein wenig weiter.

»O Gott, o Gott«, stöhnte sie. Sie riss die Ellbogen nach hinten und krallte die Finger in das Vinyl. Ich zitterte. Ein Tropfen klarer Flüssigkeit rann seitlich an meinem Schwanz hinunter. Ich tauchte zwischen ihre Beine, presste den Mund auf ihre Möse und ließ die Zunge aufwärts über ihr klaffendes Loch und ihren Kitzler gleiten.

»O Gott!«, schrie Nancy. Sie grub die Finger in meinen Hinterkopf und zog mich noch fester an sich. Immer und immer wieder streifte meine Zungenspitze ihre Klitoris. »Oh, Gott! Oh, fuck! Oh, Jimmy! Ich komme! Gott, ja! Jetzt! Ich komme!« Eine Flut von Säften überschwemmte meinen Mund, umspülte meine Zunge. Sie stemmte die Handballen gegen meine Stirn und stieß mich von sich. Sie ließ den Kopf in den Nacken sinken. Der Fleck an ihrem Hals war jetzt fast malvefarben.

»Das ging aber schnell«, sagte ich (schwer atmend).

»Wundert dich das?«, murmelte sie. »Nach fünfundzwanzig Jahren Vorspiel?«

Ich packte ihren Ellbogen und schob mich auf sie.

»Jimmy und Nancy sitzen in einem Baum«, flüsterte sie.

Sie schlang die Finger um meinen Schwanz und geleitete mich zu ihrer Grotte, braun, rosa, rot und herrlich feucht. Kaum war sie mit ihrer Hand an meinem Schwanz entlanggeglitten, spritzte ein weißer Schwall gegen die Innenseite ihres Schenkels.

Und kurz darauf, in ihr. Nancy schmierte nicht nur mich, sondern auch die Couch und die Ritzen zwischen den Kissen. Sie schrie. Sie hielt die Augen geschlossen. Sie knirschte mit den Zähnen. Ich stieß immer leidenschaftlicher in sie. Meine Hände wanderten ihren Rücken hinab und umfassten ihre Taille. Meine Finger umkreisten den Knubbel ihres Steißbeins. Nancy zog die Beine an und stemmte die Hüften hoch, damit ich tiefer eindringen konnte. Ihre Stirn an meiner Brust. Die weichen Falten ihres Bauches. Sie saugte und knabberte an meinem Nippel. Ihre Spucke tränkte die Haare auf meiner Brust, lief mir den Bauch hinab.

»Jimmy, Jimmy, Jimmy.« Evelyns wunderbares Liebeslied; Nancy kannte den Text.

»Lass mich nicht sterben«, flüsterte ich.

Nancy nahm meinen Kopf in beide Hände. Sie zog mich an den Ohren zu sich herunter und flüsterte:

»Puppenhäuser und Blumenkränze … auf … dem … Kopf … und wie wir auf der High School immer wollten und uns doch nicht trauten … und das alles nur wegen Gary … oh, Gott … Jimmy … du machst das besser als … Dan Occansion ha-ha … oh … oh ah ah.«

Immer fester stieß ich zu und katapultierte uns in die Vergangenheit. Um uns ein Tunnel aus Erinnerungen, und wir reisten rückwärts, machten jedes Jahr und jede Erfahrung, die uns trennte, von neuem durch. Zerstöre dich selbst, dachte ich. Zerstöre die Neue Welt. Bring uns zurück in den Kern, das Zentrum der Magie. Ich werde sie ficken. Und dadurch alles zurückgewinnen. Mehr als den rauen Samt ihrer Fotze brauche ich dazu nicht. Meine Finger krümmten sich und glitten über ihre schweißnasse Haut.

Ich sagte ihr, dass ich sie liebte. Dass ich sie über alles liebte. Die Tränen fielen von meinen Wangen in ihren Mund. Ihre Nägel bohrten sich in das Fleisch an meinen Hüften.

»Wenn du mir deins zeigst zeig ich dir meins«, sagte sie. »Wenn du mir deins zeigst zeig ich dir meins wenn du mir deins zeigst zeig ich dir meins das ist meins meins meins meins ganz allein, oh, Gott, Jimmy, du Arsch, wir sind verheiratet, ich komme.«

Samstag, 24. Dezember

Ich zog den Arm unter Nancys Kopf hervor. Die Uhr über dem Bett tickte laut. Der kleine Zeiger stand auf vier, der große auf sechs. Da ich erstens betrunken und zweitens mit Digitaluhren aufgewachsen war, brauchte ich einen Augenblick, um das als halb fünf zu übersetzen. Das hieß, in Philadelphia war es schon nach sechs. Manche Leute waren um diese Zeit schon auf. Ich setzte mich auf die Bettkante und presste mir das Kissen wie einen Harnisch an die Brust. Flüssiger Schmerz pulsierte rings um meine Augen. Ich betrachtete Nancys Gesicht, schlafend, leicht gefleckt. Sie summte durch die Nase. Sie zu ficken war, als hätte man mir meine sehnlichsten Träume aus den Eingeweiden gerissen. Ich hätte es gern noch mal gemacht, aber es waren kaum noch Träume übrig.

»Nancy«, flüsterte ich.

Sie rührte sich nicht.

»Freundin«, sagte ich.

Sie lag reglos da. Im Schlaf schien sie ganz bei sich selbst zu sein, wirkten ihre scharf geschnittenen Züge weich und entspannt. Nach all den Jahren hatten wir endlich vollzogen, wonach wir uns seit unserer Kindheit gesehnt hatten. Ich fragte mich, ob ich alles verdorben, ob ich das letzte bisschen Unschuld meines Lebens kaputt gemacht hatte. Ich fragte mich, ob sie auch nach Weihnachten noch etwas von mir wollen würde. Dann verwarf ich den Gedanken als absurd. Sie wollte mich genau so wenig wie ich sie. In einem Paralleluniversum, vielleicht. In einer Welt, in der sie meine Frau war, in der wir jede Nacht übereinander herfielen wie wild gewordene Tiger. In einer Welt, in der sie kein Kind hatte, in der ich mich nicht von Frauen angezogen fühlte, die kleiner waren als sie, in der es mich nicht störte, dass sie noch nie etwas von Kandinsky gehört hatte. Ich hievte mich vom Bett, ein stechender Schmerz im Genick. Ich torkelte zum Telefon auf dem Lampentisch. Dan Occansion lag neben dem Apparat. Er hatte einen so selbstgefälligen Gesichtsausdruck, dass ich ihm dafür am liebsten eine reingehauen hätte.

Hörer abnehmen. Wählen. Klingeln lassen. Blinzeln. Am Kopf kratzen.

»Hallo?«, sagte eine Frau am anderen Ende der Leitung.

»Hallo. Ist Evelyn da?«

»Sie schläft. Was ich auch gern täte. Wer ist da?«

»Ähm, James.«

»James. Es ist halb sechs. Rufen Sie später noch mal an.«

»Ach, das tut mir Leid. Ich dachte, es wäre schon später. Ich rufe nämlich aus … Japan an.«

Im Hintergrund fragte ein Mann schlecht gelaunt: »Wer ist denn da?«

»James, Evelyns Freund«, antwortete die Frau.

»Morgens um halb sechs?«, sagte der Mann.

»Er ruft aus Japan an«, erklärte sie. »Schlaf weiter, Leo.« Und dann, lauter: »Versuchen Sie es doch später noch mal, James.«

»Ist gut.«

»Na dann.«

»Mrs. Mako?«

»Was?«

»Fröhliche Weihnachten.«

»Ja, James.« Sie legte auf.

Ich hängte den Hörer wieder ein und vergrub die Zehen im Teppich. Sie verschwammen mir immer wieder vor den Augen. Nancy setzte sich auf und beobachtete mich vom Futon aus. Sie saß halb im Schatten. Ihre kleinen Brüste hingen schlaff herunter.

»Hast du sie angerufen, weil du ein schlechtes Gewissen hast?«, fragte Nancy.

»So ähnlich.«

»Sie heißt Evelyn?«

»Ja.«

»Scheiße. Ich hätte nie im Leben mit dir geschlafen, wenn ich gewusst hätte, dass du eine Freundin hast.«

Ich knabberte am Zigarettenfilter.

»Ach, Unfug. Klar hättest du. Wir haben schließlich lange genug darauf gewartet. Irgendwann musste es passieren. Sei doch froh, jetzt haben wir's endlich hinter uns. Außerdem ist sie nicht meine Freundin. Nicht mehr beziehungsweise noch nicht.« Ich starrte die gemusterte Tapete an: Rauten mit Kreisen darin. »Sag mal, Nance. Gibt es außer der Zeit noch etwas, das sich in nur eine Richtung bewegen kann?«

»Was?«

»Ein Lastwagen kann sich in alle möglichen Richtungen bewegen. Das Universum breitet sich nach allen Seiten aus. Und die Gedanken sind frei, oder? Die Fantasie kann sich in jede gewünschte Richtung bewegen.«

Die ersten trüben Sonnenstrahlen stachen durch die Lamellen der Jalousien. Nancy hatte die Beine angezogen und das Kinn auf die Knie gestützt.

»Du hast gerade die Zeit, das Universum, die Gedanken und die Fantasie mit *Lastwagen* gleichgesetzt. ›Lastwagen‹ gehören irgendwie nicht in dieselbe Kategorie.«

»Das sagst du. Ich kenne Leute ohne einen Funken Fantasie. Aber wo wären wir ohne die Müllabfuhr?«

Kurz darauf saß Nancy rittlings auf mir und bohrte die Fingernägel in das weiche Fleisch in meinen Armbeugen.

Ich erzählte Nancy von der Babypuppe meines Vaters.

»Die muss ich sehen.« Sie zog an dem Pfeifchen.

»Du willst die Babypuppe sehen?«

Sie nickte. »Ja. Meinst du, sie werden davon wach?«

»Das ist das große Abenteuer«, sagte ich.

Nancy und ich stahlen uns auf Zehenspitzen die Treppe hinauf. An der Wand hing ein Kinderfoto von mir. Daneben hing ein Kinderfoto von Tar. Wir hatten die gleichen Sachen an. Die Schlafzimmertür meiner Eltern stand einen Spalt offen.

»Komm«, flüsterte ich.

Nancy presste sich die gefalteten Hände unters Kinn. Ich stieß die Tür auf. Meine Mutter schlief auf dem Rücken. Ihre Nasenlöcher waren groß und rosig. Mein Vater lag wie ein Fötus zusammengerollt. Beide schnarchten laut.

»Wie in einer Autofabrik«, flüsterte Nancy.

Auf der Seite meines Vaters stand eine kleine Korbwiege neben dem Bett. Ein verirrter Sonnenstrahl bahnte sich einen Weg durch den Vorhang und fiel auf das Gesicht der Babypuppe.

»Da ist sie«, sagte sie.

Nancy schlug sich die Hände vor den Mund.

»Eine Krippe«, sagte sie.

»Sie schläft tief und fest.«

»Schnapp sie dir.«

Ich starrte Nancy an.

»Im Ernst?«

Sie nickte, ohne die Puppe aus den Augen zu lassen.

»Warum?«

»Sie sieht so echt aus.«

»Das ist doch kein Grund.«

»Schhh. Ich will sie mir doch bloß mal aus der Nähe anschauen.«

»Meinetwegen«, sagte ich. Ich schlich über den Teppich. Die großen Augen der Babypuppe stierten ins Leere. Ich packte sie am Fuß und flitzte aus dem Zimmer.

»Sie sieht irgendwie zurückgeblieben aus«, meinte ich.

Die Babypuppe grinste dämlich. Sie hatte Zahnfleisch, aber keine Zähne, und ein Hauch von Rot färbte ihre Plastikwangen. Die Augen waren leblos und starr. Nur das braune Haar war echt. Sie trug einen gelben Schlafanzug und ein Rüschenlätzchen um den Hals. Ich hielt die Babypuppe an den Haaren hoch und sah ihr ins Gesicht.

»He, Billy, du kleiner Wichser.« Ich zündete mir eine Zigarette an.

»Dein Dad hat sich seit unserer Kindheit offenbar sehr verändert«, meinte Nancy. »Ich hätte nie gedacht, dass er auf Puppen steht.«

»Tja. Die Abstinenz hat ihn gebeugt und in den Arsch gefickt.«

Nancy bohrte der Puppe einen Finger zwischen die Beine.

»Kein Schwanz«, stellte sie fest.

Ich schüttelte die Babypuppe.

»He, Billy, was geht ab?«, sagte ich.

Nancy lachte. Sie klemmte sich den Sensimilla-Beutel zwischen Kinn und Brust und stopfte das Pfeifchen.

»He, Nance, pass auf.« Ich sprach mit der Puppe: » Du, Dad, darf ich heute Abend mit den anderen Kindern ins Roller Castle? *Nein?*«

Ich warf die Puppe quer durch den Keller. Sie knallte gegen ein Bücherregal und warf ein Holzhuhn um. Zusammen fielen sie zu Boden.

»Hä-hä-hä.«

»Das ist aber nicht nett.« Nancy grinste hinterhältig.

Ich trat neben die Babypuppe. Sie blickte mich aus stumpfen Augen an.

»He, Dad, weißt du noch, als ich damals die Packung Kaugummi geklaut hab? Weißt du auch noch, wie du mich hinterher verprügelt hast? Ach ja? Dann ist ja gut.«

Ich sprang Billy auf den Kopf.

»Jimmy! Du machst sie kaputt!«

Ich lachte. Ich nahm den Fuß der Puppe und hielt sie hoch. Ihr Schädel hatte eine Delle.

»Ach was, Nance, das lässt sich wieder ausbeulen.«

Ich drückte den Kopf der Puppe zusammen. Ihr Gesicht nahm langsam wieder seine alte Form an.

»Komm, wir bringen sie zurück«, sagte Nancy.

Ich hielt die Puppe mit dem Kopf nach unten und zog an meiner Zigarette.

»Dad. Dad, ich bin ja so froh, dass du da bist. Ich wollte mich schon lange mal mit dir unterhalten. Wie soll ich sagen? Also, manchmal sagst du Sachen, die mich sehr verletzen. Wie zum Beispiel damals, als Tar und ich zusammen Riesenrad fahren wollten und du gesagt hast, einer nach dem anderen, sonst hält euch noch jemand für Schwuchteln. Weißt du noch?«

Ich schleuderte die Babypuppe quer durchs Zimmer, *zack!* gegen die Wand. Mit dem Gesicht nach unten blieb sie liegen. Ich trat neben sie.

»He«, sagte ich laut. »He, Dad! Wie geht's? Soll ich dir den neuen Trick zeigen, den ich heute gelernt hab? Den kannst du dann an Mom ausprobieren.«

Ich trat die Babypuppe. Sie prallte gegen die Wand und fiel mir wieder vor die Füße. Ich trat sie ein zweites Mal. Sie prallte gegen die Decke, drückte eine der Korkplatten ein und landete am anderen Ende des Zimmers.

»Komm, Jimmy, das reicht.« Nancy hatte die Arme verschränkt. Ich lachte.

»Pass auf, Nancy.« Ich legte die Hände an den Mund. »He, Bill! Alles klar? Gut. Gut. Ich wollte dich nämlich noch was fragen. *Mich würde interessieren, wie man sich als Riesenarschloch so fühlt?*«

Ich nahm Anlauf. Einen knappen Meter vor der Babypuppe sprang ich ab. In der Luft fragte ich mich, ob das tatsächlich eine so gute Idee war. Ich landete mit den Füßen auf der Babypuppe. Ein ohrenbetäubendes Krachen. Der Brustkorb gab nach.

»Ach du Scheiße«, sagte Nancy.

Ich stand auf dem plattgedrückten Schlafanzug. Als ich von der Puppe heruntersteigen wollte, blieb er an meinen Füßen hängen. Der Rumpf bestand offenbar aus einem härteren, zerbrechlicheren Kunststoff als Kopf, Arme und Beine. Unter dem Schlafanzug tausend Scherben.

Wir saßen in Nancys Wagen und warteten darauf, dass Toys 'R 'Us um acht Uhr öffnete. Von zu vielen Zigaretten und zu viel Gras hatte ich einen rauen Hals. Der Wagen war völlig verräuchert.

»Wir waren ziemlich laut gestern Abend«, sagte ich. »Vielleicht konnten sie deshalb ja nicht einschlafen. Und bleiben heute länger im Bett.«

Nancy strich sich mit der flachen Hand das Haar zurück. Die Ringe um ihre Augen hatten sie seit gestern Abend um fünfzehn Jahre altern lassen.

»Du bist wirklich unglaublich«, murmelte sie.

Ich glaubte aus ihren Worten Liebe, Zuneigung und zärtliche Erinnerung herauszuhören.

»Nein, ich weiß nicht, was für eine Puppe das ist«, sagte ich.

Ich streckte dem Geschäftsführer den Kopf der Babypuppe hin. Er stand hinter der Kundenservice-Theke und schrieb Zahlen in eine Kladde. Er hatte den Puppenkopf kaum eines Blickes gewürdigt.

»Aber es muss unbedingt so eine sein«, sagte ich. »Genau dieselbe.«

Das Gesicht des Geschäftsführers war mit blaurändrigen Pockennarben übersät. Er roch nach Haargel. Hinter ihm preiste eine junge Frau frisch eingetroffene Spiele aus. Klick! Der Geschäftsführer blickte auf. Er sprach mit monotoner Stimme.

»Ich weiß auch nicht, was das für eine Puppe ist, Sir.« Er deutete mit seinem Kugelschreiber den Gang entlang. »Puppen finden Sie in Reihe acht.« Dann widmete er sich wieder seinen Zahlen.

»Passen Sie auf. Mann. Sie müssen mir helfen. Sie halten Ihr Gekrakel wahrscheinlich für furchtbar wichtig, aber glauben Sie mir, einen Sohn, der das innere Kind seines Vaters zertrümmert hat, trifft man nicht alle Tage. Ich muss diese Puppe finden, bevor mein Vater aufwacht.«

»Es tut mir Leid, Sir. Aber dafür habe ich jetzt keine Zeit.« Wieder kritzelte er etwas in seine Kladde.

»Entschuldigen Sie mal.« Um das Gleichgewicht nicht zu verlieren, hielt ich mich an der Theke fest. »Passen Sie auf. Ich sitze seit sechs Uhr da draußen. *Seit sechs Uhr*. Nachdem ich so lange gewartet habe, wäre es, glaube ich, nur recht und billig, wenn jeder einzelne Ihrer Angestellten verdammt noch mal nach DIESER PUPPE sucht.« Ich hielt dem Geschäftsführer den Puppenkopf unter die Nase.

Wieder sah er mich an, mit hängenden Backen.

»Lassen Sie mich raten«, sagte er schmunzelnd. »Alkohol.«

»Wie bitte? Soll das ein Scherz sein? Ist das etwa der messerscharfe Verstand, die unvergleichliche Schlagfertigkeit, mit der Sie es zum *Spielzeugladenhüter* gebracht haben?«

Die Augen des Geschäftsführers waren stahlblau.

»Sehen Sie sich vor«, sagte er.

»Das Einzige, was ich *sehen* will, ist, dass *Sie* mir *helfen, diese … Puppe … zu … suchen.*«

»Ich sage es Ihnen jetzt zum dritten und endgültig letzten Mal«, stieß er hervor. »Ich habe diese Puppe noch nie gesehen und kann Ihnen deshalb auch nicht helfen, sie zu suchen.«

»Wir sind hier bei *Toys 'R 'Us*! Sie verkaufen *Puppen*! *Dazu* sind Sie *da*! *Sie sind der Geschäftsführer*! UND WENN SIE NICHT IN DER LAGE SIND, MIR DIESE PUPPE ZU BESCHAFFEN, DANN SIND SIE HIER FEHL AM PLATZ!«

Er legte seinen Füller in die offene Kladde.

»Eins kann ich Ihnen mit Sicherheit beschaffen«, sagte er. »Und das ist ein blaues Auge.«

»Sehr schön. Sehr schön. Da gibt es nur ein klitzekleines Problem. Ich brauche kein blaues Auge. ICH BRAUCHE DIESE PUPPE!«

Das Mädchen, das die Spiele auspreiste, hielt inne und sah mich an.

»Heute ist Heiligabend, Sportsfreund«, sagte der Geschäftsführer. »Da habe ich Wichtigeres zu tun, als mit einem Verrückten auf Puppensuche zu gehen.«

Kreischend schleuderte ich ihm den Puppenkopf ins Gesicht. Er fuhr zusammen und hob schützend den Arm. Der Kopf prallte von ihm ab und landete im Schoß des Mädchens. Sie wich davor zurück wie vor einem toten Vogel. Der Geschäftsführer hieb mit der Faust auf die Theke. Er war puterrot im Gesicht. Ich stand reglos da und keuchte.

»Gleich komme ich hinter dieser Theke hervor, und ich bin gespannt, ob Sie dann immer noch so laut sind«, drohte er.

»Ach ja? Na gut. Dann komm doch, großer böser Legomann.«

Nancys Stimme: »Jimmy!«

Ich drehte mich um. Sie stand in der Ladenmitte und hielt sich eine grüngelbe Schachtel vor den Bauch wie eine Gameshow-Assistentin.

»Hier!«, rief sie. »Ich hab sie gefunden! Komm!«

Der Schlafanzug der Puppe war zwar nicht gelb, sondern blau. Aber sonst sah sie genau so aus. Gott sei Dank, dachte ich. Der Geschäftsführer und das Mädchen tuschelten hinter meinem Rücken. Ich kramte Geld aus meiner Hosentasche.

»Siebenundfünfzig Dollar für eine beschissene Plastikpuppe. Lächerlich.« Ich zog die Puppe aus. Nancy fuhr durch unser Viertel. Obwohl die Morgensonne längst am Himmel stand, brannte die Weihnachtsbeleuchtung an den meisten Häusern noch. Ich steckte einen Fuß der neuen Puppe in den gelben Strampelanzug.

»Es ist drei Minuten vor halb neun«, sagte Nancy.

Ich schlenderte ins Haus und rieb mir mit der Fingerspitze den Schlaf aus den Augen. Die neue Babypuppe klemmte unter meinem Arm. Meine Mutter stand mit einer Schachtel Bisquick in der Hand in der Küchentür und machte ein finsteres Gesicht.

»Was willst du mit dem Baby?«, fragte sie.

»Gar nichts, ich, äh … hab es bloß mit …«

Mein Vater saß auf der Couch. Er hatte die Ellbogen auf die Knie gestützt und schaute fern. Er knabberte an seiner Unterlippe und würdigte mich keines Blickes.

»Du hast dich bloß über mich lustig gemacht«, sagte er. »Stimmt's?«

»*Nein. Nein.* Nancy, also, sie wollte eine Puppe kaufen, als Geburtstagsgeschenk für ihre Nichte, heute Nachmittag steigt die Party. Und da hab ich gesagt, ich hab gesagt: He, mein Dad hat eine echt geile Puppe.«

»Hör auf«, sagte mein Vater.

»Ich hab ihr Billy gezeigt. Und Nancy hat gesagt: Boah, eh, die muss ich haben. Echt, ich schwör's.«

»Hör auf.«

»Also bin ich damit zu Toys 'R 'Us. Nancy wollte nämlich genau diese Puppe. Und wir haben tatsächlich eine gefunden. Du brauchst dir um Billy keine Sorgen zu machen. Ich hab gut auf ihn Acht gegeben. Ich hab sogar mit ihm gesprochen.«

Mein Vater starrte in die Glotze. Die Videobilder spiegelten sich in den Tränen, die ihm über die Wangen rollten. Sein Kinn zitterte. Ich wandte den Kopf und atmete geräuschvoll aus.

»Dad«, sagte ich.

Meine Mutter trat energisch vor mich hin.

»Wann wirst du nur endlich erwachsen?«, knurrte sie, entriss mir die Puppe und reichte sie meinem Vater. Vorsichtig und ohne aufzublicken nahm er sie entgegen und setzte sie sich auf den Schoß.

»Ich hab doch gar nichts getan«, sagte ich. »Was hab ich denn getan?«

»Du bist ein Versager«, antwortete meine Mutter. »Kein Wunder, dass du dich fünf Jahre nicht hast blicken lassen.«

Ich starrte sie an. Meine Mutter stellte die Bisquick-Schachtel auf die Küchenanrichte.

»Ach, leckt mich doch alle mal am Arsch«, sagte ich.

Die Puppe verschwand unter der Wampe meines Vaters.

Meine Jacke war offen, doch ich war zu betrunken, um sie zuzumachen. Ich hatte es weiß Gott oft genug probiert. Jetzt fuhr mir der Wind unter die Arme, und ich fror. Vom Dach meines Elternhauses konnte ich fast das gesamte Viertel überblicken. Es gab sieben Arten von Häusern, die sich in Farbe und Form mehr oder minder deutlich unterschieden. Das Haus meiner Eltern war zweistöckig und damit das größte der sieben Modelle. Als Kind war ich stolz darauf gewesen, dass wir ein größeres Haus bewohnten als die meisten meiner Freunde. Jetzt, wo ich oben auf dem Dach saß, war ich von neuem voller Stolz. Allerdings nicht wegen der Größe unseres Hauses. Auch nicht wegen meiner außergewöhnlichen Begabung, meines guten Aussehens oder gar wegen der Frauen, mit denen ich geschlafen hatte. Sondern ohne besonderen Grund. Mein Stolz war einfach da. Ich kam mir unendlich groß vor, als ich so auf die winzigen Autos und Menschen hinabblickte, die ich zurückgelassen hatte. Ich bin als König heimgekehrt, dachte ich, als König von Troll Court. Ich thronte über meinen Untertanen.

Ich brauchte ewig, um Dan Occansions Fuß an den Drachenschwanz zu binden. Durch Ausdauer gelangte ich ans Ziel. Dans Körper war steinhart. Ein gut Teil seiner alten Energie schien verpufft. Aber sie würde wiederkommen, davon war ich überzeugt, wenn er erst einmal dort oben war und seinen halsbrecherischen Stunt hinlegte, würde sie schon wiederkommen. Der Drachen hatte ein Flammenmuster. Der Wind war wild und stürmisch. Schwankend stand ich auf. Das Dach war steiler, als ich es in Erinnerung hatte. An der Dachkante legte ich den Drachen hin und spähte über die Regenrinne. Dann lief ich auf die andere Seite, wobei ich die Schnur nach und nach kommen ließ. Doch statt zu fliegen stürzte der Drachen über die Dachkante in den Garten.

»Scheiße. Nochmal von vorn. Du wirst schon fliegen.«

Der Himmel war grau. Ich versuchte erneut, über das Dach

zu laufen, diesmal von der anderen Seite aus. Einen Moment lang schien es, als ob der Drachen steigen wollte. Doch es gelang mir nicht, ihn in der Luft zu halten. Einmal rutschte ich aus. Ich musste mich am Kamin festklammern, damit ich nicht vom Dach fiel.

Aus der Nachbarauffahrt rief eine Frau: »Bist du das da oben, Jimmy Gunn?« Mrs. Delgesse. Sie stand mit einer Hand voll Post an ihrem Briefkasten.

»Ich will den Drachen steigen lassen«, rief ich zurück.

Mrs. Delgesse starrte mich verdutzt an, dann ging sie ins Haus. Die alte Fotze hatte mich noch nie leiden können.

Wieder lief ich von einem Ende des Daches zum anderen. Diesmal erfasste der Wind den Drachen. Er schraubte sich in die Höhe, orangerote Flammen vor dem grauen Hintergrund des Himmels. Dan Occansions Gewicht zerrte den Drachen hin und her. Ich gab Schnur und ließ den Drachen treiben. Doch die Energie kehrte nicht zurück. Dan Occansion war nichts weiter als ein Stückchen Plastik, das am Schwanz des Drachen baumelte. Wieder rutschte ich aus. Ich knallte auf den Arsch und schlitterte auf die Dachkante zu. Eine Schindel klapperte über die Regenrinne und zerschellte auf der Terrasse. Der Drachen geriet ins Trudeln und stürzte in einen großen Baum im Garten.

Scheiße.

Ich zerrte an der Schnur. Einmal, zweimal. Der Drachen bekam Risse und wurde von einem Ast durchbohrt.

»He, komm da runter«, hörte ich jemanden sagen. Ich sah nach unten. Tar stand in der Auffahrt und starrte zu mir hoch. Ich beugte mich über die Dachkante.

»Dan legt einen Stunt hin«, sagte ich.

»Du bist doch stockbesoffen. Du brichst dir noch den Hals.«

»Tar. Mom hat mich einen Versager genannt.« Ich fing an zu weinen.

»Los, Jimmy, komm runter.«

Ich glitt an der Regenrinne hinab. Kurz bevor ich unten ankam, rutschte ich ab und fiel in den Dreck unter einem toten Rosenstrauch.

»Was hast du mit der Puppe gemacht?«, fragte Tar.

»Nancy und ich haben sie als Muster benutzt«, lallte ich und zog mich an der Hauswand hoch.

»Sie hat eine andere Augenfarbe. Die alte hatte graue Augen, genau wie Dad. Die Puppe, die du ihm gegeben hast, hat blaue Augen, James. Das ist eine andere Puppe.«

Ich holte tief Luft. Ich zuckte leise mit den Schultern.

»Wer weiß, Tar? Vielleicht ist ja ein Wunder geschehen. Iriswandlung.«

Ich stand mit dem Rücken zur Wand.

»Was ist eigentlich los mit dir?«, fragte Tar.

»Geh mir aus dem Weg.«

»Nein, ich gehe dir nicht aus dem Weg. Sonst gehe ich dir immer aus dem Weg. Jetzt warte ich auf eine Antwort.«

»Ich hab dir nichts zu sagen. Verpiss dich.«

Tars Körper versteifte sich. Er starrte mich an.

»Hör auf, einen auf tough zu machen«, sagte ich. »Du hast doch keine Ahnung, was tough heißt. Du Weichei.«

»Fick dich ins Knie. Wie kann man nur so ein blödes Arschloch sein?« Mein Bruder stieß mir einen Finger in die Schulter. Ich schlug seinen Finger mit dem Handrücken weg und wollte mich vom Acker machen. Tar packte mich an der Jacke und stieß mich wieder gegen die Mauer. Wieder stieß ich ihn weg. Ich riss die Fäuste hoch.

»Na komm, Tar. Willst du dich mit mir anlegen? Ja? Dann komm.«

»Lass den Scheiß.«

Ich boxte ihn auf die Brust, und er taumelte rückwärts.

»Na komm, Tar. Wo du doch angeblich so tough bist. Ich hab mich schon mit Typen geprügelt, die waren zehn Mal so hart drauf wie du.« Ich verpasste ihm eine auf den Mund. Ich traf ihn an der Schulter.

»*Na los*«, sagte ich. »*Ihr wollt mich doch alle bloß fertig machen, sonst nichts. Fickt euch doch ins Knie.*«

Mrs. Delgesse stand hinter uns auf ihrer Veranda.

Vor lauter Wut kamen Tar die Tränen. Ich schlug ihn.

»Hör auf«, sagte er. Er hieb mir mit der Faust gegen den Hals. Ich musste husten. Ich versuchte einen Treffer zu landen, doch er blockte geschickt ab.

»Hör auf.« Er verpasste mir einen Haken in den Bauch. Er schlug mir in die Fresse. Ich geriet ins Straucheln. Er stürzte sich auf mich.

»Hör auf.« Er streifte mich am Ohr, und ich fiel hin. Er gewann die Oberhand und drosch immer wieder auf mich ein.

»*Hör auf!*«, schrie er. »*Hör auf! Hör auf! Hör auf!*«

Ich versuchte aufzustehen. Blut tropfte auf mein Hemd. Tars Faust traf mich voll auf die Nase. Ich hörte und spürte ein entsetzliches Krachen. Bunte Monde tanzten vor meinen Augen. Ich fiel auf die Seite, kam auf meinem verkrümmten Arm zum Liegen. Tar ließ von mir ab. Er schluchzte.

»*In all den Jahren hast du uns immer nur verletzt*«, heulte er. »*Ich habe genau dasselbe durchgemacht wie du! Aber du – du benutzt es als Vorwand für dein egoistisches und … und schlicht und einfach ekelhaftes Verhalten!*«

Tar lief über die Wiese davon. Ich hörte die Haustür ins Schloss fallen. Ich spuckte Gras. Ich versuchte, bei Bewusstsein zu bleiben. Ich wälzte mich auf den Rücken. Ich lag da, und alles drehte sich. Ich hörte Gesang. Irgendwo ganz in der Nähe gingen Weihnachtssänger von Tür zu Tür.

God rest ye, merry gentlemen, let nothing you dismay
Remember Christ our savior was born on Christmas Day
To save us all from Satan's power when we have gone astray

Ich hatte Blut in einem Auge. Der Wind blies mir heftig ins Gesicht. Er pfiff mir in den Ohren.

O tidings of comfort and joy, comfort and joy
O tidings of comfort and joy.

Ich krallte die Finger in Gras und Erde und rappelte mich mühsam hoch. Torkelnd ließ ich mein Elternhaus hinter mir und schwankte durch die weißen Straßen.

Nancy stahl ihrer Mutter Geld aus dem Portemonnaie, und ich kaufte mir davon eine Fahrkarte für den ersten Bus nach Philadelphia. Noch bevor der Weihnachtsmorgen graute, war ich da.

Schöne Neue Welt

Das Leben hatte Gary Bauer nichts geschenkt. Die anderen Kinder piesackten ihn, wie Kinder es mit Schwächeren und Sonderlingen eben tun. Sie hatten ihn angespuckt und verprügelt. Sie hatten ihm die Brille geklaut und sie weggeworfen. Mädchen, die ihn hässlich fanden, hatten ihn verhöhnt und ausgelacht. Garys Eltern liebten ihn abgöttisch. Doch seine Entwicklung machte ihnen Kummer. Er wurde von Visionen und abstrusen Gedanken gequält. Er pflegte sonderbare Rituale. Er war kein besonders gut aussehender Junge, und als er sechzehn wurde, blühte eine prächtige Akne in seinem Gesicht. Was die Akne anging, dachte ich: Wenn es denn einen Gott gibt, sollte man ihn langsam zu Tode foltern.

Unser Telefon stand praktisch nie still; Gary rief uns mindestens einmal täglich an. Normalerweise war er frustriert, weil jemand hinter seinem Rücken eine fiese Bemerkung hatte fallen lassen, weil er in ein Mädchen mit wunderschönen Augen verliebt war oder ihm ein anonymer Mitschüler eine Clearasil-Anzeige in den Spind gelegt hatte. Manchmal schluchzte er.

»Wir helfen ihm durch die Pubertät«, sagte ich zu Tar und Nancy. »Uns macht sie keine Schwierigkeiten, eigentlich sogar eher Spaß, aber für Gary ist sie frühestens dann ausgestanden, wenn er aufs College kommt.«

Nancy ging Gary jeden zweiten Abend besuchen. Dann schauten sie fern, und er legte den Kopf in ihren Schoß.

Tar schrieb sich die Namen seiner Peiniger auf und schwor grausame Rache.

Ich nahm Gary in den Arm, und er weinte sich aus.

»Ich versuche krampfhaft, das alles zu vergessen«, sagte er. »Aber ich schaffe es einfach nicht. Ich versuche seit Monaten, den Schmerz zu verdrängen.«

Dazu nur so viel: Unser Freund war keine Belastung für uns, im Gegenteil. Er machte uns das Leben lebenswert. Er machte uns unsere Gefühle erst bewusst.

Eines Samstagmorgens im April, wir waren siebzehn, rief Gary mich an und sagte mir mit leiser, ruhiger Stimme, dass er mich liebte. Dann ließ er sich Tar geben und wiederholte seine Worte.

Insofern hätte es mich eigentlich nicht wundern dürfen, als Garys Onkel nachmittags anrief und mir mitteilte, dass sich mein bester Freund den Schädel weggepustet hatte.

Tar und ich fuhren die zwei Straßen zu den Bauers mit unserem Buick. Vor dem Haus standen Polizeiautos und ein Krankenwagen.

»Ein beschissener Krankenwagen«, murmelte ich.

Wir gingen ohne anzuklopfen hinein. Die Jungfrau Maria aus Porzellan, die im Flur an der Wand hing, sah heute irgendwie anders aus als sonst. Als hätte sie den bösen Blick. Und auch der Soundtrack war ein anderer. Aus dem Wohnzimmer drang das Schluchzen von Garys Großfamilie. Wenn es einen Wettbewerb gegeben hätte, wer am lautesten und verzweifeltsten heulen konnte, dann hätte Garys Mutter ihn gewonnen. »Schhh, Mama, schhh«, machte Mr. Bauer. Komisch, dass er sie ausgerechnet jetzt *Mama* nannte. Plötzlich brach Tar in Tränen aus.

»Er liegt immer noch da draußen«, sagte er.

Hinter einer Wand und dem Durchgang zur Küche war ein Teil der hinteren Veranda zu sehen. Die gläserne Schiebetür stand offen. Auf dem Boden ein Paar dünner Beine. Ein Schlafender hätte nie diese Position gewählt, ein Fuß war nach innen verkrümmt. Die blaue Jeans war blutgetränkt. Vor den Beinen stand ein Cop und machte sich Notizen oder eine Skizze.

Tar schrie auf. Ein Schrei der Wut, ein Schrei der Trauer. Ich spürte ihn in meiner Brust, als hätte ich selbst ihn ausgestoßen. Von Marvel Comics gibt es einen Superhelden namens Banshee, der allein mittels seiner Schreie alles vernichten kann.

Als Mr. Bauer die Stimme meines Bruders hörte, musste er begriffen haben, was das für uns bedeutete, denn jetzt fing auch er laut an zu weinen. Er hatte sich immer schon größere Sorgen um die Lebenden gemacht als um die Toten.

Als der Cop uns auf sich zukommen sah, deutete er mit seinem Bleistift auf uns und sagte etwas zu seinem Kollegen, den wir nicht sehen konnten. Der andere Cop erschien. Er war aufgedunsen und machte ein gleichgültiges Gesicht. Er tat nur seine Pflicht, die offenbar darin bestand, tote Teenager zu entsorgen. Er stieß mir einen Finger in die Brust.

»Okay, junger Mann, ich muss dich bitten, draußen zu warten«, sagte er.

»Ich warne Sie«, gab ich zurück. »Fassen Sie mich nicht an.«

»Okay, junger Mann.« Seine Hand blieb, wo sie war. »Jetzt komm.«

Tar schrie ein zweites Mal. Er versuchte, sich an dem Cop vorbei auf die Veranda zu zwängen. Sofort verstellte der Cop mit dem Bleistift ihm den Weg. Er legte Tar die Hände auf die Schultern und hielt ihn zurück. Tar schrie aus vollem Hals Garys Namen.

Als wir zur Tür hinausgeleitet wurden, kam Nancy herein. Ihre Klamotten passten nicht zusammen. Ihr verweintes, rot geflecktes Gesicht war totenbleich. Als sie mich sah, riss sie den Mund auf, doch kein Laut kam über ihre Lippen. Sie schloss die Hände um meinen Hals, würgte mich beinahe, und sank dann an meine Brust. Sie sagte immer wieder *Nein*. Sie trommelte mir mit den Fäusten auf die Oberarme. Ich presste sie an mich und weinte, denn sosehr ich mich auch bemühte, ich konnte die Tränen nicht zurückhalten.

»Ich schlage vor, ihr bleibt einfach hier draußen auf der Veranda, bis wir da drinnen fertig sind«, sagte der aufgedunsene Cop. »Es dauert nicht mehr lange.«

Der Cop ging wieder hinein.

»Hinten rum«, sagte Tar.

Als wir im Garten ankamen, sahen wir zur Veranda hinauf, die sich gut dreieinhalb Meter über dem Boden befand. Ich war davon überzeugt, dass Gary sich da oben erschossen hatte, weil es sich dort leichter sauber machen ließ. Man konnte die Dielen mit dem Gartenschlauch abspritzen. Die Cops waren offenbar verschwunden. Wir liefen zu den Stützpfeilern und schoben uns daran hoch. Ich spähte über die Kante der Veranda und sah Garys Schuhsohlen. Mir wurde speiübel. Am liebsten hätte ich auf der Stelle kehrtgemacht und wäre abgehauen, entschied mich dann aber doch dagegen.

Tar kam als Erster oben an. Er krallte eine Hand in sein T-Shirt und näherte sich vorsichtig der Leiche.

Das Kinn war der einzige noch intakte Teil von Garys Schädel. Es war unrasiert. Unter dem Kinn, am Hals, war ein feuchter roter Krater. Über dem Kinn, wo eigentlich Gesicht und Schädeldecke hätten sein müssen, war nur noch eine breiige Masse aus Blut und Knochen. Seine Hüften waren so verdreht, dass mir schon der Anblick Schmerzen bereitete. Die Flinte seines Vaters lag in seinen Armen. Sein Körper war mit

Fleischfetzen und Knochensplittern übersät. Gary hatte sich die Mündung direkt unters Kinn gesetzt, sodass sein Schädelinhalt senkrecht in die Höhe gespritzt und wieder auf ihn herabgeregnet war. Er hatte sich buchstäblich das Hirn aus dem Schädel geschossen.

»Nein«, flüsterte Nancy.

Nein ist angesichts eines sinnlosen Todes das perfekte Wort. Es kann eine Verweigerung darstellen, à la: Nein, das kann nicht sein. Ich brauche bloß zu schreien und den Kopf zu schütteln, dann geht alles wieder weg. Es kann eine Verurteilung der Tat sein, à la: Nein, das ist nicht richtig, Gary hätte das nicht tun dürfen. Und es kann eine universelle Verurteilung sein, à la: Nein, es gibt nichts Gutes, es gibt nichts Schönes, es gibt nichts Gerechtes auf dieser Welt.

Ich kniete neben Gary nieder. Ich ergriff sein Ohr und drehte seinen Kopf zu mir herum. Eine zähe Flüssigkeit quoll aus seinem Schädel und lief mir über die Hand und zwischen die Finger. Leere, gefühllose Substanz. Gary hatte sich umgebracht, ohne zu ahnen, wie dringend wir ihn brauchten.

Tar schlang die Arme um Garys Leichnam und hob ihn hoch. Dabei murmelte er etwas wie wir müssten ihn schnellstens ins Krankenhaus bringen. Er schleifte die Leiche über die Veranda. Dabei fiel Garys Kopf vollends zur Seite, und der Rest seines Schädelinhalts ergoss sich über meine Arme und Beine. Nancy packte Garys Schuh und presste die Stirn gegen die Sohle.

»Nein!«, heulte sie.

»Nein!«, schrie Tar.

Und auch ich sagte es, im Sinne von Variante drei:

Es gibt nichts Gutes. Es gibt nichts Gerechtes. Es gibt nichts Schönes auf dieser Welt.

Zur Feier des Tages

Als die Nachricht von Gary Bauers Tod die Runde machte, nahmen die Leute an, dass die Brüder Gunn durchdrehen und alles kurz und klein schlagen würden. Stattdessen verhielten wir uns still und leise, zumindest bis zur Totenfeier.

Unsere Mutter weinte zwei Tage lang. Sie kochte Essen, bergeweise, und schickte es den Bauers, die es zu Gunsten des Essens anderer, besserer Köchinnen aus der Nachbarschaft verschmähten.

»Alles in Ordnung?«, erkundigte sie sich immer wieder bei meinem Bruder. »Bist du sicher, dass dir auch nichts fehlt?«

Tar nickte. »Alles bestens.«

Wenn sie mich fragte, gab ich ihr dieselbe Anwort.

Sie hatte wohl Angst, dass wir eiskalt und gefühllos waren, wie Serienkiller. Dabei wollten wir bloß nicht darüber nachdenken. Tar hatte seine eigenen Gründe. Und ich wollte vergessen, wie sich der Schleim aus Garys Schädel über meine Hände ergossen hatte. Die Leute haben ja keine Ahnung.

Gary lag im geschlossenen Sarg. Mit Fliege, wie mir sein Vater versicherte.

»Die rote mit den Enten drauf«, sagte Mr. Bauer. Er stürzte sich förmlich auf mich, und ich schrak zurück. Er packte mich am Revers meines Jacketts und fing an zu weinen. Ich bohrte ihm einen Finger in den Oberarm.

»Du bist ein guter Junge«, sagte Garys Vater und ließ von mir ab. Er legte mir seine Pranke auf die Wange. »Du bist ein guter Junge.« Dann ließ er die Hand sinken und ging mit hängenden Schultern davon.

Ich betrachtete den Sarg. Das war nett von seinen Eltern, dachte ich. Obwohl sie die Fliege verabscheut hatten, beerdigten sie ihn damit, weil sie wussten, dass er es so wollen würde. Wirklich nett. Ich sank auf das Kniekissen und inspizierte die Maserung des Holzes. Sie ließen uns die Leiche natürlich nicht sehen, sie hatte schließlich kein Gesicht mehr; den Anblick hätte wohl kaum jemand verkraftet.

Nancy kniete sich neben mich, sie duftete nach Parfüm. Sie trug eine blaugrüne Bluse, einen schwarzen Faltenrock und Nylonstrümpfe, die ich an ihr noch nie gesehen hatte. Die Trauergäste liefen durcheinander und unterhielten sich. Eindringlinge, für die ich nichts als Hass empfand.

»Wie geht's dir?«, fragte Nancy.

»Gut.«

»*Gut?* James.«

»Ich hab irgendwie ziemlichen Scheiß gebaut, Nancy.«

»Scheiß gebaut? Inwiefern?«

»Er hat es mir gestern am Telefon praktisch angekündigt. Ich hätte bloß zu ihm rübergehen brauchen.«

»Das ist dumm, saudumm, so was auch nur zu denken«, sagte sie liebevoll, legte mir die Hand auf den Rücken und fing an zu weinen.

Tar wurde von Stunde zu Stunde wütender. Er war der Typ, der am liebsten alles kurz und klein geschlagen hätte. Er versuchte, sich zu beherrschen. Er trug eine rotblau gestreifte Krawatte.

Im hinteren Teil des Bestattungsinstitutes standen drei runde Tische mit einem kleinen Büfett darauf. Tar schnitt einen Apfel auf einem Papierhandtuch in dünne Scheiben. Als er damit fertig war, stellte er sie in einer Reihe auf, machte jedoch keine Anstalten, sie auch zu essen.

»Wichser«, flüsterte er Nancy und mir zu. »Diese ganzen Typen von seiner Schule. Dabei haben sie sich immer nur über ihn lustig gemacht.« Tar vertauschte die erste mit der letzten Apfelscheibe.

»Sie haben ein schlechtes Gewissen, Tar«, sagte Nancy.

»Scheiß drauf. Alle lachen und erzählen sich Geschichten. Wie auf einer beschissenen Super-Bowl-Party. Zum Kotzen.«

»Tar, du bist doch nicht etwa betrunken, oder?«, fragte sie.

»Stoned. James auch.«

Ihr Blick wanderte zu mir und wieder zurück zu Tar.

»Ihr seid echt beide stoned?«

»Was ist eine Super-Bowl-Party ohne Gras?« Ich aß eine Apfelscheibe.

»O Gott«, sagte Nancy. Sie starrte auf meine Hände und verzog ungläubig, angewidert das Gesicht. Sie bekam feuchte Augen. Tar sah sie an und fing auch an zu weinen. Er wusste, dass sie sich vermutlich wie ausgestoßen vorkam.

»Sorry, Nancy«, sagte er.

»Wir haben auch nur ganz wenig geraucht«, setzte ich hinzu und aß noch eine Apfelscheibe.

Mr. Hampton war ein langjähriger Freund meines Vaters und kannte Gary offenbar von früher. Er stand hinter uns und unterhielt sich mit Joe Collins, Garys älterem Cousin. Joe erklärte Mr. Hampton gerade, dass er als Landschaftsgärtner arbeite, bis er eine Stelle gefunden habe, die seiner Qualifikation entsprach; er habe schließlich studiert. Mr. Hampton wollte wissen, was er denn studiert habe.

Tar blickte mich an, während er einen zweiten Apfel in Scheiben schnitt. Wir belauschten das Gespräch.

»Siehst du?«, fragte Tar. »Was hat dieser Scheiß mit Gary zu tun?«

Joe sagte, er habe Betriebswirtschaft studiert. Mr. Hampton erzählte einen Witz. Wie viele Betriebswirtschaftler man benötige, um eine Glühbirne einzuschrauben? Einen, aber man brauche eine ganze Armee von Helfershelfern, um die achttausend Bewerbungen durchzusehen! Mr. Hampton und Joe lachten.

»Ein Witz«, sagte Tar etwas lauter als nötig. Er lachte höhnisch. »Was suchen diese Arschgeigen eigentlich hier? Gary ist tot, und die erzählen sich Witze? Langsam werde ich echt stinksauer, Jimmy.«

Mr. Hampton sagte, er kenne da jemanden, der Joe womöglich weiterhelfen könne, einen gewissen McIntrey vom Maris-Verlag. Der suche nämlich einen intelligenten, jungen Mann für seine Buchhaltung. Zugegeben, das sei zwar nicht direkt etwas Besonderes, aber doch immerhin ein Anfang, oder?

»Wirklich?«, fragte Joe begeistert.

»Moment, ich glaube, ich habe seine Visitenkarte bei mir«, sagte Mr. Hampton. »Ah, da. Da ist sie ja.«

Tar stieß einen heiseren Schrei aus und wirbelte herum. Mr. Hampton hielt Joe die Visitenkarte hin; der streckte die Hand danach aus. Sie wandten den Kopf und sahen meinen Bruder an. Tar schnaufte. Seine Kiefer mahlten.

Er ergriff die Karte und wand sie ihnen aus den Fingern.

»He!«, rief Mr. Hampton.

Tar riss sie einmal, zweimal, dreimal durch und schleuderte ihnen die Fetzen ins Gesicht. Ein Schnipsel landete auf Mr. Hamptons Augenbraue und blieb dort hängen. Tar starrte ihn durchdringend an.

»He, Junge! Was hast du …?«

Tar spuckte dem Mann auf den Hemdkragen. Mr. Hampton war ganz durcheinander. Er sah sich Hilfe suchend um. Vielleicht war es dieser jämmerliche Blick, der Tar dazu veranlasste, die Hände um Mr. Hamptons Hals zu schließen und ihn von sich zu stoßen. Der Mann stürzte auf einen der Büfetttische. Der Tisch brach unter ihm zusammen, und eine Schüssel Dip und ein Teller Crudités klatschten auf den Teppich. Tar sprang Mr. Hampton auf die Brust und traktierte sein Gesicht mit Fäusten. Mr. Hamptons Nase ploppte wie ein Sektkorken, als sie brach. Tar schrie, knurrte und schluchzte. Ich sah zu, nagte an meinem Apfel und wartete auf den Moment, wo ich dazwischengehen musste. Bislang hatte mein Bruder Hampton völlig unter Kontrolle, und die anderen schienen zu verdutzt, um etwas zu unternehemen.

»Tar! Hör auf!«, kreischte Nancy.

Mrs. Bauer schlug sich entsetzt die Hände vors Gesicht und heulte wie eine altmodische Sirene.

Joe Collins mischte sich ein. Er stellte sich hinter Tar und packte seinen Kopf mit beiden Händen. Er stieß Tar die Finger in die Augen und versuchte, ihn von Hampton herunterzuzerren. Das war mein Einsatz.

Ich schlang Joe den Arm um den Hals und riss ihn nach hinten, fort von meinem Bruder.

»Lass los!«, röchelte Joe Collins.

Ich drückte fester zu, um ihn zum Schweigen zu bringen. Sein Gesicht nahm eine Farbe an, die ich noch nie gesehen hatte. Als ich ihn rückwärts über den Boden schleifte, wobei ich einen Tisch mit Käse umwarf, fegte meine Wut jegliche Logik beiseite. Eine Vision packte mich und ließ mich nicht mehr los. Vielleicht konnte ich den Faden, die Nabelschnur durchtrennen, die Joe Collins mit diesem Planeten verband. Das wäre nur gerecht, nach allem, was mit Gary geschehen war. Es wäre ein Schlag gegen den bösen Gott, ihm einen der Seinen vor die Füße zu schleudern. Er wollte Krieg? Ich schloss beide Arme wie eine Schraubzwinge um Joe Collins' Hals und versuchte, ihm den Kehlkopf einzudrücken und das Genick zu brechen. Er drehte die Augen nach hinten und flatterte mit den Händen, als wolle er an die Wasseroberfläche schwimmen. Ich brüllte, so laut ich konnte. Ihm galt mein ganzer Hass. Mehrere Gäste versuchten, mich von ihm zu trennen, während Nancy und mein Vater sie von mir zu trennen versuchten.

Die Leute hielten es für geschmacklos, dass Garys Vater Collins und Hampton zum Gehen drängte, Tar und mich hingegen bleiben ließ. (Genau genommen musste Hampton sowieso gehen, um sich im Krankenhaus die Nase richten zu lassen. Er verklagte meinen Vater wegen Tar, musste sich vor Gericht jedoch geschlagen geben, weil Nancy und ich die einzigen Zeugen waren und einen Meineid leisteten. Joe Collins verweigerte die Aussage.) Mr. Bauer nahm uns zu einem vertraulichen Gespräch mit aufs Klo. Beim Sprechen stützte er sich auf ein Waschbecken und starrte in den Abfluss. Man konnte seinen kahlen Schädel im Spiegel sehen.

»Gary hat euch beide über alles geliebt. Einzig und allein aus Rücksicht darauf schicke ich euch jetzt nicht weg. Mist, ich hätte es kommen sehen müssen.«

Mr. Bauer hob den Kopf und sah uns im Spiegel an.

»Ich weiß, dass Gary nicht der Typ war, den man sofort ins Herz schließt. Ich weiß, sie haben ihm böse zugesetzt ... Und ich weiß, ihr beiden habt ihn immer beschützt. Aber ihr müsst euch damit abfinden, dass er nicht mehr da ist, ihr müsst darüber hinwegkommen und lernen, dass die Einzigen, die es jetzt noch zu beschützen gilt, ihr selbst seid.

Claris war immer der Meinung, dass unser Sohn euch eigentlich gar nicht interessierte. Dass ihr Gary nur benutzt habt, um eure Gewaltausbrüche zu rechtfertigen. Aber das ist natürlich nur die halbe Wahrheit, klar. So viel steht fest, Jungs. Ihr hättet das alles bestimmt nicht getan, wenn ihr ihn nicht geliebt hättet.«

Mr. Bauer nickte und starrte wieder in den Abfluss. Dann drehte er sich um und tätschelte Tar im Vorbeigehen die Schulter. Tar stierte schniefend auf den Kachelboden. Garys Dad trottete zur Tür. Als er sie halb geöffnet hatte, drehte er sich noch einmal zu uns um und verzog die Lippen zu einem schmalen, todtraurigen Lächeln.

»Der Arzt wollte mir Schlaftabletten verschreiben«, sagte er. »Da habe ich zu ihm gesagt: Ach, abends einzuschlafen ist kein Problem. Aber morgens wach zu werden, daran werde ich mich wohl erst gewöhnen müssen.«

Mr. Bauers Lächeln war jetzt bitter.

»Scheiße«, sagte er.

Dann drehte er sich um und ging zur Tür hinaus, zurück zu den Trauergästen.

Tar starrte auf eins der Pinkelbecken. Da schien ihm etwas einzufallen. Er wandte den Kopf und sah mich an.

»*Orl Caatu*«, sagte Tar, lachend und weinend zugleich. »Das heißt: ›Ohne Gary ist das Leben echt beschissen.‹ Auf Französisch.«

Mäuschen

1. Ich bekomme das Mädchen

Saint Gabriel the Archangel war groß und imposant, ein schmuckloser, moderner Bau im Stil der frühen Siebzigerjahre. Diese Architekturepoche rief Erinnerungen an die Lehrfilme wach, die wir in der Grundschule vorgeführt bekommen hatten, Filme über Autounfälle, Umweltverschmutzung und die entsetzlichen Auswirkungen des Drogenkonsums auf den menschlichen Körper.

Ich war schon seit einer Ewigkeit nicht mehr in der Kirche gewesen.

Unter dem Dach von Saint Gabriel's war eine Reihe von Fenstern. Durch jedes Fenster stach ein staubiger Sonnenstrahl ins Kirchenschiff herab und fiel auf einen der Besucher. Über dem Altar hing das Christusbild: ein gigantischer, geschweißter Gott aus erstarrtem Metall. Sein Hals war nach hinten verdreht. Gott schrie.

»Wir sind von Gott geboren«, hatte ich einmal zu Tar gesagt. »Und ich glaube, unser Temperament hängt von seiner Laune ab. Das ist meine neue Theorie. Wenn Gott gähnt, was er häufig tut, kommen grässliche Langweiler dabei heraus. Und wenn er mit den Engeln plaudert, fallen ihm diese Typen, die partout nicht die Fresse halten können, aus dem Mund und landen als Föten hier auf der Erde. Als Gott eines Tages schrie, spuckte er mein Leben aus. Deshalb bin ich so wütend und traurig.«

»Ziemlich sentimental«, meinte Tar. »Und melodramatisch.« Er rührte mit einem Strohhalm in seinem Becher Cola-light.

»Auch das.« Ich schob mir noch eine Fritte in den Mund.

Obwohl ich überpünktlich war, gab es in Saint Gabriel's fast nur noch Stehplätze. Ich tauchte die Finger im Vorbeigehen ins Weihwasserbecken und bekreuzigte mich. Ich entdeckte einen Platz in der letzten Bank. Alle Sünder und Übeltäter saßen hinten. Meinesgleichen.

Ich wischte mir das Weihwasser an der Hose ab. Neben mir saß eine alte Frau im schwarzen Kleid. »Fröhliche Weihnachten«, wünschte sie mir. Als sie ihren Stock an die Vorderbank lehnte, fiel er um und rollte davon. Ich erwischte ihn gerade noch mit dem Fuß und half ihr, ihn sicher zu verstauen. Die alte Dame nahm mein Handgelenk. Ihre Hand war blauviolett.

Meine gebrochene Nase war mit Klebeband fixiert. Ich hatte dunkle Ringe um die Augen. Vor meiner Abreise aus Saint Louis war Nancy mit mir in die Notaufnahme gefahren, wo die Ärzte festgestellt hatten, dass meine Nase angebrochen war. Der gute alte Tar hatte mich der Lächerlichkeit preisgegeben. Die Kirchenbesucher warfen mir verstohlene Blicke zu. Ich war ein Mensch gewordener Waschbär, ein lädierter Penner, ein notorischer Verlierer, ein Weichei.

Um zwei Minuten nach halb zwölf erschien der Mako-Clan. Evelyn tänzelte den Mittelgang entlang: meine Auserwählte in Kriegsbemalung und grünem Kleid. Ein geschmeidiger Körper in federleichtem Chiffon. Damit Evelyn mich nicht sehen konnte, versteckte ich mich hinter der alten Frau.

Der Vater meiner Liebsten war ein schmächtiges Männlein

mit Äthiopier-Wasserbauch. Er trug eine Brille. Er hatte Flecken im Gesicht. Er legte seiner Tochter die Hand auf den Rücken, als sie sich in die Kirchenbank zwängte. Evelyns Mutter war mittelgroß, dünn und dunkelhaarig. Tiefe Sorgenfalten zeichneten ihr Gesicht. Das Leben hatte ihr übel mitgespielt. Auch Evelyns Bruder hatte dunkle Haare. Groß und hager, vorstehende Zähne, um den Mund ein Hauch von Gary Bauer. Ich rieb mit den Daumen über die Rückenlehne der Vorderbank.

Im Seitenschiff stand der Chor. Die Sänger trugen rote und goldene Gewänder. Eine Reihe vergoldeter Pfeifen, von der Größe eines Bleistifts bis hin zu den Ausmaßen eines Fabrikschornsteins, zog sich die Kirchenwand entlang. Ein Schwall plärrender Orgelmusik ergoss sich über die Gemeinde. Der Chor fing an zu singen. Mir wurde schwindlig. Ich bat Gott um Vergebung dafür, dass ich meine Familie kaputtgemacht, Gras geraucht und die Babypuppe zerschlagen hatte. In der Reihe vor mir mampfte ein Kind Chips aus einer Plastikdose.

Der Pfarrer hielt eine Predigt darüber, dass es ein billiges Klischee sei, den Brauch des Schenkens mit der Begründung zu verdammen, Geschenke und der Weihnachtsmann et cetera hätten mit der wahren Bedeutung von Christi Geburt nichts zu tun. Weihnachten sei das Fest der Liebe, sagte der Pfarrer, und die Geschenke seien nichts weiter als der Versuch, diese Liebe auch zu zeigen. Und das sei schön.

Ich fragte mich, was meine Eltern mir zu Weihnachten gekauft hatten. Und ob sie es mir nachschicken oder ins Geschäft zurückbringen würden.

Ich vergeigte den Text von »Hosanna in the Highest«. Die alte Frau neben mir hielt mich vermutlich für einen typischen Feiertagskatholiken, der nur an Weihnachten und Ostern in die

Kirche ging. Ich fummelte an dem Klebeband auf meiner Nase herum und tat, als könnte ich mich vor Schmerzen nicht konzentrieren.

Beim Friedenssegen schüttelte mir die alte Frau mit beiden Händen die Hand. Ein fetter Mann zerquetschte sie mir fast. Er lächelte. Wahrscheinlich erwartete ihn zu Hause ein köstlicher Truthahn mit Sauce. Die Mutter des Kindes mit den Chips warf mir wegen meiner bandagierten Nase mitleidige Blicke zu.

Ich ging zur Kommunion. Ich versuchte, mir einzureden, dass die Oblate der Leib Christi sei, aber dafür war sie einfach zu lecker. Evelyn sah mich nicht, als ich an ihr vorbeiging. Sie hatte das Kinn in die Hände gestützt, und eine dunkle Haarsträhne hing ihr ins Gesicht. Sie beobachtete, was am anderen Ende der Kirche vor sich ging.

Leise rieselte der Schnee, als wir aus der Kirche strömten. Die Menschen waren glücklich. Es war Weihnachten. Dass an den Feiertagen die Selbstmordrate steigt, können Sie getrost vergessen: Das ist nichts weiter als ein Großstadtmythos. Evelyn stand mit dem Rücken zu mir. Ihre knochigen Hüften beulten ihr grünes Kleid aus. Ihre und eine zweite Familie hatten einen exklusiven Kreis gebildet und erzählten sich Geschichten aus dem vergangenen Jahr.

»Schaut euch Tim an«, sagte ein Mann, dessen eines Auge unglücklicherweise etwas tiefer hing als das andere. Er packte den Kopf seines Sohnes, zerrte ihn nach hinten und riss ihm den Mund auf. Zahnspange. »Tim hat dieses Jahr einen Neuwagen im Mund!«, sagte der Mann. Der Junge würgte und versuchte, sich loszureißen.

Ich pirschte mich von hinten an.

»Evelyn«, flüsterte ich. Ich war mir noch nicht ganz im Klaren darüber, ob ich nicht vielleicht doch lieber auf dem schnellsten Wege nach Manhattan zurückfahren sollte. »Evelyn.«

Sie drehte sich um. Wie Sie sich vorstellen können, war sie erstaunt.

»James?!«

»Ja, ich bin's. Ich weiß, ich sehe albern aus. Nicht lachen.«

»O Gott. Ogottogott. Wie kommst du denn … O Gott, wie … Was ist mit deinem Gesicht passiert?«

»Ach, na ja, also, wir haben uns erst gestritten. Und dann geprügelt.«

»Wer? Mit wem hast du dich geprügelt?«

»Mit meinem Bruder. Tar.«

»Das ist ja furchtbar!«

»Ja, und das Schlimmste ist, dass er gewonnen hat.«

Noch immer verblüfft, hob Evelyn die Hand.

»Und warum bist du hier?«, fragte sie.

»In erster Linie deinetwegen.«

Evelyn starrte mich mit ausdrucksloser Miene an.

»Was ist?«, fragte ich.

»Du bist total verrückt.«

»Ja. Und ich trinke auch nicht mehr. Großes Indianerehrenwort. Das war mir eine Lehre.«

»Du gibst nicht auf, was?«

»Nein. Bist du gerührt?«

»Gerührt?«

»Weil jemand in einem lauten Bus voller mehr oder weniger übel riechender Leute tausend Meilen gefahren ist und dabei die ganze Zeit nur an Evelyn Mako gedacht hat?«

Evelyn kicherte. Sie sah mich an. Ich sah sie an. Schneeflocken sprenkelten ihr schwarzes Haar wie wunderschöne Schuppen. Die Spitze eines Schneidezahns ragte über ihre Unterlippe. Ihre braunen Augen schimmerten im wolkentrüben Licht. Ihre Schönheit brach mir das Herz. Ich streckte die Hand aus und streichelte ihre Wange.

Evelyn bekam feuchte Augen. Traurig lächelnd nahm sie meine Hand.

»Wir können es ja noch mal versuchen«, sagte sie. »Schon wegen der stinkenden Leute im Bus.«

»Heißt das ja?«, fragte ich.

Sie nickte. »Ja.«

»Ja?«

»Ja«, antwortete sie. »Ja.«

»Im Ernst?«

Evelyn nickte. Im Ernst.

Ich hörte tausend Posaunen schmettern.

Evelyns Vater trat zu uns.

»Wir müssen jetzt los, Mäuschen.« Für einen so schmächtigen Mann hatte er eine ziemlich raue Stimme. »In einer Viertelstunde steht die bucklige Verwandtschaft vor der Tür.« Er streckte mir lächelnd die Hand hin. Ich schlug ein.

»Ich bin Leo.«

»Ich bin James Gunn, Mr. Mako.«

Er schüttelte mir mit beiden Händen die Hand. Um ihn nicht allzu sehr zu verschüchtern, machte ich mich klein.

»Ach, James Gunn. Der uns morgens um halb sechs aus dem Bett geklingelt hat. Sehr gut, sehr gut.«

»Ja, ich glaube, ich muss mich entschuldigen.«

»Was haben Sie denn mit Ihrer Nase gemacht?«

»Mit meiner Nase?« Ich sah Evelyn an. Sie zog eine Grimasse.

»Ich weiß, mit fünfundzwanzig sollte man sich eigentlich damit abgefunden haben, dass man nicht Skateboard fahren kann«, sagte ich. »Aber mein kleiner Cousin hatte ein Brett, dem ich einfach nicht widerstehen konnte. Er nannte es die Höllenmaschine. Das Wörtchen *Hölle* hätte mir eventuell zu denken geben sollen.«

»Ha-ha! Gut gebrüllt, Löwe. Sagt Ihnen Strandsegeln etwas? Ich muss Ihnen da bei Gelegenheit mal eine Geschichte erzählen, die haut Sie glatt vom Hocker. Gut, James, wir müssen jetzt nach Hause, damit die Familie meiner Frau uns die Haare vom Kopf fressen und heimlich unsere Schubladen durchwühlen kann.«

»Ha-ha!«, machte ich und zeigte mit dem Finger auf ihn.

»Sie sind natürlich herzlich eingeladen.«

Evelyn bearbeitete den Gehsteig mit der Schuhspitze.

»Vielen Dank. Sehr gerne, Mr. Mako.«

»Ausgezeichnet. Sie werden allerdings zum Wachestehen verdonnert, damit die lieben Verwandten uns nicht um unseren Schmuck erleichtern!«

»O ja, die Sorte kenne ich.« Ich schwang die Faust. »Und ich weiß auch genau, was ich mit ihnen zu tun habe, wenn ich Sie erwische. Sie glauben doch nicht im Ernst, dass ich mir diese Nase beim *Skateboardfahren* geholt habe, oder?«

»Ha-ha. Sehr gut, sehr gut.« Er legte Evelyn eine Hand auf die Schulter und lächelte ihr beifällig nickend zu. Ich hatte ihren Vater locker um den Finger gewickelt. An manchen Tagen konnte mir niemand widerstehen.

»Beeil dich, Mäuschen«, sagte er. »Sie kommen doch mit, James?«

»Ja, Sir.«

»Gut.«

Evelyn und ich gingen zusammen zum Van der Makos. Ihr Vater öffnete uns die große Schiebetür.

»Immer rein mit Ihnen, Frühaufsteher«, sagte er zu mir. »Ich glaube, ich nenne Sie Frühaufsteher.«

»Komisch, aber das ist zufällig mein Firmname.«

»Ha-ha! Sehr gut.«

Evelyn nahm ein verpacktes Geschenk von der Rückbank und verstaute es auf der Hutablage. Ich setzte mich neben sie. Evelyns Mutter drehte sich um, sah mich an und wandte sich dann wieder zur Windschutzscheibe. Kurz darauf drehte sie sich ein zweites Mal nach hinten, wie um sich zu vergewissern, dass sie mich auch tatsächlich gesehen hatte.

Ich winkte.

»Hallo.«

2. Über den Vollzug unserer Beziehung

Ich ließ den Finger zwischen den Bund von Evelyns Strumpfhose und ihre Hüfte gleiten. Ihre Lippen hingen an meinem Hals. Ihre Zunge kitzelte. Ihre Hände krochen unter mein Hemd und wanderten über meinen nackten Rücken. Evelyn und immer wieder Evelyn, o Evelyn!

Wir waren in Evelyns altem Zimmer. Alles darin war entweder braun, weiß oder pink, wie neapolitanische Eiscreme. Evelyn saß mit angezogenen Knien auf der Kante ihres Schreibtischs. Ich stand zwischen ihren Beinen. Ihre Füße ruhten auf meinem Gürtel, und ihre großen Zehen bohrten sich in meine Hüften. Der umgekippte Schreibtischstuhl lag neben mir.

»Ich liebe dich«, sagte ich. »Ich liebe dich.«

Sie hatte es auch zweimal gesagt. Sie hielt die Augen geschlossen und trommelte mit den Handballen einen verrückten kleinen Beat auf meinem Rücken.

»James.«

Während ich sie küsste, ging mir Folgendes durch den Kopf: Dass ich endlich erwachsen werden wollte, traurig, aber wahr, ich war so weit. Und dass mir die Einsamkeit fehlen würde, die hinter mir lag. Aber ich war bereit, mich geschlagen zu geben. Ich beugte mich zu ihr herunter, um ihr etwas ins Ohr zu flüstern. Wir weinten beide, plötzlich brach alles aus uns heraus. Meine wunderschöne Evelyn.

»Es wird alles gut, ja?«, sagte ich. »Zwischen uns wird alles gut.«

Doch sie war in Gedanken ganz woanders. Der Situation entsprechend war ihr Gesicht leicht verzerrt. Mein Finger steckte in ihrer Möse.

Draußen vor der Tür hörten wir ihre Verwandten. Sie johlten und lachten. Sie bedankten sich bei ihrem jeweiligen Christkind für ihre Geschenke. Ein Mann bewunderte eine Krawatte, die er von einer gewissen Susan bekommen hatte.

Evelyn senkte den Blick und tastete nach meinem Gürtel. Sie knöpfte mir die Hose auf. Sie schob die Hand in meinen Slip und schloss sie um meine Hoden. Ihre Fingerspitze glitt an der Unterseite meines Schwanzes hinauf.

»Oh!«

Evelyn presste meinen Kopf an ihre Stirn. Zähne stießen gegen Zähne. Unsere Gesichter klatschten aufeinander.

»Autsch«, sagte ich.

Evelyn schlug die Augen auf.

»Deine Nase?«

»Meine Nase.«

»Armer Kleiner.«

»Ab sofort bin ich ein Mann, ja? Im Ernst, Evelyn.«

»Gut und schön. Aber weißt du, was?«

»Nein.«

»Da draußen sind furchtbar viele Leute.«

Ich streckte den Arm aus und schloss ab.

Evelyn und ich starrten auf die Tür. Schweißperlen sprenkelten ihre Stirn. Sie schien angestrengt nachzudenken.

»Wir können aber auch warten, Evelyn. Wenn du möchtest, können wir natürlich auch warten.«

Evelyn lächelte. Sie schüttelte den Kopf. Die Hostie hatte ihre Wirkung nicht verfehlt; sie verlieh mir Zauberkräfte. Ich umfasste Evelyns Hinterbacken und hob sie vom Schreibtisch. Sie kicherte, als ich sie zum Bett trug. Wir fielen aufs Bett, und plötzlich lag ich unter ihr, und sie war auf mir und schlängelte sich wie ein wunderbares kleines Tier über meinen Körper. Sie zog mir die Hose aus und warf sie gegen die Rückwand. Meine Gürtelschnalle klapperte gegen einen Bilderrahmen.

Vor der Tür gackerte eine Frau.

Nur noch mit ihrem Höschen bekleidet, rieb Evelyn ihre Möse an meinem Schwanz. Ich zog mich hoch und löste mich von ihr. Mein Penis klatschte gegen meinen Bauch. Dann packte ich Evelyn um die Hüften und legte sie auf den Rücken. Ich küsste die glatte, straffe Haut an ihrem Bauch. Ich zog ihr das Höschen herunter, streifte es über ihre dünnen Beine, ihr ölschwarzes Schamhaar. Ihr Duft stieg mir in die Nase und zu Kopf. Ich machte es ihr mit dem Mund. Evelyn stemmte die Hüften hoch und legte sich ein Kissen über den Kopf, damit man ihre Schreie nicht hörte. Ihr Schenkel streichelte meine Wange. Meine Zunge war in ihr, nirgends hatte ich mich je so wohl gefühlt. Evelyn quietschte noch lauter. Sie klammerte sich mit beiden Hände an das Kopfbrett und drückte die Hüften durch.

Irgendwo bekriegten sich zwei Länder. Irgendwo verstümmelte ein Mörder ein Kind. Irgendwo wand sich ein Verhungernder in Todesqualen. Irgendwo verwüstete ein Orkan eine Stadt und zerstörte alles, wofür die Menschen ihr Leben lang gearbeitet hatten. Doch nichts davon spielte eine Rolle, denn Evelyn kam. Sie kam in meinem Mund. Ein Schauder durchzuckte meinen Körper.

Evelyn schrie, und ihr Schrei war das Universum. Sie hielt sich den Mund zu. Sie war ganz rot im Gesicht.

»James Gunn«, sagte sie und zog mich am Arm. Ich küsste sie auf den Mund, und ihr Saft benetzte unsere Zungen. Ich blickte ihr tief in die Augen und sah ihren nackten, zarten Kern. Fast wäre ich zurückgewichen, so hilflos war er. Stattdessen presste ich ihren Kopf an meine Brust und glitt langsam in sie. Die Feuchtigkeit, die meine Schwanzspitze umschloss, machte mich blind.

Evelyn griff sich zwischen die Beine.

»Warte!«, sagte sie. »Warte! Nix Kinder! Kondome!«

»Nix Pille?«

Sie schüttelte den Kopf.

»Oh«, machte ich. »Oh.«

Mein Schwanz war so dicht vor dem Ziel. Eins ihrer Schamhaare steckte in meiner Eichelöffnung. Es kitzelte.

Evelyns Haar war ganz durcheinander. Sie zog mich an der Hand durch das Gedränge.

»Evelyn«, sagte ihre Mutter. Sie hatte ein großes Glas Wein in der Hand. Sie grinste blöd und lallte leicht. »Wo warst du? Du hast noch nicht mal Carols Geschenk ausgepackt.«

Evelyns Lippenstift war verschmiert.

»Ich … äh … James wollte sich ein paar Sachen ansehen. Ich hab sie ihm gezeigt.«

»Was denn für Sachen?«

»Na, Sachen eben! Wir müssen los, Mom!« Evelyn zerrte mich mit sich. Ich kollidierte mit zwei ihrer Verwandten.

»Sorry«, sagte ich.

»Wohin?«, fragte Mrs. Mako.

»Mom! Wir müssen was erledigen! Es ist Weihnachten! Wo ist der Schlüssel?«

»In meiner Handtasche, auf dem Küchentisch. Hast du getrunken?«

»Ich trinke nicht, Mom. Aber du trinkst ja für uns mit.«

Evelyn zog mich in die Küche. Geschenkpapier knisterte unter meinen Sohlen. Sie kippte den Inhalt der Handtasche ihrer Mutter auf den Küchentisch. Sie schnappte sich den Schlüssel. Der Schlüsselanhänger war ein wuscheliges kleines Männchen mit riesengroßen Füßen.

»Komm«, sagte Evelyn. Sie stieg auf die Zehenspitzen und gab mir einen Kuss.

»Ja, Kondome«, erklärte ich dem Verkäufer hinter der Ladentheke des 7-Eleven. Ich war der einzige Kunde. Ich sah nach draußen. Evelyn saß im grünen Chevrolet ihrer Mutter vor der Tür. Die Auspuffgase kräuselten sich in der kühlen Luft.

»Wir haben Weihnachten«, sagte er.

»Ja, frohes Fest. Ich nehme die geribbelten Trojans.«

»Nein, ich meine, wir haben Weihnachten. Was wollen Sie an Weihnachten mit Kondomen?«

»Das kann nicht Ihr Ernst sein.«

»An Weihnachten feiern wir die Geburt unseres Herrn Jesu Christi.«

»Geben Sie mir die verfluchten Kondome.«

»Es tut mir Leid, aber das geht nicht.«

»Das kann nicht Ihr Ernst sein.«

»Doch, das ist mein Ernst.«

»Sie hängen direkt hinter Ihnen an der Wand.«

»Ich weiß, wo sie sind.«

»Sie wollen mir also keine Kondome verkaufen?«

»Ich bin ein gläubiger Christ.«

»Geben Sie mir sofort die Scheißkondome!«

»Wenn Sie in diesem Ton mit mir reden, gebe ich Ihnen die Kondome erst recht nicht. Ihnen würde ich noch nicht mal eine Packung Erdnüsse verkaufen.«

Ich drehte mich um und sah – durch das Schaufenster des 7-Eleven – Evelyn, die im Wagen wartete. Sie schaute mich an und zog die Augenbrauen hoch. Sie war wunderschön. Ich lächelte gequält. Dann wandte ich mich wieder dem Mann zu.

»Ich reiße Ihnen gleich den Kehlkopf aus dem Hals«, drohte ich.

»Ich rufe die Polizei.« Der Mann ging die zwei Schritte zum Telefon, nahm den Hörer ab und wählte. »Die Nummer weiß ich auswendig.«

»Meine Güte!«

Ich stieß die Tür auf, ging über den Gehsteig und öffnete die Beifahrertür des grünen Chevrolet.

»Hast du keine gekriegt?«, fragte Evelyn.

»Gib Gas.«

Eine knappe Meile weiter gab es noch einen 7-Eleven, neben einem Taco-Bell-Restaurant. Ich dankte dem lieben Gott, als ich einen Inder hinter der Theke stehen sah.

Das Taco Bell hatte geschlossen. Evelyn fuhr auf den Parkplatz hinter dem Restaurant und hielt an. Neben uns stand eine große Mülltonne. Evelyn ließ den Motor laufen. Die Heizung war an. Es war warm. Wir fingen an zu knutschen und kamen sofort wieder auf Touren.

»Ich zieh dir das Kondom über«, sagte Evelyn. »Das gehört heutzutage ja zum Vorspiel.«

»Ist gut.«

Ich lehnte mich zurück. Meine Hose lag verknäult neben mir. Evelyn riss die Trojan-Packung auf und zog das Kondom heraus. Sie nahm meinen Schwanz in die Hand und versuchte, das Kondom über die Spitze zu rollen. Das Kondom rutschte immer wieder ab.

»Du hältst es verkehrtrum«, sagte ich.

»Ach. So.«

Evelyn streifte mir das Kondom über den Schwanz. Es war straff und etwas eng. Unsere Münder trafen sich.

»Baby«, sagte ich.

Evelyn zog ihr Höschen aus und kroch auf meinen Schoß. Sie hielt sich an der Beifahrertür fest und sank auf mich. Sie schlang mir die Arme um den Hals. Als ich in sie eindrang, stöhnten wir leise. Ihre Schenkel waren weit gespreizt.

»Bist du gelenkig«, sagte ich.

»Ich war auf der Junior High und auf der High School in der Turnmannschaft.«

Davon hörte ich zum ersten Mal.

Evelyns Bluse war offen, ihr BH über die Brüste heruntergeschoben. Ihre Brustwarzen waren steif. Sie strichen über mein Brusthaar, während sie sich auf und ab bewegte. Wir starrten uns an. Es war seltsam und ein bisschen peinlich.

»Können wir ein Stück zur Seite rücken?«, fragte sie. »Die Heizung verbrennt mir den Hintern.«

Wir rückten ein Stück zur Seite. Wir küssten uns zärtlich.

»Ich liebe dich«, sagte sie. »Das wusste ich in dem Moment, als ich dich vor der Kirche auf dem Parkplatz stehen sah.«

Ich nickte lächelnd.

»Hast du was dagegen, wenn wir es langsam machen?«, fragte sie. »Ich möchte es langsam machen.«

»Ich auch.«

Doch das erwies sich auf die Dauer als ziemlich schwierig,

wenn nicht gar unmöglich. Nicht lange, und ich zog sie brutal auf mich herab, trieb sie vorwärts, ließ meine Zunge zwischen ihre Brüste, in ihren Mund gleiten. Evelyns Haar klebte an der Windschutzscheibe. Sie stieß mir ihre Hüften mit aller Kraft entgegen. Sämtliche Muskeln traten hervor, Palmae, Glutei, Semitendinosa, Peronea, Radialextensoren, jede noch so winzige Faser ihres herrlichen Körpers. Sie bohrte mir die Fingernägel in Rücken und Schultern. Ihre Miene war schmerzverzerrt. Evelyn schrie. Ich umfasste ihren Arsch und rammte meinen Schwanz noch schneller in sie. Ich presste mein Gesicht in ihre Halsbeuge. Und dann verströmte ich mich in ihr: fünfundzwanzig Jahre aufgestaute Liebe.

3. Die Regeln

Evelyn lag bäuchlings auf dem Bett. Nachdem ihre Eltern schlafen gegangen waren, hatte ich mich in ihr Zimmer geschlichen.

Ich massierte sie. Nicht lange, und ich ließ meine Hand zwischen ihre Arschbacken und ihre Beine gleiten. Ich wölbte die Hand um ihre Möse. Sie war klatschnass, das Laken darunter war völlig durchweicht. Sie sagte meinen Namen.

Nachdem ich mir ein neues Kondom übergestreift hatte, hockte ich mich hinter sie und drang in sie ein. Evelyn stieß die Stirn ins Kissen. Ihre Schulterblätter standen hervor. Ich konzentrierte mich auf den daunenweichen Haarflaum in ihrem Nacken. Ich knetete ihr den Rücken. Ich legte ihr von hinten die Hand an die Wange. Evelyn biss mich in den Finger.

Evelyn hatte Pickel und rote Flecke am Hintern. Ich versuchte, nicht hinzusehen. Und ihre Schultern waren mit Sommersprossen übersät, was ich auch nicht besonders mochte. Ich starrte geradeaus an die Wand. Der Sex war gut, aber nicht so gut wie zuvor im Auto.

Ich hatte es wahrscheinlich übertrieben und mich zu sehr auf Evelyn versteift. Mit demselben Eifer, mit der Tar seine Karriere verfolgte, war ich Spielzeug und Frauen nachgejagt. Sammeln bedeutet kontrollieren. Je mehr ich etwas begehre, das ich nicht bekommen kann, desto mehr rede ich mir ein, dass ich es – oder, in diesem Falle, sie – liebe. Hoffentlich hatte ich keinen großen Fehler begangen und mich zu sehr in eine Sache verrannt, die ich nicht durchstehen konnte. Mir fielen drei Geschichten ein: die von Faust, die von Midas und die von der *Affenpfote*.

Evelyn kam als Erste zum Orgasmus und rief laut: »Ich liebe dich.«

Da ich gerade an etwas anderes gedacht hatte, war ich noch nicht so weit. Ich stieß so fest zu, wie ich nur konnte. Evelyns Hinterbacken klatschten gegen meine Lenden. Sie griff nach hinten und umfasste mein Handgelenk. Ich entleerte mich in sie. Dabei stellte ich mir Folgendes vor: Mein Sperma schoss durch Evelyns Körper, kam ihr aus dem Mund, umrundete die ganze Erde und landete schließlich wieder dort, wo es hergekommen war.

Um sechs Uhr morgens ging der Wecker, sodass ich aus Evelyns Zimmer verschwinden konnte, bevor ihre Eltern wach wurden. Evelyn stützte sich auf den Ellbogen und schaltete den Wecker aus. Sie hatte verquollene, schlafverkrustete Augen. Die Decke rutschte ihr von den Schultern und entblößte ihre Brüste. Ich deckte sie wieder zu. Sie legte sich hin und drehte sich mit dem Gesicht zu mir. Evelyn lächelte.

»Guten Morgen, Liebling«, sagte sie.

»Guten Morgen, Schatz.« Ich lächelte.

Evelyn kletterte auf mich. Sie küsste mich auf die Lippen und schob mir die Zunge in den Mund. Zögernd erwiderte ich den Kuss. Ihr Atem roch nicht ganz so schlimm, wie ich befürchtet hatte, trotzdem konnte ich mir durchaus Angenehmeres vorstellen.

Evelyn machte die Augen zu und schmiegte den Kopf an meinen Hals. Sie umklammerte meinen Körper, als wollte sie mich an die Matratze fesseln. Ich sah an die Decke.

»James, sag mir, wie sehr du mich liebst.«

»Ich liebe dich sehr.«

»Weiter, sag mir, wie oft du an mich gedacht hast, während wir getrennt waren.«

»Ich habe sehr oft an dich gedacht.«

»Sag mir … warte mal … was du an mir am liebsten magst.«

Zimmerdecke.

»Evelyn, ich brauche dringend eine Zigarette. Ich hab seit über zwölf Stunden keine mehr geraucht, und meine Lunge spielt fast verrückt.«

»Na gut. Dann gehen wir eben raus.«

»Es ist kalt draußen. Du brauchst nicht mitzukommen.«

»Nein, nein, schon gut.«

Wir zogen uns etwas an, Socken, Schuhe und Mäntel, und gingen nach draußen. Evelyn legte den Kopf an meine Brust, während ich drei Marlboros hintereinander rauchte. Sie schlang die Arme um mich. Ich starrte in den Garten. Der Collie eines Nachbarn tappte über den Rasen. Der Hund blieb stehen, sah uns an und lief dann weiter. Kiefern wiegten sich im Wind. Ich stieß den Rauch aus der Lunge und fuhr Evelyn sanft mit der Hand durchs Haar. Ich sah zu ihr hinunter. Sie schmiegte ihre Wange an meine Brust.

»Brrr!«, machte sie. Sie küsste mein Hemd.

Ich hatte einen sehr großen Fehler gemacht.

4. Eine Topfpflanze

Am Mittwoch nach Weihnachten schleppte Evelyn eine Topfpflanze an. Irgendeinen Farn, der angeblich nicht totzukriegen ist. Ich hatte noch nie eine Pflanze gehabt. Evelyn stand in der Tür. Ich hatte sie seit drei Tagen nicht gesehen, weil ich vor ihr aus Philadelphia hatte abreisen müssen. Sie trug einen dicken Tweedmantel. Sie sah zum Anbeißen aus.

»Ich dachte, Bill und du hättet gern etwas Lebendiges im Haus, bei all den Robotern.«

»Ich dachte, Bill und ich wären lebendig.«

»Na ja, irgendwie schon«, sagte sie lachend. Sie stellte sich auf die Zehenspitzen und küsste mich auf den Mund. Sie wich langsam zurück. Sie starrte mich an.

»Hast du getrunken?«

»Nein. Ein bisschen.«

»Aha.«

»Ein Kollege hat mich nach der Arbeit noch auf ein paar Biere eingeladen.«

»Aha.« Sie ließ den Blick durchs Zimmer wandern. »Wo soll ich den Farn hinstellen?«, fragte sie.

»Keine Ahnung. Wo du willst. Aber pass auf, dass er keine von den Metallfiguren berührt, wegen der Feuchtigkeit. Sonst fangen sie noch an zu rosten.« Dann setzte ich hinzu: »Danke für die Pflanze.«

»Nichts zu danken!«

Ich setzte mich auf die Kante meiner Matratze. Evelyn trug die Pflanze mit beiden Händen in Bills Ecke. Die Pflanze sah schwer aus.

»Hier okay?«

»Ziemlich guter Platz für eine Pflanze.« Ich holte meine Zigaretten aus der Tasche und zündete mir eine an. Ich kratzte mir die Nase. Nachmittags hatten wir eine neue Lieferung aus der Apotheke bekommen. Unter anderem Methedrin, das ich noch nie in Pillenform probiert hatte. Mein ganzer Körper juckte. Ich kratzte mich unter dem Arm. Evelyn sah mich aus den Augenwinkeln an.

Sie stellte die Pflanze in die Zimmerecke, trat einen Schritt zurück und betrachtete sie. Sie klopfte die Erde von ihren Handschuhen.

»Sieht doch gut aus.« Sie zog ihren Mantel aus und legte ihn auf die Matratze. Dann setzte sie sich neben mich und sah mir beim Rauchen zu. Schließlich nahm sie mein Kinn und drehte meinen Kopf in ihre Richtung. Sie senkte den Kopf und schaute mich an.

»Stimmt was nicht?«, fragte sie.

»Nein.« Ich warf einen Blick in den Spiegel, den Bill während meiner Abwesenheit erstanden hatte. Es war merkwürdig, sich ständig herumlaufen zu sehen. Die violetten Augenringe waren verschwunden, aber meine Nase war noch immer dunkel und geschwollen.

»Wo ist deine Zunge?«, fragte Evelyn.

»In meinem Mund.«

»Und wieso ist sie nicht in meinem?«

Ich küsste sie. Wir machten ein paar Minuten herum. Ich kam langsam auf Touren. Meine Hand steckte hinten in ihrem Höschen und umfasste ihren Arsch. Sie wand sich unter mir. Da ließ ich von ihr ab. Ich musste es ihr sagen. Das war schwer genug, da brauchte ich vorher nicht auch noch mit ihr zu schlafen. Das wäre echt schäbig gewesen. Ich richtete mich auf.

»Was machst du?«

»Mich auf die Bettkante setzen. Und jetzt reibe ich mir die Augen. Siehst du?«

»Warum hast du aufgehört?«

»Weil ich dachte, wir könnten heute Abend vielleicht ins Kino gehen.«

»Du hast schon wieder eine deiner Launen, stimmt's?«

»Was denn für Launen?«

»Depressionen. Komm schon, du weißt genau, was ich meine.«

»Ich bin müde von der Arbeit.«

»Müde ... James.« Evelyn zuckte zusammen. Sie ließ die Schultern hängen.

»Was?«

»Nichts. Ich bin bloß ein bisschen enttäuscht. Ich bin vor Sehnsucht schier durchgedreht in Philadelphia. Und dann komme ich nach Hause, und du bist so komisch.«

»Ich habe lediglich über ein paar Sachen nachgedacht.«

Langes Schweigen.

»Du hast über ein paar Sachen nachgedacht?«

»Ja.«

»Was soll das heißen?«

»Na ja. Du weißt schon. Über uns.«

Evelyns Gesicht erschlaffte; genauer gesagt, es fiel in sich zusammen.

»Du mieses Dreckschwein«, sagte sie.

Sie krallte die Finger in meine Bettdecke. In meine Astro-Boy-Bettdecke. Mit einer Hand zerquetschte sie Astro Boys Gesicht.

»Es tut mir Leid.«

»Du Arschloch. Ich fass es nicht. *Ich fass es nicht*«, schrie sie. Sie sprang auf und breitete die Arme aus. Ihre Finger waren gespreizt wie Klauen. Sie lief auf und ab. Tränen rollten über ihre Wangen. »*Das ist so ziemlich das Schlimmste, was passieren konnte. Genau darum wollte ich nicht mehr mit dir zusammen sein.*«

»Wir waren doch kaum wieder zusammen, Evelyn. Wir haben doch bloß zweimal miteinander geschlafen, das ist alles.«

»*Das ist nicht alles!*« Sie lief weiter auf und ab. »*Das kann nicht wahr sein! Gib's zu, du hast mich von Anfang an verarscht, nur um mir wehzutun. Warum?*« Sie schluchzte.

»Ich will dir nicht wehtun, Evelyn. Ich schwör's.«

Evelyn kreischte vor ohnmächtiger Wut. Sie wandte blitzschnell den Kopf und starrte auf meine an der Wand aufgereihten Actionfiguren. Sie atmete schwer. Ihre Augen wurden immer größer.

»*Ich mache deine Roboter kaputt!*«, sagte sie. »*Ich mache deine Roboter kaputt!*« Sie stampfte zu den Robotern hinüber, ihr Gesicht eine rot verzerrte, tränenüberströmte Maske.

»Lass das, ja?«

Mit einem markerschütternden Schrei versetzte Evelyn den Robotern Tritte. Sie prallten gegen die Wände. Sie trat erneut zu. Saturns Kopf brach entzwei, sodass man die Verkabelung sehen konnte. Die Batterien flogen ihm aus dem Rücken und rollten auf mich zu.

»Nein!«, rief ich.

Evelyn nahm sich die anderen vor, trat immer wieder zu. Ich saß da wie versteinert, mit den Händen auf den Knien. Ich konnte mich nicht rühren.

»Bitte. Nicht.«

»*Wieso*? *Das hast du mit mir doch auch gemacht! Du bist ein Schwein! DU BIST EIN ROBOTER, eiskalt! Du hast mich von Anfang an verarscht!*« Evelyn sank auf die Knie, ließ den Kopf hängen und rang keuchend nach Luft. Sie zitterte am ganzen Körper. Plastikteile und Roboterzubehör lagen rings um sie verstreut.

»Siehst du«, flüsterte ich, ohne aufzublicken. »Das ist einer der Gründe, weshalb wir unsere Beziehung noch mal überdenken sollten. Sie bringt dich dazu, meine Sachen kaputtzumachen.«

»*Du Arschloch! Du bist doch nicht ganz dicht!*«

»Ich weiß. Tut mir Leid.« Ich rappelte mich mühsam hoch, trottete schwerfällig zu ihr hinüber und hockte mich neben sie.

»Evelyn.« Ich legte ihr die Hand auf die Schulter.

Evelyn fuhr herum und schlug meinen Arm weg. Dann schlug sie mit geballter Faust nach mir. Die Faust landete voll auf meiner gebrochenen Nase.

»Au, nein!«, brüllte ich. Ich schlug mir die Hände vors Gesicht und sackte vornüber. Blut strömte aus meinen Nasenlöchern, rann mir die Arme hinab und tropfte auf den Boden. »O Gott!«

Evelyn boxte mich noch zweimal gegen den Hinterkopf. Dann stand sie auf und trat mir in die Rippen. Evelyn schrie. Ich hörte, wie sie zur Tür lief und sich ihren Mantel schnappte. Dann hörte ich die Tür zuknallen und wie ihr Schluchzen im Treppenhaus verklang.

Meine Hose war blutgetränkt. Ich stand auf, ging zur Kommode und nahm noch zwei Methedrin. Ich betrachtete mich in unserem neuen Spiegel. Ich sah sonderbar, dämonisch aus. Ich schnitt ein paar Grimassen. Während ich so in den Spiegel starrte, versuchte ich, mir ein paar Tränen abzuringen, was mich jedoch nur noch erbärmlicher aussehen ließ.

Ich ging in die Küche. Ich füllte ein Geschirrhandtuch mit Eis und kühlte mir damit die Nase. Dann stolperte ich die Treppe hinunter auf die Straße und hielt ein Taxi an, das mich ins Krankenhaus brachte.

Fix und fertig

Bill und ich warteten im Central Park auf Lou und Pennywhistle. Und das schon seit Stunden. Bill saß auf dem Alice-im-Wunderland-Pilz. Ich auf der mit erstarrten Teertropfen gesprenkelten Parkbank. Bills Lippen waren rissig und trocken, als käme er direkt aus der Wüste. Er leckte sich in regelmäßigen Abständen die Lippen.

»Von der Leckerei wird es doch nur noch schlimmer«, sagte ich.

Er ignorierte mich und ruinierte weiter mutwillig sein Leben.

Obwohl es schon ziemlich spät war, spielten auf der Wiese neben uns ein paar kleine schwarze Jungen Fußball. Der Ball flog vom Feld und rollte mir direkt vor die Füße. Ich hob ihn auf, um ihn den Jungs zurückzuwerfen.

»He, Mann«, sagte der acht- oder neunjährige Knirps. »Her mit dem Ball.«

»Wie heißt das Zauberwort?«

»Was?«

»Ich wollte dir den Ball gerade zurückgeben, aber du könntest wenigstens Bitte sagen. Du kommandierst mich herum wie einen Sklaven. Wenn ich's mir recht überlege, behalte ich ihn vielleicht lieber. Einen Fußball kann man schließlich immer brauchen.«

»Her mit dem Ball, du Wichser!«

Ich starrte den Jungen einen Augenblick an. Dann warf ich ihm den Ball so fest ich konnte mitten ins Gesicht. Volltreffer. Er schrie auf vor Schmerz und sank zu Boden. Seine Freunde kamen angerannt.

»Mensch!«, rief Bill.

»Was? Er hat Wichser zu mir gesagt!«

Bill schüttelte verständnislos den Kopf.

»Er ist doch noch ein Kind«, sagte er.

Wir gelangten zu dem Schluss, dass Lou und Pennywhistle wohl nicht mehr kommen würden. Bill glitt von dem Alice-im-Wunderland-Pilz und ging davon. Ich folgte ihm. Die kleinen schwarzen Jungen starrten mich wütend an, als ich an ihnen vorbeikam. Ihr Freund weinte. Seine Nase blutete.

Bill und ich verließen den Park und trotteten den Gehsteig entlang. Nach einer Weile meldete sich mein Gewissen.

»Was ist?«, fragte Bill, als er mein trauriges Gesicht bemerkte.

»Ich hätte dem Jungen den Ball nicht ins Gesicht werfen sollen. Er hatte wahrscheinlich bloß Angst, dass ich ihm den Fußball wegnehme.«

»Mensch, manchmal habe ich das Gefühl, du bist der größte Widerling, der mir je begegnet ist.«

Ich fing an zu weinen.

»Hör auf zu heulen«, sagte Bill. »Und benimm dich anständig.«

»Bill?«

»Was?«

»Ich liebe Evelyn noch immer.«

»Oh, Mann.«

»Ich habe einen Fehler gemacht, Bill. Ich habe einen Fehler gemacht. Ich hätte lieber noch ein bisschen warten sollen.«

»Du hattest Angst vor Nähe«, meinte Bill.

»Was?!«

»Du hattest Angst vor Nähe.«

»Das ist mir jetzt echt zu platt!«

»Was?«

»Dieser Quatsch von wegen Nähe. Hör mir bloß auf! Ist doch totaler Schwachsinn, Alter! Du redest daher wie mein beschissener, trocken gelegter Bruder! Außerdem bist du besoffen!«

»Dazu sage ich nur eins. Ich bin vielleicht besoffen, aber längst nicht so besoffen wie du. Mehr habe ich dazu nicht zu sagen.«

»Na und?«

»Na, und das gibt mir das Recht, dir eine hilfreiche Diagnose zu stellen. Und weißt du, was noch? Du heulst so oft, wenn du besoffen bist, dass da noch was anderes dahinterstecken muss. Du bist echt fix und fertig.«

»Und du bist ein Speedfreak.«

»Ach was.«

»Von dir muss ich mir so was nicht sagen lassen!«

»Doch.«

»Du bist genauso verkorkst wie ich! Wenn nicht noch verkorkster!«

»Und wenn schon.«

»Arschloch!«

»Selber Arschloch!«

Ich boxte Bill ein paarmal gegen die Brust.

»He!«, rief er und hielt sich schützend die Hände davor.

»Lass mich in Ruhe«, sagte ich.

Ich stiefelte davon. Ein fetter Latino stand mir im Weg, und ich schrie ihn an, er solle sich verpissen. Ich stiefelte an den Geschäften vorbei. Was bildete Bill sich eigentlich ein, mir meine Probleme vorzuhalten? Ich stiefelte die Straße entlang und wurde immer wütender. Und als ich am wütendsten war, dachte ich an Tar, an unsere Prügelei vor über vier Wochen, und dass wir seither kein Wort mehr miteinander gesprochen hatten. Ich dachte an den jämmerlichen Anblick meines Vaters, als ich mit der neuen Babypuppe nach Hause gekommen war. Ich dachte an den unbändigen Zorn meiner Mutter. Ich dachte an Evelyns wutverzerrtes Gesicht, als sie mich geschlagen hatte. Ich dachte an Gary. Ich dachte an Gary. Als mir klar wurde, dass ich sie alle verloren hatte, jeden einzelnen von ihnen, fing ich an zu schluchzen.

Ich drehte mich um. Bill stand mit hängenden Schultern und den Händen in den Taschen an der nächsten Ecke und starrte verwirrt vor sich hin.

Ich reckte die Arme hoch. Die Schluchzer brachen förmlich aus mir heraus.

»*ES TUT MIR LEID, BILL!*«, rief ich der gebeugten Gestalt meines Freundes zu.

Bill kam langsam auf mich zu. Er schielte verlegen nach rechts und links.

»Mann, eh, ich war ja so was von gefrustet, als du mit dem Saufen aufgehört hast. Aber weißt du, was? Langsam wird mir klar, wie du darauf gekommen bist.«

Ich packte ihn am Ärmel.

»Ich brauche deine Hilfe, Bill«, sagte ich.

Bill zuckte die Achseln.

»Ich muss unbedingt mit Evelyn sprechen. Und dazu brauche ich deine Hilfe.«

»Meinetwegen«, sagte er. »Kein Problem.«

Das Haus, in dem Evelyn wohnte, hatte nicht nur eine, sondern gleich zwei Glastüren. Die erste Tür war offen, doch um durch die zweite Tür zu kommen, brauchte man entweder einen

Schlüssel, einen Vorschlaghammer oder jemanden, der einen reinließ. Die Namen der Hausbewohner standen auf kleinen Bronzeschildern mit einem Klingelknopf daneben. Evelyn hatte ihren Namen noch immer nicht über den ihres Vormieters geklebt. So etwas konnte man ewig vor sich her schieben.

Ich hatte die Nummer von Evelyns Wohnung vergessen. Ich wusste nur noch, dass sie irgendwo im sechsten Stock lag.

»Vielleicht 6J?«, fragte Bill.

»Hm. Könnte sein.« Ich drückte auf den Knopf. Als auf mein Klingeln niemand reagierte, drückte ich ein zweites Mal. Plötzlich plärrte eine barsche Männerstimme: »Hallo?«

»Wer ist da?«, fragte ich. »Wo ist Evelyn?«

»Evelyn? Es ist siebzehn Minuten nach Mitternacht.«

»Der hat offensichtlich eine Digitaluhr«, meinte Bill.

»*Verdammt noch mal, wer ist da?*«, schrie ich in die Sprechanlage.

»Verschwinden Sie, und zwar dalli!«

Ich ließ den Knopf los, drehte mich um und sah Bill an.

»Ich glaube, das war die falsche Wohnung«, sagte ich.

Bill stülpte die Unterlippe vor und schüttelte den Kopf.

»Wie wär's damit?«, fragte er und zeigte auf 6A.

Ich sagte 6A im Stillen mehrmals vor mich hin. Das musste sie sein, dachte ich. Ja, Evelyn wohnte in 6A. Ich drückte auf den Klingelknopf. Einmal nur, aus Höflichkeit. Evelyns Stimme drang aus einem winzigen schwarzen Lautsprecher. Ihre Stimme war wie ein Finger, der sich in die weiche Masse meines Gehirns bohrte. Mein süßer Schatz. Ich bekam weiche Knie. Sie klang, als hätten wir sie aus dem Bett geholt.

»Hallo?«

Ich drückte den Knopf der Sprechanlage.

»Evelyn.«

Keine Antwort.

»Evelyn! Kannst du mich hören?«

»Du musst den Knopf loslassen, damit sie was sagen kann«, sagte Bill.

»Ach ja.«

»… will nicht mit dir sprechen«, sagte sie.

»Evelyn, es tut mir Leid.«

»Ich will nicht mit dir sprechen. Hau ab.«

»Evelyn, ich hab Scheiß gebaut. Es war ein Fehler. Evelyn, ich war betrunken. Ich konnte nicht klar denken.«

»Du bist doch schon wieder betrunken.«

»Evelyn, es tut mir Leid. Evelyn.«

»Ich geh jetzt ins Bett. Wenn du noch mal klingelst, gehe ich nicht dran.«

»Nein! Warte! Bill muss dir was sagen!«

Ich zerrte Bill vor die Sprechanlage. Bill drückte auf den Knopf. Ich hielt mich solange an seiner Schulter fest.

»Evelyn?«

»Bring ihn nach Hause, Bill.«

»Ähm, Evelyn, James hat dich wirklich immer noch sehr gern.«

»Lasst mich in Ruhe. Ich blicke da nicht mehr durch, James, ehrlich.«

»Äh, wieso kommst du nicht einfach runter und sprichst mit ihm? Es geht ihm … er ist echt total fertig, verstehst du? Weil er einen Fehler gemacht hat. Wir machen doch alle mal einen Fehler, oder? Im Grunde ist er ein netter Kerl.«

»Ich geh jetzt ins Bett.«

»Nein«, flüsterte ich Bill ins Ohr.

»Evelyn … warte … nur ganz kurz.«

Keine Antwort.

»Evelyn?«, sagte Bill.

Keine Antwort.

»Sie ist weg«, meinte Bill.

Ich drückte auf den Knopf und brüllte: »*Evelyn!*«

Keine Antwort. Ich drückte noch einmal.

»*Evelyn!*«

Rauschen, keine Antwort.

»*EVELYN, KOMM ZURÜCK. ES TUT MIR LEID!*«

Ich drehte mich um und sah Bill an. »Sie kann mich immer noch hören«, sagte ich. »Sie ist da oben und kann mich noch immer hören.«

»Ich war noch nie bei ihr«, entgegnete Bill. »Ich weiß nicht, wie ihre Wohnung geschnitten ist, ich kann dir also nicht sagen, ob sie dich noch hören kann oder nicht.«

Ich drehte mich wieder um.

»*ES TUT MIR LEID, EVELYN!*«, schrie ich.

Nichts.

»*EVELYN! EVELYN! EVELYN! EVELYN! EVELYN!*« Ich drückte abwechselnd auf die Klingel und den Knopf der Sprechanlage.

Bill verließ die kleine Eingangshalle. Er setzte sich draußen auf das dicke Betongeländer vor der Tür und zündete sich eine Zigarette an.

Wenn ich lange genug schreie, reagiert sie *bestimmt*, dachte ich. Sie muss herunterkommen. Vielleicht sogar im Bademantel.

Sie hätte kommen müssen, doch sie kam nicht.

Die ersten Fenster gingen auf, und jemand brüllte, ich solle verdammt noch mal die Fresse halten. Bill steckte den Kopf durch die Tür und sagte: »Komm jetzt raus, Alter. Die Leute flippen aus.«

»*EVELYNNNNNN!!!*«

Schließlich schlich ich nach draußen. Die Leute schrien wüste Beschimpfungen aus den Fenstern. Jemand warf eine Kerze nach mir. Das steigerte meinen Zorn nur noch. Ich wirbelte herum, starrte zu ihnen hinauf und brüllte, sie könnten mich alle mal. Sie streckten ihre rosigen kleinen Köpfe aus den Fenstern und brüllten alles Mögliche zurück. Sie waren ein eingeschworenes Team.

»Kommt doch runter, ihr Wichser!«, kreischte ich. Ich stolperte rückwärts in Richtung Fahrbahn. Bill zog mich am Arm.

Ich beugte mich vornüber, hielt mir den Bauch und kotzte auf die Straße. Als ich fast fertig war, sah ich noch einmal zu ihnen hoch. Sie waren ruhiger geworden.

»Kommt nur runter! Ich mach euch alle fertig!«, kreischte ich. »Und zwar nicht nacheinander, sondern alle auf einmal, ihr Wichser! Ich hab Leuten die Arme gebrochen, ich hab ihnen die Beine gebrochen, bis der Knochen durch die Haut kam, ich hab sie mit dem Schädel gegen Mauern gedonnert, und *genau dasselbe mach ich gleich mit euch! Ich schlag euch die Birne ein, und zwar an dem Betonteil hier! Kapiert?*«

Ich wurde fast ohnmächtig. Ich drehte mich um. Bill machte ein betrübtes Gesicht.

Wir kamen nach Hause. Auf dem Anrufbeantworter war eine Nachricht von El Hombre Fitzgibbon, einem Freund von Lou und Pennywhistle. Lou und Penny seien festgenommen worden, sagte er. Anscheinend hatte uns weder der eine noch der andere verpfiffen; manchmal stößt man auf Loyalität, wo man sie am wenigsten erwartet. Unsere Freunde würden vermutlich eine Weile im Knast verbringen. So trübe sie auch gewesen sein mochte, unsere goldene Jugend war vorbei.

Das Beste Spielzeug der Welt, 2. Teil

In der U-Bahn saß mir eine Frau mit einem nackten Säugling gegenüber. Der Hintern des Babys war schlaff und voller Grübchen. Die schwarz gefleckten Augen der Frau hatten die Farbe eines schlammigen Baches, in dem Kaulquappen schwammen. Sie wechselte die Windeln des Babys.

Von irgendwoher kam ein lauter Schrei. Ich sah mich rasch um; vielleicht konnte ich helfen; vielleicht konnte ich den Übeltäter in die Flucht schlagen, jemanden verteidigen – eine alte Frau, einen ängstlichen, kleinen Mann, der nie gelernt hatte, mit seinen Fäusten umzugehen. Ich beugte mich vor und schielte durch das Fenster in den nächsten Waggon. Nur eine Hand voll Leute saßen darin, und keiner von ihnen schien zu schreien. Ich sah die Frau an.

»Haben Sie den Schrei gehört?«

»Einen Schrei?«, fragte sie zurück.

»Mm.«

»Nein«, sagte sie.

»Tja. Vielleicht waren es auch nur die Räder auf den Schienen. Igitt.« Ich klammerte mich an die Stange neben mir. Sie war mit einem dünnen Schleimfilm von den Händen anderer Leute überzogen.

Die Frau trug alte, ausgelatschte Nikes.

»Ziemlich klein, das Baby«, sagte ich. »Wie groß, ich meine, wie alt ist es denn?«

Sie starrte mich an. Ich wusste genau, dass sie sich fragte, ob und wie ich diese Information wohl gegen sie verwenden könnte.

»Drei Monate«, sagte sie und lächelte gekünstelt.

»Ich weiß nicht mehr, wie ich in diesem Alter war. Er findet bestimmt alles ganz toll. Und wenn er sich in die Hose macht, kümmert sich jemand darum. Das würde mir auch gefallen.«

»Was?«

»Dass sich jemand um mich kümmert, meine ich.«

Sie nickte.

»Wie heißt er denn?«, fragte ich.

»Larry.«

»Larry. Der kleine Larry. Darf ich ihn mal nehmen?«

»Nein. Tut mir Leid.«

»He, kein Problem.« Ich drehte mich um und schaute durch das Fenster am anderen Ende des Waggons; auch dort schien niemand geschrien zu haben.

»Ich möchte nicht unhöflich sein«, sagte sie.

»Schon gut.«

»Haben Sie denn viel Erfahrung mit Kindern?«

»Ich habe seit achtzehn Jahren kein Baby auf dem Arm gehabt. Hunde nicht mitgezählt.«

Über dem Kopf der Frau hing das Werbeplakat einer Abtreibungsklinik, ganz in Pink, mit Blumen rings um den Text. Von dem Anblick bekam ich eine Gänsehaut, und einen Moment lang spielte ich mit dem Gedanken, einfach aufzustehen und mich in den nächsten Waggon zu setzen, um mich diesem Gespräch zu entziehen und denjenigen zu finden, der geschrien hatte.

Die Frau blickte mich nachdenklich an. Vielleicht sah ich ja ganz harmlos aus.

»Nehmen Sie ihn ruhig. Aber nur kurz.«

»Nur ganz kurz, ja.«

Die Frau stand auf und setzte sich neben mich.

»Sie müssen seinen Kopf stützen, so«, sagte sie.

Vorsichtig reichte sie mir Larry, und ich nahm ihn vorsichtig entgegen. Ich wiegte ihn in meinen Armen. Sein Kopf war winzig. Es kam mir vor wie ein Wunder, dass die meisten Babys das erste Lebensjahr unversehrt überstanden, obwohl sie einen so kleinen, zarten Schädel hatten. Schließlich konnte er schon bei der kleinsten Unachtsamkeit zu Bruch gehen. Man brauchte doch nur einen Sekundenbruchteil lang nicht aufzupassen, zum Beispiel wenn man zum Umschalten aus dem Fernsehsessel sprang. Ich fragte mich, wie viele Spielsachen Tar und ich als Kinder dabei versehentlich zertrampelt hatten. Viele davon aus Metall. Aus Larrys Mund kam eine weiße Blase.

»Ich werde wohl nie Kinder haben«, sagte ich. »Ich würde ihnen wahrscheinlich auf den Kopf treten.«

»Was?!«, rief die Frau. Sie beugte sich zu mir, als wollte sie mir Larry wieder wegnehmen.

»Er ist schon ein süßer kleiner Fratz«, sagte ich.

Die Frau blieb in Alarmbereitschaft, damit sie mir das Kind notfalls sofort entreißen konnte. Ich starrte es an.

Larrys kleines Gehirn war noch nicht voll entwickelt. Ich fragte mich, was wohl schon alles drinsteckte in seinem Kopf. All die Informationen, die er würde verarbeiten müssen: Kriminserien, die Streitereien seiner Eltern, der Gestank von Pennerpisse auf der Straße, Disneyfiguren, die Geldsorgen seines Vaters, die ärmlichen Schuhe seiner Mutter, Sport, Bussi-Bussi-Babysprache, das Gerumpel und Geschepper der U-Bahn, Ghettoblaster an jeder Ecke, Gehupe, die heiße New Yorker Sonne im offenen Kinderwagen, elektronische Reklametafeln, Groucho-Marx-Imitatoren, das Geräusch eines Computermodems, Pitbulls, Radio-DJs, Donner, Religion, Countrymusik, Mundgeruch, Tetanusspritzen, schlechte Kinderbücher über riesengroße Hunde und Leute, die mit riesengroßen Buntstiften Türen malen und dann hindurchgehen. Ich spürte Larrys Wirbelsäule. Er glotzte mich aus blinden Augen an. Ich fuhr mit den Fingern über den Flaum auf seinem Kopf.

Ich sah die Frau an.

»Ist es eigentlich sehr teuer, so ein Baby zu versorgen?«, fragte ich.

»Sie haben ja keine Ahnung. Sie haben ja *keine* Ahnung.«

»Hier«, sagte ich. Ich reichte ihr das Baby. Sie nahm es mir behutsam ab. Ich holte zwei Fünfzigdollarscheine aus meiner Manteltasche.

»Hier, nehmen Sie«, sagte ich.

»Nein, bitte«, protestierte sie.

»Es ist nicht für Sie, sondern für den Kleinen. Kaufen Sie ihm ein großes ... ein großes Stofftier. Gehen Sie mit ihm zu FAO Schwarz.«

Die Frau sah mich an.

»Nun nehmen Sie schon«, sagte ich. »Ich mache so was öfter. Ich schwimme im Geld. Also saufe ich und tue Gutes. Was sollte ich sonst auch mit meinem Leben anfangen?«

Die Frau lächelte. Sie nahm das Geld.

»Danke«, sagte sie. »Vielen Dank.«

Ich nickte. Ich holte mein Taschentuch heraus und putzte mir die Nase. Ich starrte eine Weile vor mich hin. Die Frau lächelte immer noch.

»Das ist wirklich sehr nett von Ihnen«, sagte sie.

Ich lächelte und starrte weiter vor mich hin. Ich sah aus dem Fenster und betrachtete die Graffiti an den Wänden des U-Bahn-Tunnels. Ich schüttelte langsam den Kopf.

Wie blöd kann man eigentlich sein?, überlegte ich.

Ich betrachtete mein Spiegelbild im dunklen Fenster.

Du dämlicher Vollidiot, dachte ich. Das Geld war für einen neuen Roboter! Und jetzt markierst du hier den großen Wohltäter!

Ich drehte mich zu der Frau um. Ich machte den Mund auf, um das Geld zurückzufordern. Sie lächelte. Ich starrte sie an. Ich nickte.

Selbst schuld, sagte ich mir. Ich wandte den Kopf und stierte aus dem Fenster.

Du erbärmlicher Versager.

Charlie stand hinter dem Ladentisch und sortierte Comic-Hefte. Er trug dasselbe fleckige rote T-Shirt wie immer.

»James, alter Freund!«, rief er.

»Ich brauche was von dir.«

»Nämlich?«

»Einen Roboter.«

»Kein Problem. Was macht die gute Eva?«

»Evelyn, du Trottel.«

»Was macht die gute Evelyn?«

Ich zuckte die Achseln und hob abwehrend die Hände.

»Gott, du bist ja völlig breit,« sagte Charlie.

»Du darfst mich ruhig James nennen.«

»Gott, bist du breit.«

»Halt die Schnauze.«

»Das ist mein Laden. Also sag mir nicht, ich soll die Schnauze halten.« Charlie widmete sich wieder seinen Heften.

»Charlie. Sie heißt Evelyn, nicht Eva.«

»Das sagtest du bereits.«

»Sie liebt mich nicht mehr.«

Charlie starrte mich an. »Schade, mein Beileid, Kleiner.«

»Charlie, ich trinke zuviel.«

»Ja, also ich genehmige mir höchstens ab und zu mal ein Bierchen.«

»Und dann diese Pillen. Schlagen mir aufs Hirn.«

»Dann sag doch einfach Nein.«

»Charlie, warst du schon mal verliebt?«

»Ha-ha. Ich lach mich tot. Keine Ahnung. Ja, ich glaub schon. Aber damals hatte ich Wichtigeres zu tun.«

»Tut mir Leid, dass nichts daraus geworden ist.«

Charlie nickte. Er war fett und traurig.

Ich schlenderte ein Stück den Gang entlang und stützte mich auf eine Vitrine.

»Früher oder später findet jeder Topf sein Deckelchen«, meinte Charlie. »Sogar du und ich. Davon bin ich felsenfest überzeugt. Außerdem ziehst du dich anständig an. Frauen stehen auf sowas.«

»Dann stehen sie garantiert auch auf dein rotes T-Shirt, Charlie.«

»Was? Das? Nein, ich glaube kaum!« Charlie schüttelte lachend den Kopf.

»Charlie.«

»Was?«

»Hier hast du dreihundert Scheine. Das ist alles, was ich habe.« Ich zog die dreihundert Dollar aus der Tasche und streckte sie ihm hin. »Was gibst du mir dafür?«

»Wenn das wirklich alles ist, was du noch hast, gebe ich dir den dringenden Rat, es zu behalten.«

»Ich will keinen Rat. Ich will einen beschissenen Roboter.«

Charlie kam achselzuckend hinter dem Ladentisch hervor.

»Was Roboter angeht, habe ich momentan nicht besonders viele Schnäppchen am Lager. Aber ich habe da was, das dich interessieren könnte.«

»Ein Roboter. Ein Roboter, Charlie. Sonst nichts.«

»Wart's doch erstmal ab. Komm her.«

Charlies Schlüssel baumelten an einer Silberkette von seinem Gürtel. Er suchte den passenden heraus und ging zu einem wuchtigen, reich verzierten Holzschrank. In die verschlossenen Türen waren ägyptische Hieroglyphen geschnitzt. Seltsam: Ich war zwar schon tausend Mal in Charlies Laden gewesen, hatte den Schrank aber noch nie bemerkt. Charlie schloss die Türen auf und holte eine Schachtel heraus.

Auf der Schachtel stand: KNACK DEN DINO! BACK DEN DINO!

»Das hast du doch gesucht, oder?«

Ich nickte.

»Originalverpackt«, sagte Charlie. »Irgend so ein Schauspieler, der gerade aus Minnesota hierher gezogen ist, wollte mir neulich einen Haufen Zeug andrehen, hauptsächlich Schrott. Aber als ich das sah, fiel mir wieder ein, dass du davon gesprochen hast und es unbedingt haben wolltest, als wir uns kennen lernten. Ich habe es nur das eine Mal gesehen.«

Charlie reichte mir die Schachtel. Ich starrte sie an. Brontosaurier, Flugsaurier, Kältesteppenmammuts.

> Schiebe die WÜRFEL in die ENERGIEKAPSEL, und schon verwandeln sie sich in echte DINOSAURIER! Dann steckst du sie in die DINOSAURIER-BOX, und das Ganze geht von vorne LOS! Spiel und Spaß OHNE ENDE!!!

Ich stellte es auf den Ladentisch und nahm den Deckel ab. Es war alles da, die bunten Plastikwürfel, die rote Maschine, sogar die Spielanleitung.

Würfel NICHT in einen herkömmlichen Ofen legen. Würfel NICHT essen. Bei eingeschaltetem Gerät Drahtnetz NICHT berühren.

»Boah«, sagte ich. »Ich glaub, ich spinne.«

»Ha-ha«, machte Charlie. Ich sah ihn an. »Für einen Hunni gehört es dir. Ich habe keine Ahnung, wie viel es wert ist. Es steht auf keiner Liste.«

Ich nickte und dachte: Weil es nie existiert hat, weil es ein Mythos ist, unwirklich und magisch. Ich drückte Charlie zwei Fünfziger in die Hand. Er stopfte sie sich in die Tasche. Ich verschloss die Schachtel wieder und presste sie an meine Brust.

»Danke, Charlie.«

»Keine Ursache. Und jetzt geh nach Hause, und schlaf deinen Rausch aus.«

Ich nickte und wandte mich zum Gehen. An der Tür blieb ich noch einmal stehen und drehte mich zu Charlie um. An einer Schlinge über seinem Kopf hing eine Tinkerbell aus Plastik.

»Charlie. Ich wollte dir noch was sagen.«

»Was denn?«

»Dass es für mich nichts Schöneres gibt als diese Spielsachen. Nichts.«

Ich presste mir die magische Schachtel noch fester an die Brust.

Charlie gab keine Antwort.

Ich ging schnell hinaus. Ein Glöckchen klingelte. Sonne, Straße, eine Million Penner, ob in verschlissenen Jogginghosen, Jeans und Batik-T-Shirt oder grauem Straßenanzug. Sie hielten mich für einen der ihren.

Ein umgestürztes Dexi-Röhrchen. Leer. Daneben eine Wodkaflasche. Viertelvoll. Der Rest des Wodkas und die Dexis rauschten durch meine Adern und krallten sich in meinen Magen. Sie setzten mein Gehirn in Brand, huschten wie hunderttausend Helikopter-Suchscheinwerfer über meine innere Leere hinweg. Außerdem tat mir die Leber weh.

Tar hatte einmal gerufen: »Komm, wir tun so, wie wenn unsere Betten Pterodaktylusser wären, worauf wir reiten.«

Jetzt quetschte ich den kleinen grünen Pterodaktylus in meiner Hand zusammen und schleuderte ihn über den Klapptisch.

»Guten Flug«, lallte ich. Ich sabberte.

Die Sonne fiel durch das vergitterte Fenster auf das Beste Spielzeug der Welt. Auf der anderen Seite des Klapptisches stand ein leerer Sessel. Ich sah den Sessel durch die durchsichtige Kuppel auf der roten Maschine. Die Kuppel verzerrte den Sessel so lange, bis er in meine Welt hineinpasste. Das wirkte ungemein beruhigend. Plötzlich erschien das rotwangige Gesicht des vierjährigen Tar im leeren Sessel.

»Welchen … he, Tar … welchen Dinosaurier … nehmen wir als Nächstes?«

Ich nuckelte gierig an der Wodkaflasche und knallte sie dann wieder auf den Tisch. Mehrere Dinosaurier fielen zu Boden.

»Den orangenen?«, fragte ich ihn. »Der orangene ist ein Triceratops.«

Ich nahm den orangefarbenen Würfel vom Tisch. Ich schob die Tür der Kuppel auf. Ich steckte den Würfel hinein. Das Drahtnetz glühte rot: Die Maschine lief schon eine Weile.

Nancy setzte sich neben mich. Sieben, dachte ich. Sie kaute auf einer Haarsträhne herum. Sie wirkte irgendwie fehl am Platz: eine schlanke, zarte kleine Elfe zwischen Bierflaschen, Aschenbechern, Klamotten und leeren Pizzakartons.

»Na, du Vogelscheuche«, sagte sie.

»Ich hab es wieder, Nancy.« Ich zeigte auf die rote Maschine. Nancy fasste mich am Arm.

»Guck mal, es wächst«, sagte sie.

Dem Triceratops wuchsen Nackenschild und Hörner.

»Mh-hm«, machte ich.

Ich döste einen Moment weg und wurde dann wieder wach.

Ich wollte Nancys Gesicht berühren. Doch meine Hand ging glatt durch sie hindurch. Trotzdem wurde das Ganze von Sekunde zu Sekunde plastischer, realer.

Ich hörte Schritte und hob den Kopf. Gary.

Er war bleich und trug eine rosa Fliege mit kleinen Schwertern darauf, die Sorte Schwerter, mit denen man Oliven aufspießt.

Als Gary den Mund aufmachte und etwas sagte, klang es wie unter Wasser. Er wackelte mit den Händen, um meine Aufmerksamkeit auf sich zu lenken.

»Was? Ich ... ich verstehe kein Wort«, sagte ich.

Garys Körper vibrierte wie die Sehne eines Bogens nach dem Schuss. Er zog die Augenbrauen hoch. Er zuckte die Achseln. Dann war er verschwunden.

Nancy setzte sich auf die Kante meiner Matratze und hob ihren Rock. Ich sah ihre Möse, eine haarlose Linie. Sie lächelte. Sie zeigte sie mir gern.

»Hä-hä-hä.« Meine Hand wanderte wie von selbst zu meinem Schwanz. Ich versuchte, meinen Reißverschluss aufzuziehen. Doch der Reißverschluss war zu klein, und ich bekam ihn nicht zu fassen. »Ich bin zu breit«, lallte ich.

»Guck mal, Jimmy«, sagte Nancy. Sie hob den Hintern, beugte sich leicht vornüber und spreizte ihre Möse mit den Fingern. Sie war innen rot.

»Hä-hä«, machte ich. »Früher fand ich das immer ziemlich eklig. Heute finde ich es ziemlich geil.«

»Guck mal, der Triceratops«, sagte Tar.

Der Triceratops war ausgewachsen. Ich packte ihn und warf ihn zu Boden.

»Welchen jetzt, Tar?«

Keine Antwort.

»Sonst jemand?«, fragte ich in die Runde. Einen Moment lang war ich allein.

»Alle dürfen mitbestimmen, was ... welchen wir als Nächstes nehmen sollen. Na kommt schon, sagt was.«

Das Zimmer war leer. Ich saß zusammengesunken im Sessel. Auf Bills Nachttisch stand ein Digitalwecker von der Sorte, bei der die Ziffern herunterklappen. Die erste Ziffer war kaputt. Die obere Hälfte der Acht klemmte in der unteren Hälfte des Sichtfensters.

»Leg die Hand drauf«, sagte jemand. Ich hob den Kopf. Schon wieder Gary Bauer. Aber wie er sprechen konnte, war mir ein Rätsel. Ein großes Stück seines Oberkiefers fehlte. Das Zahnfleisch und die Zähne lagen frei. Außerdem hatte er ein großes, ausgefranstes rotes Loch im Hals.

»Leg die Hand drauf, Jimmy«, sagte Gary.

»Lass mich in Ruhe, Zombie.«

»Hosenscheißer. Du hast doch nicht etwa Angst? Ha-ha!«

Gary legte den Kopf in den Nacken und lachte. Ich konnte in seinen Schädel sehen.

»Ich kann dein Gehirn sehen«, sagte ich. »Viel ist es nicht.«

»Hosenscheißer!«

»Ich hab jedenfalls keine Angst, in ein Loch zu steigen und Dan Occansion rauszuholen.«

»Dann leg die Hand drauf.«

Ich verzog das Gesicht und schüttelte den Kopf.

Ich wollte nicht. Alles, nur das nicht.

Er war eine Halluzination. Er war tot.

Trotzdem verspottete er mich.

Ich hasste ihn.

»Leg die Hand drauf.«

Ich sah Gary ins verbliebene Auge.

»Ich kann alles«, sagte ich.

Ich verpasste der Kuppel eine mit der Rückhand. Das durchsichtige Plastik kriegte einen Riss. Ich schlug noch einmal zu. Die Kuppel brach ab und fiel klappernd zu Boden. Das Drahtnetz glühte rot. Ich legte die ganze Hand auf den Draht. Im ersten Moment tat es überhaupt nicht weh. Natürlich, dachte ich. Das wäre ja auch viel zu gefährlich für Kinder.

Höllische Schmerzen durchzuckten meinen Arm und schossen mir über die Schulter ins Genick. Die Haut in meiner Handfläche brannte, schmolz wie die Spielzeugsoldaten. Tränen stürzten mir aus den Augen und rollten mir übers Gesicht. Doch ich rührte mich nicht. Meine Hand wollte loslassen, aber mein Wille war stärker.

»Ihr könnt mich«, sagte ich. »Ihr könnt mich alle mal.«

Als ich schließlich loslassen wollte, stellte ich fest, dass es nicht ging. Meine Haut klebte am Metall. Ich schrie. Ich riss die Hand zurück. Von dem Drahtnetz stieg Rauch auf. Fleischfetzen hafteten daran, Fleisch, das eben noch zu meinem Körper gehört hatte. Ich hielt mir die Hand vors Gesicht. Ich starrte sie an. Ein rotes Loch. Schmale Blutrinnsale wanden sich um meinen Arm.

Ein säuerlicher Geschmack kroch mir die Kehle hoch. Ich hielt mir den Mund zu. Vergeblich. Der Strahl brach zwischen meinen Fingern hervor und spritzte gut zwei Meter nach allen Seiten. Er ergoss sich über das Beste Spielzeug der Welt, meine Klamotten auf dem Fußboden, meine Matratze. Es rauchte und schmorte wie Fett in der Pfanne. Die rote Maschine sprühte Funken.

Ich versuchte aufzustehen. Ich klammerte mich an die Tischkante und rappelte mich mühsam hoch. Meine Beine gaben nach. Ich fiel auf die Knie, wölbte die eine Hand um die andere. Ich sah mich um. Das Zimmer war leer. Gary, Nancy und Tar waren verschwunden.

»Spielzeug«, sagte ich. Ich stand auf und torkelte zu den Robotern an der Wand.

Ich trat nach dem Spielzeug, beendete, was Evelyn begonnen hatte. Ich trat Rom Spaceknight den Schädel ein. Ich trat Captain Future Superhero und Interplanetary Spaceman zu Klump. Ich trat sie alle kurz und klein, bis ich in einem Meer von Plastik- und Metallsplittern stand, auch Bills Figuren. Besonders Bills Figuren: Schließlich hatte er mich auf diese Sammelei gebracht. Damit hatte alles angefangen. Ich zermalmte Ralph Malph, köpfte David Soul und durchtrennte Laura Ingalls Wilder mit einem gezielten Tritt das Brustbein. Ich drehte mich um und schlug Knack den Dino! Back den Dino! vom Klapptisch. Ich hob es auf und schleuderte es gegen die Wand, doch weil es eingesteckt und das Kabel nicht besonders lang war, knallte es mit voller Wucht auf den Boden. Das rote Gehäuse der Maschine ging entzwei.

Ich klaubte die Dinosaurier und die bunten Würfel zusammen und nahm sie mit ins Bad. Ich stopfte sie in den Waschbeckenabfluss und ertränkte sie in meinem Blut. Ich drehte das Wasser auf. Ich war kurz davor, das Bewusstsein zu verlieren. Um nicht hinzufallen, klammerte ich mich an den Beckenrand. Ich sah in den Spiegel.

Wenn Gott einem das Leben schenkt und wieder nimmt, ist das nicht annähernd so schlimm, als wenn Gott einem die Kindheit nimmt und einen nackt und bloß ins Leben stößt.

»Gib mir meinen Bruder, Amy.«

»Hör mal, Jimmy, ich weiß, dass Tar mit dir sprechen will. Aber ich glaube, es ist besser, du rufst morgen noch mal an. Wenn du wieder nüchtern bist.«

»Tar. Los, gib ihn mir.«

»Mensch, Jimmy, ich will dir doch nur helfen.«

»Deine Hilfe ist … ist … beschissen! Los, gib mir meinen Bruder!«

Amy zögerte.

»Warte«, sagte sie.

Ich hörte, wie sie davonging. Wie die beiden sich im Hintergrund besprachen. Und wie jemand den Hörer nahm.

»Na. Was gibt's?«

»Tar. Ich hab das Scheißding platt gemacht.«

»Was hast du platt gemacht?«

»Das Dinosaurierspiel. Ich hab's platt gemacht. Endlich. Nach allem. Nach all der Zeit. Ich hab alles platt gemacht. Hier ist alles tot. Die ganze Wohnung. Argh. Ich war ihr Vater, Tar, und ich hab sie platt gemacht. Diese Scheißroboter. Ich hab das alles einfach nicht mehr ausgehalten.«

»Du hast deine Spielsachen platt gemacht?«

»Bills auch. Die blöde Sau.«

»Fehlt dir was?«

»Meine Hand.«

»Du hast dich an der Hand verletzt?«

»Ein riesengroßes blutiges Loch. In dem Schleim, der da rauskommt, könnte man glatt ersaufen.«

»Tu mir einen Gefallen. Geh ans Medizinschränkchen bei euch im Bad. Da ist Neosporin drin, ich hab's gesehen. Reib ein bisschen was davon auf deine Wunde.«

»Ha-ha-ha. Neosporin? Gute Idee, Tar. Meine Fresse.«

»Tust du mir den Gefallen?«

»Dafür brauch ich mindestens drei oder vier Dosen von dem Scheißzeug.«

»Gleich wenn du aufgelegt hast?«

»Ha-ha. Aber gewiss doch, Tar. Aber gewiss doch.«

»Warum hast du angerufen?«

»Mir ist was eingefallen.«

»Was?«

»Wir hätten zu ihm rübergehen sollen, gleich nachdem er angerufen hatte.«

Tar schwieg einen Moment.

»Bitte, Jimmy, müssen wir ausgerechnet jetzt darüber sprechen?«

»Wir hätten bloß rüberzugehen brauchen damals. Verstehst du? Er hat es uns ja praktisch gesagt. Aber wir hatten natürlich andere Dinge im Kopf. Dummheiten.«

»Das ist doch nichts Neues.«

»Das hätte sich garantiert alles wieder eingerenkt, Tar. Zack, hin zu ihm, und er wäre noch ... ach, Scheiße, er wäre noch am Leben. Stimmt doch.«

»Eben nicht.«

»Doch, wohl.«

»Wie hätten wir es denn ahnen sollen? Verdammt noch mal, wieso fängst du eigentlich dauernd wieder damit an? Ist es nicht langsam mal genug?«

Ich fing an zu weinen. »Ich war für ihn verantwortlich.«

»Du warst nicht für ihn verantwortlich.«

»Mit ihm bin auch ich gestorben, Tar. Mit ihm bin auch ich gestorben.«

»Red keinen Quatsch!«

»Doch. Ich bin tot. Und meine Hand blutet wie Sau.«

»Pass auf: Du bist nicht tot. Du lebst. Und dafür solltest du dankbar sein.«

»Schwachsinn! Erst pustet Gary Bauer sich die Birne weg, und dann soll ich dafür auch noch dankbar sein? Du hast ihn über die ganze Veranda geschleift, Tar! Du hast ihn hochgehoben, über die ganze Veranda geschleift und um Hilfe gerufen!«

»Das ist doch Schnee von gestern, Jimmy. Ich hatte einen Schock. Kein Wunder, unter den Umständen. Ist dir eigentlich klar, dass ich mir diesen Mist jetzt schon seit zehn Jahren anhören muss?«

»Er war mein Freund.«

»Er war auch mein Freund. Das heißt aber noch lange nicht, dass du dich deswegen umbringen musst. Aber genau das tust du. Auch wenn du es nicht wahrhaben willst. Und ich, ich sitze jeden Abend ... jeden Abend sitze ich hier und habe Schiss, dass das Telefon klingelt.«

Jetzt fing auch Tar an zu weinen.

»Ach, du und deine Scheiß-AAler.«

»Ach ja? Dann hör mir mal gut zu, Jimmy. Was ist eigentlich mit mir, hä? Du warst verdammt noch mal das Einzige, was ich hatte. Du warst doch nicht allein für Gary da. Du warst ... im Grunde warst du für uns alle da. Einer für alle, alle für einen. Und dann, nach Garys Tod warst auch du plötzlich weg. Soso, für Gary warst du also verantwortlich? Und was ist mit mir? Bei mir war es mit deiner Verantwortung anscheinend nicht allzu weit her. Verflucht noch mal, ich war dein Bruder. Ich hatte nur dich. Was ist mit mir, Jimmy?«

Ich schwieg einen Augenblick. In einer Zimmerecke brannte es. Die Funken der roten Maschine mussten das Feuer verursacht haben.

»Neosporin«, flüsterte ich.

»Gute Nacht«, sagte Tar. »Geh jetzt ins Bett, ja?«

»Ich muss mir erst noch was von dem Zeug auf die Hand schmieren. Es ist wirklich ... es ist alles voller Blut.«

»Dann verbinde sie, und leg dich hin.«

»Ja, mach ich. Gute Nacht.«

»Mh-hm. Gute Nacht.«

Ich legte auf.

Ich torkelte ins Bad und drückte eine volle Tube Neosporin auf die Wunde. Dann wickelte ich eine ganze Rolle Klopapier um meine Hand. Doch das Papier war in Sekundenschnelle blutgetränkt. Ich lehnte mich an die Wand und betrachtete meinen Arm. Er wurde langsam weiß. Die Adern an meinem Unterarm traten deutlicher hervor als sonst. Der Gedanke, dass ich sterben könnte, faszinierte mich. Meine Haut und meine Zunge waren völlig taub.

Ich torkelte aus dem Bad, durch die Wohnung, zur Tür hinaus.

Ich fuhr mit der Hand an der Flurwand entlang und hinterließ eine vierfingerige Blutspur. Ich blieb stehen und übergab mich ein zweites Mal, eine Mischung aus Blut und schwarzen Klümpchen, die wie Lungengewebe aussahen. Der alte Alkoholiker von nebenan kam vorbei. Er musterte mich verstohlen und verschwand eilig in seiner Wohnung.

Ich trat auf den Gehsteig. Beinahe wäre ich auf eine Taube getreten. Der Vogel flog flatternd auf. Eine seiner Flügelspitzen streifte mein Gesicht. Wahrscheinlich hatte sie mein Auge getroffen, und ich war dankbar, dass ich nichts spürte. Ich drehte mich um.

Vor mir stand Bill, mit dem Schlüssel in der Hand. Er kam gerade nach Hause. Er starrte entsetzt auf meinen Arm.

»Ist was passiert?!«, fragte er.

»Bill«, stieß ich mühsam hervor. »Ein Schwarzer. Hat bei uns eingebrochen. Er hat bei uns eingebrochen, unsere ganzen Figuren kaputtgemacht, und dann hat er, dann hat er was ganz Furchtbares mit meiner Hand gemacht.«

Mit diesen Worten brach ich zusammen und wurde ohnmächtig.

»Bitte, lieber Gott«, flüsterte Larry. Er war kurz davor, das Bewusstsein zu verlieren. Die Tränen sammelten sich in seinem Astronautenhelm. »Mein Genick ist gebrochen. Mein Rückenmark ist durchtrennt. Mein Rückenmark ist durchtrennt, meine Freunde sind tot … und die Satanisten reißen die Weltherrschaft an sich.«

Gary, Tar und ich mussten mit ansehen, wie sich der kleine Mann hilflos im Gras wand. Wir tauschten ratlose Blicke. Tar starrte mich an. Er stand auf. Dann bückte er sich, nahm die Pistole und drückte sie Larry zärtlich in die Hand.

Ich spürte, wie mich jemand hochhob. Bill nahm mich auf den Arm und trug mich. Trotz seiner Amphetaminsucht war er noch immer ziemlich kräftig.

»Vorsicht!«, rief er einigen Kindern zu, als er auf die Straße trat. Er versuchte, ein Taxi anzuhalten. Beinahe wären wir angefahren worden.

»Halt!«, schrie er den Taxis hinterher.

Doch die fuhren einfach weiter. Eins nach dem anderen rasten sie munter vorbei. Mein blutiges T-Shirt flatterte im Fahrtwind.

»Halt!«, kreischte Bill noch einmal, lauter als zuvor. Doch vergebens. Wir sahen aus wie zwei abgefuckte, voll gedröhnte Penner mit einer blutigen Hand. Für uns hielt niemand an, hatte nie jemand angehalten.

Bill trug mich. Er schlurfte über den Gehsteig, das Gesicht verzerrt zu einer kummervollen Maske. Er keuchte. Jeder seiner Muskeln war zum Zerreißen gespannt. Die Adern an seinem Hals erweiterten sich zu dicken, pulsierenden Kalmaren. Mein Kopf hing über seinen Ellbogen. Ich starrte in den violetten Himmel und verlor langsam das Bewusstsein. Bill musterte mich.

»Bleib wach«, sagte er.

Ich zwang mich, die Augen offen zu halten. Ich atmete. Ich konzentrierte mich aufs Atmen. Ein, aus. Ein, aus. Wach bleiben. Ich bekam keine Luft. Ich konnte nicht mehr atmen.

Ich atmete.

Meine Organe schwappten hin und her. Bill schwankte. Mein Herz hämmerte wie wild. Es stemmte seinen kranken roten Körper mit aller Macht gegen die Gitterstäbe seines Käfigs. Es lag im Sterben. Meine Leber schrie vor Zorn über die Flut von Alkohol, die sie zu ertränken drohte, die meine Hüften, meine Eier, meine Eingeweide durchströmte. Meine Nasenlöcher sogen die stinkende Luft von New York City tief in meine ausgedörrte Lunge, die meinen ohnehin verseuchten Organismus mit diesem fauligen Gemisch vergiftete. Fleisch. Eine breiige Masse. Das war ich. Mehr nicht. Stumpfe Augen, ein hässliches Gesicht, ein meuterndes Herz, weiter nichts. Das war mir von meinem Königreich geblieben.

»*Bleib wach!*«, schrie Bill mich an. Meine Füße trafen einen Passanten.

Bill trug mich. Er trug mich vorbei an Charlie's Sandwiches und dem Zeitungskiosk in der 49th Ecke Tenth, vorbei an Lucky Lady's Sexshop, Friedrich's Hot Dogs und einem Penner, der sich auf die Schenkel schlug, weil er meinen Anblick zum Totlachen fand. Bill ächzte. Schmale Schweißrinnsale wanden sich wie Kaulquappen über seine Stirn. Vor lauter Anstrengung bekam er Nasenbluten. Das Blut aus seiner Nase tropfte auf meinen Jackettaufschlag. Bill japste.

Und dann waren wir da.

Mit dem Stab in der Hand blickte die Statue des Heiligen Dominikus zu mir herab. Wie bei allen Statuen waren seine

Pupillen zwei kleine Löcher. Sie durchbohrten mich mit stechendem Blick, und aus diesem Blick sprach Liebe.

Bill sank auf die Knie. Die Türen der Notaufnahme flogen auf. Grelles Licht verhieß Vergebung. Die Pfleger wirbelten zu uns herum.

Bill schrie: »Hilfe!« Und er presste das Gesicht an meine Brust und weinte bitterlich. Denn manchmal hat das eigene Leben für andere Menschen eben doch eine Bedeutung.

»Bleib wach«, flehte Bill.

Ich tat ihm den Gefallen.